転生悪役令嬢につき、殿下の溺愛はご遠慮したいのですがっ⁉

婚約回避したいのに皇子が外堀を埋めてきます

御厨　翠

Illustration

Ciel

gabriella books

転生悪役令嬢につき、殿下の溺愛はご遠慮したいのですがっ!?
婚約回避したいのに皇子が外堀を埋めてきます

contents

プロローグ

その日、ヴィヴィアンヌは、皇室主催の狩猟大会に参加していた。

皇室に近い貴族らを招き、懇親を図《はか》るというのが表向きの理由。しかし実のところは、第一皇子《おうじ》であるフレデリックの婚約者の選定で開かれた会である。

そのため、皇子と年の近い高位貴族らの子女が多く招かれていた。ヴィヴィアンヌは六歳。十一歳になった皇子とは年齢的にも釣り合いがよく、また、公爵家の息女ということで婚約者の筆頭法補になっていた。

だが、本人にそのような事情は伝えられていない。皇家の催《もよお》しに参加すると言って連れられてきただけなので、気負いはまったくない。

「ヴィヴィアンヌ、フレデリック殿下にご挨拶を」

大会前、各家がこぞって皇帝一家へ挨拶に訪れていた。父母に伴われて皇子の前に立ったヴィヴィアンヌは、事前にレッスンしていた通りに優雅なしぐさでドレスの裾《すそ》を摘まんだ。

「皇国の太陽、皇子殿下に、ヴィヴィアンヌ・ロルモーがご挨拶申し上げます」

「フレデリック・セリュリエだ。可愛らしいお嬢さんだね、ロルモー公爵」

「ありがたいお言葉に存じます」

にっこりと微笑《ほほえ》んだフレデリックに、公爵である父が恭《うやうや》しく答えた。その様子を彼らの脇でおとなしく眺めながら、ヴィヴィアンヌは皇子に見蕩《みと》れていた。

（まるで絵物語から出てきたようなお姿だわ……！）

白銀の髪に皇家特有の深い青の瞳を持つ皇子は、とてつもなく美しい少年だった。弱冠十歳という年齢ながらもすでに風格が漂い、まさしく次代の皇帝なのだとその場にいる者に知らしめている。

立ち居振る舞いも隙がなく、集まった貴族らと堂々と語り合っていた。自分とそう年の変わらない皇子の在りようは、現実というよりも遠い世界のおとぎ話を見ているような錯覚に陥《おちい》る。おそらく、初めて訪れた皇室の所有する狩猟場も、よりその感覚を強めていた。

今いる場所は、大きな湖の畔《ほとり》である。水辺には各貴族が休めるよう天幕があり、男性が狩りをしている間、女性や子どもらが休憩できるよう設《しつら》えられている。周辺には多くの貴族とその子どもらがいたが、景色よりも、皆、皇子に視線を奪われていた。

（だって、光り輝いているもの）

たとえるなら、湖面に反射する太陽光のごとくまばゆい姿だ。直視すると、目が眩《くら》みそうなほどである。皇家の人間とはかくも輝かしい存在なのかと思い知ったヴィヴィアンヌである。

「では、ヴィヴィアンヌ嬢、狩猟場の雰囲気だけでも楽しんでくれ」

「ありがとうございます、殿下」

ヴィヴィアンヌの父と短い会話を住ませたフレデリックは、次に別の天幕の前で待つ侯爵家のもとへと向かった。大会が始まるまでに、皇子は貴族らと挨拶を交わして過ごすようだ。

（あっという間だったわ……）

ここが城であれば、皇族のもとへ出向くのは臣下だ。しかし今は婚約者選びということもあり、フレデリック自ら足を運んでいる。少し離れた場所で待機していた貴族の面々と話す皇子の姿は、やはりその場だけ光が降り注いでいる。

「どうだ、ヴィヴィ。殿下は素晴らしい方だったろう」

父に愛称で呼ばれたヴィヴィアンヌは頷《うなず》きながらも、「ですが、お父さまのほうが素敵ですわ」と澄まして答えた。隣にいる母は、「あらあら」と、娘の発言に微笑ましそうな顔をする。

「でもね、ヴィヴィ。もしかしたら、あなたは殿下と結婚するかもしれないのよ？　もちろん、殿下にそのお気持ちがあれば、だけれど……」

「いや、ヴィヴィの気持ちも重要だ。そういう話があるのは事実だが、嫌なら断っていいのだぞ」

母の言葉に被《かぶ》せるように、父は毅然《きぜん》と言い放つ。

ともすれば不敬にあたる発言だが、周囲にはロルモー家の使用人しかおらず、そこまで気を張る状況ではない。ロルモー夫妻が娘を可愛がっていることを常日頃から目にしている使用人らは、温かな目を向けていた。

「ヴィヴィは結婚しないで、お父さまとお母さまとずっと一緒にいたいわ！」

フレデリックの前では淑女として振る舞ったが、両親の前では六歳の子どもらしくあどけない。ロルモー夫妻も娘の愛らしさに相好《そうごう》を崩し、周囲は穏やかな空気が流れる。

「そろそろ私は、狩りの準備をしなくては。愛するおまえたちのために、頑張ってくるよ」

「頑張ってね、お父さま！」

母とともに笑顔で父を見送ったヴィヴィアンヌは、ぐるりと周囲を見まわした。

皇帝が大会の開始を告げれば、狩りが終わるまで一休みとなる。他家の婦人や子息子女らと交流を図るのは妻たちの務めだが、子どもにとっては退屈な時間だ。

(何をしていようかしら。せっかく景色がいい場所だし、お散歩をしたいわ)

ヴィヴィアンヌは公爵家の令嬢として礼儀作法は身につけているが、同じ年頃の令嬢よりも少しばかり好奇心が旺盛だった。

屋敷内でも自室にいないことが多い。庭へ赴《おもむ》いて見知らぬ草花について庭師に尋ねてみたり、図書室へ足を運んで歴史書を紐解《ひもと》いていたりする。そんなヴィヴィアンヌを両親は、『のびのびと育てたい』と自由に過ごさせ、使用人たちも温かく成長を見守っていた。

周囲の愛情をたっぷり注がれて育っている。それが、ヴィヴィアンヌ・ロルモー公爵令嬢だった。

「ヴィヴィ。わたくしたちはお茶にしましょうか」

「わかったわ、お母さま。少ししたら、お散歩をしてもいい？」

「ええ。あまり遠くへ行ってはだめよ」

「大丈夫よ。パメラもいるもの」

ヴィヴィアンヌがそう言うと、天幕の中で茶器の用意をしていたパメラがちょうど中から出てきた。

パメラは十歳年上の専属侍女だ。緩やかな癖のある赤毛の髪をひとつに纏《まと》め、めったに表情を崩さない。年齢よりも落ち着いて見えるのは、振る舞いに品があるからだろう。幼少時より仕えていた彼女は侍女の鏡のような存在で、ヴィヴィアンヌのよき理解者でもある。

「パメラが一緒なら安心ね」

母の了承を得られたヴィヴィアンヌは、パッと顔を輝かせた。

「それじゃあ、さっそく……」

「お嬢さま、旦那さまへの贈り物はお渡しできましたか？」

パメラに尋ねられたヴィヴィアンヌは、「あっ！」と声を上げた。

狩猟大会に参加する父へ贈ろうと、手ずから刺繍《ししゅう》を施したハンカチを用意している。両親を驚かせようと内緒でパメラと計画し、昨日完成させた。だが、皇子への挨拶などがあり、すっかり忘れてしまっていた。

「まあ、贈り物を用意していたの？」

「でも、お渡しできなかったわ……」

「それなら、パメラに付き添ってもらってお渡ししてきなさい。まだ大会は始まっていないし、お父さまも喜んで受け取ってくださるわ」

「では、すぐに行ってまいりますわ！」

言うが早いか、ヴィヴィアンヌはすぐにパメラを伴って父のもとへ向かった。

公爵家の護衛騎士に尋ねれば、父は皇帝の天幕へ呼ばれたという。今いる場所からはあまり離れておらず、湖を眺めつつ散歩がてら訪ねられる距離だ。

しかし、皇帝の天幕が近づくと、やけに人々が慌ただしく動き回っていた。異様に緊迫した空気を醸《かも》し出す皇室の騎士を見て、思わず足が止まる。

「何かあったのかしら……？」

「……少し、近づきにくい雰囲気ですね」

パメラの顔に緊張が走ったとき、皇帝の天幕から父が出てくるのが見えた。ヴィヴィアンヌはホッとすると、「お父さま！」と大きな声で父を呼ぶ。

「ヴィヴィアンヌ？　どうしたんだ、こんなところで」

声に気づいた父が、驚いた顔で駆け寄ってくる。だが、ヴィヴィアンヌが口を開くよりも先に、「お母さまのところへ戻っていなさい」と硬い声で告げられた。

「何かあったの？」

「大きな声では言えないが、殿下がいらっしゃらないのだ。今、皇室の騎士たちとこの場にいる貴族の当主が天幕に集められ、探索の命が下された」

狩猟大会の日に、第一皇子が行方不明になった。

事件を認識した瞬間、突然激しい頭痛に襲われたヴィヴィアンヌがその場に座り込む。

「ヴィヴィ!?」

「ヴィヴィアンヌ様……っ!」

父とパメラが同時に叫ぶが、顔を上げることができずに蹲《うずくま》る。

鋭い痛みに耐えかねてこめかみを押さえると、脳裏に様々な場面が流れてくる。砕け散った硝子《がらす》細工をかき集めたような映像には、これまで見たことのない風景や人物が現れては消えていった。だが、その中には先刻初めて出会ったばかりの皇子が常に中心にいる。それも、現在よりも少し年を重ねている姿で、だ。

(駄目……! このままでは殿下が左眼を失ってしまう!)

なぜそう思ったのかはわからない。ただヴィヴィアンヌは確信していた。自分はこの事件を知っている。そして、このあとに起こるだろう〝悲劇〟のことも。

「お父さま……」

頭の中で鐘を鳴らしているような痛みに顔を歪《ゆが》ませながらも、無理やり視線を上げたヴィヴィアンヌは、現在地から南東の方向に向けて指を差した。

「あちらに……光の柱が、見えます」

「なに?」

「信じてください。殿下は……きっと、そちらに……早く……早く、行かなければ……っ」

切羽詰まった娘の様子に、公爵が瞠目《どうもく》する。目の前にいるのは、いつもの無邪気で愛らしい子どもではなかった。その言葉には不思議な力が宿っており、奇妙な強制力を持っている。

「わかった、南東だな」

「わたくし、も……お連れ、ください……」

すぐさまヴィヴィアンヌの示した方角へ向かおうとした父に、弱々しく声を投げかける。

「光の柱が見えるのは……きっと、わたくしだけですから」

初めてフレデリックと会話を交わした際、彼の人はまばゆいばかりの光を放っていた。それは決して比喩ではなく、事実発光していたのだ。今は太陽の下だからそう光量は多くないが、照明器具《ランタン》がなくとも夜の闇を不自由なく歩けるほどの光を放っている。

(わたしは、このあとに起こる出来事を知っている)

今は激しい頭痛のせいで思考がままならない。ただ、皇子を助けなければいけないという使命感に突き動かされ、父に同行を願い出た。

父の動きは速かった。狼狽《ろうばい》するパメラに、皇室騎士団への言《こと》づてを命じると、蹲る娘を抱き上げて森へと駆ける。

途中で各家が所有する狩猟用の馬装をした馬がいたが、木々の生い茂る森の中を駆けるには適しておらず、ヴィヴィアンヌは父に抱かれながら移動することとなった。

「どちらかわかるか？　ヴィヴィ」

緑葉に遮《さえぎ》られ空が見えないが、それでもヴィヴィアンヌの目にはハッキリと光の柱が見えている。森の中に入ってからは皇子が辿《たど》った道を光が照らし、彼のもとへと誘うかのようだ。

「お父さま、あちらです……！」

頭は割れそうなほどに痛みを発しているが、ヴィヴィアンヌは声を振り絞る。父は娘の悲痛なほどに切迫している声に応《こた》え、迷いのない足取りで最短の道を進んでいた。

フレデリックに近づいているのを肌で感じる。比例してどんどん濃くなっていく光量に目を細めたとき、視界の開けた場所に出た。

（あ……！）

そこは小さな沼があり、背丈の低い草木が周囲を覆っている。通常なら立ち入りしないような足場の悪い場所だが、ここが目的地で間違いはなかった。黒い外套《がいとう》を着た数名の男らに囲まれ、フレデリックが剣を振るっていたのである。

「ここにいるんだ、いいな」

ヴィヴィアンヌを地面に下ろした父は、すぐさま剣を握り、不逞《ふてい》の輩《やから》へ向かっていく。

「皇家に仇《あだ》をなす者は、この私が許さん！」

「ロルモー公爵……！」

フレデリックは驚いたようだが、同時に安堵《あんど》したようだった。ロルモー家は、建国以来軍人を多く輩出している家系で、現公爵もまた若かりし頃は戦場で名を馳《は》せた軍人だった。

父は敵と剣を交えながら、フレデリックのもとへたどり着いた。しかし、湿地であることから動きが鈍く、皇子を守りながらとあって防戦で手一杯のようだ。

（このままでは、殿下の眼《め》が……！）

フレデリックと父は、数的劣勢でありながらも善戦している。だが、それでは駄目なのだ。このあと皇子は、今、認識していない敵の手によって大怪我を負う。

得体の知れない何かに急《せ》き立てられるように、ヴィヴィアンヌは周囲に視線を巡らせた。自分の身に起こっている出来事も、父や皇子が敵と応戦している恐怖も意識の外へ追いやられ、ただただ身の内側から湧き上がる焦燥《しょうそう》に駆られている。

（あれは……！）

フレデリックたちの背後にある森で影が蠢《うごめ》いた。前方の敵に集中しているため、父たちは気づいていないが、弓矢を構えて狙いを定めている。

ヴィヴィアンヌは考えるよりも先に動いた。草むらに隠れて移動し、フレデリックらと弓矢を構えている敵との間に立ちはだかる。

「お父さま、弓で狙われています……！」

「ヴィヴィ⁉」

その場にいる全員の意識が、ほんの一瞬ヴィヴィアンヌへ向く。その隙を逃さずに、父と皇子は目の前の敵を斬り捨てた。

どさり、と地面に敵が崩れ落ちる。初めて見る凄惨な光景だが、ヴィヴィアンヌに恐怖心はなかった。それよりも、皇子の身が守られたことへの安堵が大きい。

（よかった……これで、わたしは……）

ふと気が抜けたその刹那、ヴィヴィアンヌに向けて矢が放たれた。皇子と父が自分を呼ぶ声が聞こえたが、そちらを見る間もなく鋭い痛みに襲われる。

痛みに耐えかねたヴィヴィアンヌの身体がぐらりと傾《かし》ぎ、その場に倒れ込む。

「ヴィヴィ……！」

（これで……運命が変わるはず）

悲痛な父の声が耳に届いたのを最後に、ヴィヴィアンヌの意識は闇に呑まれた。

第一章

ブロン皇国四大公爵家の一角を担うロルモー家のひとり娘ヴィヴィアンヌは、公爵夫妻の愛情を一身に注がれて健《すこ》やかに育った。

腰骨まである癖のない金の髪に母親譲りの緑眼は宝石のようだと讃《たた》えられ、身体つきも女性特有の色気があった。顔立ちも美しいことから、容姿に関する賛美は数え切れないほど受けている。

社交パーティでは常に注目の的になっていたが、男性からの求婚はされたことがなかった。

皇国の第一皇子、フレデリック・セリュリエの婚約者だったからだ。

ふたりの婚約は、ヴィヴィアンヌが六歳のころに決められた。建国より皇室に仕えているロルモー公爵家の歴史の中で、現公爵が最強の武勇を誇っていること、かつ、軍人の間で絶大な支持を誇る公爵家と縁を結ぶことで、軍が力を持ちすぎるのを防ぐという狙いもあった。

フレデリックとヴィヴィアンヌは、婚約者として十年ほど親交を温めていた。だが、結婚式を控え、皇城で暮らすようになってから半年後、その生活は破綻してしまう。

〝聖女〟なる存在が、突如出現したのである。

ブロン皇国の歴史書を紐《ひも》解けば、聖女についての記述がいくつかある。

いわく、万物の病を治す能力を持ち、皇国を末永く繁栄させる存在だという。

存在自体が奇跡の聖女を皇室が放置しておくはずもなく、城で手厚く保護をすることになった。

清らかで美しい彼女を国全体が祭り上げた。皇帝の命を受けた皇子も、親身になって聖女と接した。

だが、祝福された存在を、たったひとり快《こころよ》く思わない人物がいた。

ヴィヴィアンヌ・セリュリエ。皇子の婚約者にして、ロルモー公爵のひとり娘である。

彼女はあらゆる手を尽くして聖女を皇室から排除しようとし、最後には一線を踏み越えてしまう。

聖女を暗殺しようとしたのだ。

企《たくら》みが明るみに出たヴィヴィアンヌは、婚約者である皇子の手によって断罪されることとなった。

公爵家の力をもってしてもその罪は逃れられず、家門の取り潰しが決定。ヴィヴィアンヌは稀代《きたい》の悪女として皇国にその名を轟《とどろ》かせ、愛する婚約者の愛も命もすべて失ったのである。


（わたしは、絶対に悪女になんてならないわ）

――前世でプレイした『救国の聖女は愛を貫く』という乙女ゲームの内容を思い返し、ヴィヴィアンヌは長い睫毛《まつげ》を伏せてため息を零《こぼ》した。

ゲームの中の悪女に転生したと気づいたのは、今から十年前のこと。皇家の狩猟大会を観戦に行った際に、記憶が蘇《よみがえ》った。

ヴィヴィアンヌは前世で〝ニホン〟という国にいた。しかし身体が弱く、入退院を繰り返す日々だったとき、たまたまプレイしていたのが『救国の聖女は愛を貫く』——略して、『救愛』である。前世では主人公の聖女よりも、悪女に感情移入していた。だって彼女は、幼いころから皇子妃となるために努力してきたから。

聖女の登場で嫉妬に狂い、道を踏み外してしまった悪女ヴィヴィアンヌ。彼女の生き様に、病弱だった自分はとても励まされた。それと同時に、なぜ彼女が幸せになれないのかと憤った。

ゲームの中で悪女の断罪が近づくと、前世の自分も徐々に弱っていき——プレイを終えて数日後、寿命が尽きてしまったのである。享年十四歳、まだ若すぎる死だった。

だが、人生の大半を病室で過ごした前世と違い、今世は健康な身体に生まれ変わった。優しい両親や使用人に囲まれ、〝ニホン〟での生よりも充実した日々を送っている。

（……せっかく二度目の人生を生きているのだもの。幸せになってみせるわ）

前世で生きた年数よりも、すでにヴィヴィアンヌとしての生が長い。〝ニホン〟ではなく、ブロン皇国に生を享《う》け、この国で育ってきた。

だからこそ、強く想《おも》う。自分だけではなく、優しい父母や侍女をはじめとした、公爵家の皆を家門取り潰しの憂き目に遭《あ》わせてはならない、と。

「ヴィーさまー！　どうしたのー？」

子どもに声をかけられたヴィヴィアンヌは、ハッとして笑みを浮かべた。

今は、慰問に来た孤児院で絵本を読み聞かせていた最中だ。院の中にある小さな集会所の中は、子どもたちで溢《あふ》れている。

院へ通うようになり、すでに五年が経《た》つ。月に数回訪問をしているうちに、最初は遠巻きに眺めていた子どもたちもすっかり懐《なつ》き、今ではヴィヴィアンヌの訪れを心待ちにしていた。

「ちょっと考えごとをしていたの。ええと、次は何を読む？」

「おうじさまとおひめさまが、結婚するおはなし！」

「えー？　ゆうしゃが冒険するやつのがいい！」

女の子と男の子は好みが違うようで、いつもこうして言い合いになる。けれど、院に身を寄せている子らは仲が良く明るいため、大きな喧嘩《けんか》になることはない。

（ちょうどこの子たちくらいのころに、前世を思い出したのよね）

十年前。狩猟場で第一皇子のフレデリックが行方不明になったと父から聞いた瞬間、前世の記憶が蘇ったヴィヴィアンヌは、『皇子を助けなければ』と思った。敵の手により、彼が左眼を失う光景が脳裏に浮かんだのである。

今生きている世界が、かつて熱狂したゲームに酷似しているうえに、自分はいずれ悪役として命を落とす。そう気づいたときは、少なからず傷ついた。生まれ変わったはずが、命の期限付きだったと知ればそれも当然だろう。

しかしヴィヴィアンヌは、これからの行動しだいでゲームの中とは違う生き方ができる可能性を考え始めた。皇子を助けたことで、ゲームのシナリオが変化したからだ。

　本来のゲームの流れであれば、襲撃者の刃でフレデリックの左眼は光を失っていたが、現在の彼は端整な顔に傷ひとつついていない。

　ちなみにあのときの賊は、当時緊張状態にあった隣国の間者《かんじゃ》だった。大会に乗じて皇子を拐《かどわ》かそうと、森に潜んで機を窺《うかが》っていたのである。

　ゲームでは取り逃がした犯人は、今回父や皇子の手で賊は捕縛された。この事件はのちの戦争への布石となっていたが、犯人を捕まえたことで流れが変わった。ブロン皇国の皇帝は戦を選ばず、外交手腕によって隣国の王を退位に追い込み、多額の賠償金を手に入れている。

（……わたしの行動しだいで、未来は変えられる）

　事件を経て確信したヴィヴィアンヌは、自身の記憶を頼りにゲームの未来を変えようと努めた。結果として、努力は少しずつ実を結んでいる。この孤児院での活動もその一環だ。

「ヴィーさま、どっちのお話を読んでくれるの？」

　ヴィヴィアンヌを取り合うように、子どもらが左右から絵本を差し出してくる、微笑ましい気持ちで眺めつつ、「どちらも読むから喧嘩は駄目よ」と窘《たしな》めたところ、左手にいた男の子が「だって……」と、唇を窄《すぼ》めて見上げてきた。

「ヴィーさま、もう来なくなっちゃうんでしょう？」

「わたしも聞いた！　ヴィーさまは、もうすぐおうじさまと結婚するんだって！」

子どもたちの発言に、ヴィヴィアンヌは目を瞬《まばた》かせた。

十年前の事件後。皇家から正式にフレデリックの婚約者にと打診があった。もちろん本人に直接ではなく、ロルモー公爵家にである。

婚約に関しては、フレデリックの強い希望があったと聞いている。幼い身でありながら、父や自分を守ろうとした勇敢さに心を打たれたのだ、と。

しかしながら、ヴィヴィアンヌは婚約を固辞した。前世を思い出したことで、皇子はいずれ〝聖女〟と結ばれることがわかっていたからだ。

「ヴィーさま、もう来ないの？」

子どもたちに詰め寄られたヴィヴィアンヌは、「いいえ」と優しく微笑んだ。

「今までと変わらず、みんなに会いにくるわ」

「本当？」

「ええ、もちろんよ。だから、喧嘩をしないでみんな仲良くしましょうね」

ヴィヴィアンヌが諭《さと》すと、安心したのか皆が笑顔になった。その様子に胸を撫《な》で下ろすも、心中は複雑だ。まさか、孤児院の子たちにまで噂が及んでいると思わなかったのだ。

（これだけ噂になっている以上……もう覚悟を決めなければ）

「それじゃあ、勇者が冒険するお話から読みましょうか」

子どもたちに告げると、差し出された絵本を手に取る。

自分も勇者のように、子どもたちに笑顔を与えられる存在でありたいと願いながら、物語を読み聞かせるのだった。


「ヴィーさま、またねー！」

「ええ、みんなもいい子にしているのよ」

子どもたちに見送られ迎えの馬車に乗り込むと、孤児院を後にした。小さくため息をついたところで、帯同していた侍女のパメラが心配そうに眉根を寄せる。

「ヴィヴィアンヌ様、孤児院で何かございましたか？」

「ううん、違うの。子どもたちから、結婚したらもう孤児院に来ないのかと聞かれたから。ちょっと考えていただけよ」

パメラは幼いころから侍女として仕えていただけあり、誰よりもヴィヴィアンヌの感情に敏感だ。彼女に誤魔化《ごまか》しはきかないため、正直に答える。

婚約の打診があった際、ヴィヴィアンヌの気持ちは父母へ話している。皇子の婚約者となるのは荷が重いこと、自分よりも皇妃にふさわしい女性がいるのではないかということだ。

フレデリックはそう遠くない未来に、運命の女性である聖女に出会う。それがゲームの流れだ。いずれ破談となることがわかっていながら婚約者になるのはつらい。それに彼と結婚するようなことになれば、公爵家は断絶への道筋を辿ることになりかねない。

すべての事情を明かせないまでも、ヴィヴィアンヌは自分が婚約者にふさわしい人間ではないと伝えた。理解を示した父母は娘の選択を尊重してくれたが、納得しなかったのは皇家のほうである。

危険を顧《かえり》みず身を挺《てい》して皇子と父を守ろうとしたヴィヴィアンヌの行動に、フレデリックのみならず皇帝や皇妃も感銘を受けたという。是非にと婚約を望まれたのだが——未来に起こる出来事を知っているため、どうしても前向きな返事をすることができなかった。

「殿下は孤児院への慰問をお止めにはなさらないでしょう。ヴィヴィアンヌ様がご不安なのは、ご婚約のほうなのですね」

侍女の鋭い指摘に、苦笑を返す。無言は肯定と同義だとはわかっているが、嘘《うそ》はつけない。

パメラはあえてそれ以上の言及はしなかったが、フレデリックとの婚約をそれほど拒む理由を不思議に思っているだろう。

ブロン皇国の第一皇子、フレデリック・セリュリエ。尊き彼《か》の人物は、いずれ国を背負う皇帝として誰もが認める人格者だと貴族の間でも評価が高い。ともすれば婚約辞退など不敬になりかねないが、皇子は『ヴィヴィアンヌが前向きになるまで待つ』と言ってくれた。

そのうえで、他家から婚約者を選ぶことはないと宣言されたため、ロルモー公爵家としては大いに悩み、その結果、『婚約者候補』という立場なら、ということで落ち着いた。

「ご婚約に前向きになれないのなら、お妃教育でも手を抜かれればよろしかったのに」

「それはできないわ。わたくしがふがいない結果しか残せなければ、婚約者にと望んでくださった殿下に申し訳が立たないもの。それに、お父さまが築き上げてきた公爵家の名誉も傷ついてしまうでしょう？　それだけは絶対に避けなければいけないわ」

候補とはいえ婚約者のため、妃教育は受けている。もちろん真摯に取り組んでいたため、教師からは『いつでも皇室の一員になれる』と評価されるに至った。つまり、あとはヴィヴィアンヌの心ひとつでフレデリックと婚約が整い、結婚の運びとなるのだ。

「……ヴィヴィアンヌ様は、理由なく何かを否定される方ではありません。わたしには理解できない事情があるのでしょう。ですが、あまり思い悩まないでくださいまし。旦那様や奥様も、お嬢様のお幸せだけを願っておいでです」

「ありがとう、パメラ。……ひとつだけ言えるのは、わたくしは殿下に望まれるような人間ではないの。もっとふさわしい方がいずれ現れるわ」

フレデリックは自身の立場に甘んじない努力家でもある。例の事件がきっかけとなり、剣術にも力を入れていた。さらには、教師も舌を巻くほど博識だとも聞き及んでいる。

（公爵家の取り潰しを避けるために、殿下のお気持ちを無碍《むげ》にしているのだもの。わたしが皇子妃になるなんて考えてはいけないことだわ）

心の中で自嘲気味に呟《つぶや》くと、馬車の外に目を遣った。皇家から派遣された護衛の騎士が馬を操《あやつ》っているのを見たヴィヴィアンヌは、思いついたことを口にした。

「屋敷へ戻る前に菓子店に寄ってもらえるかしら？　護衛騎士の方に差し入れをしたいの」

「かしこまりました。御者に伝えます」

候補といえども、妃教育を受けているヴィヴィアンヌは婚約者として扱うのが筋だ。――というのが皇家の主張であり配慮だった。公爵家にも護衛はいるのだが、外出時には皇家の騎士が付き添いを務めている。婚約者候補となってからの習慣だ。

目当ての菓子店に到着すると、馬車の扉が開く。手を差し伸べてくれたのは、皇家の騎士、アダム・ミュッセだ。

「どうぞ、ヴィヴィアンヌ様」

「ありがとう、ミュッセ卿《きょう》」

アダムはフレデリックよりも少し年上で、騎士らしい大きな体躯《たいく》と精悍《せいかん》な顔立ちをしている。短髪の黒髪に鋭い目つきだが、外見に反して気さくな人物だ。騎士団の中でも指折りの実力者でありながら、ヴィヴィアンヌの護衛を買って出てくれている。

「ミュッセ卿は、甘いものがお好きでしたよね」

「ええ。登城の際は休憩時に殿下と甘味《あまみ》を食すこともあります。殿下はああ見えて、甘いものに目がなくて。小さいころなど、おやつに出るクッキーを賭けて剣の鍛錬をしておりました」

「まあ、ふふっ。仲がよろしいのですね」

（殿下は非の打ち所のない完璧な方だけれど、こうした出来事を聞くと身近に思えるわ）

ヴィヴィアンヌは微笑ましく思いつつ、アダムに笑顔を向けた。

「殿下はお変わりありませんか？」

「ええ。相変わらず公務でお忙しいようですが、三日後にヴィヴィアンヌ様とお会いできるのを楽しみにしていらっしゃいました」

何気ない会話だったが、心臓がきゅっと縮み上がる。

フレデリックに『婚約者候補』ではなく本物の婚約を結ぶか否か、返答するのが三日後——皇帝陛下の誕生日だからだ。

ブロン城で行われる皇帝の生誕パーティに、もちろんヴィヴィアンヌも呼ばれている。その際に、正式な婚約を発表するだろうというのが、貴族から平民に至るまでに流れている噂だ。

しかし、実際は少々話が違う。フレデリックからは、『パーティの日に、改めて気持ちを聞きたい』としか言われていない。つまり、婚約するかどうかを返答するということだ。

フレデリックと正式に婚約すれば、ゲームの展開と変わらなくなる。聖女と心を通わせる皇子に恋い焦がれ、破滅への道を歩むようなことはしたくない。

ゲームの開始時期は、フレデリックと婚約してから半年後、聖女が現れてからが物語の始まりだ。

皇子と聖女の物語に、自分は絶対に関わってはいけない。そのためにはなんとしても婚約を避けなければならないが、ここまで待たせておきながら断るというのも、皇家の対面を潰《つぶ》しかねない。

（だって、殿下が諦めてくださらなかったから……）

ヴィヴィアンヌとて何もせず漫然《まんぜん》と過ごしていたわけではない。婚約をせずに済むようにと、あれこれ考えて行動を起こした。とはいえ、あまりに行きすぎた悪行をすればそれこそ断罪一直線である。だからそれとなく、自分は皇子妃にふさわしくないと主張してきた。

しかし――彼に直接言葉で伝えれば『奥ゆかしい』と褒められることになり、いずれ皇后となるだろう重圧に耐えられないと妃教育中に教師に弱音を零したところ、それを聞きつけたフレデリックから『婚約者でいてくれるだけでいい』と懇願されてしまった。

以前の事件がよほど心に残っているらしく、彼はヴィヴィアンヌに恩義を感じているようだ。皇家に忠誠を誓う者なら当たり前の行動だと何度も説明したにもかかわらず、である。

(お優しい方、なのよね……)

皇子という立場なのだから、問答無用でヴィヴィアンヌを婚約者にすることもできた。逆に、打診を断るなどもってのほかだと、公爵家に圧力をかけることもできる。

だが、フレデリックはそうせず、辛抱強くヴィヴィアンヌを望んでくれている。

自身の断罪と公爵家の取り潰しを避けるのは人生の目的だ。けれど、常に優しく自分だけを見つめて微笑んでくれる皇子の顔を見ると、胸がときめくのも事実である。

(……いっそ、殿下が尊敬できない方なら、ここまで悩みはしなかったわ)

皇子の気持ちに偽《いつわ》りや打算はない。ただ純粋に好意を寄せてくれるのが伝わるからこそ、どんどんつらくなってくる。

ヴィヴィアンヌ自身も、フレデリックに好意を寄せるようになったからだ。

婚約を固辞してからも、彼は折に触れ公爵邸に足を運んだ。ヴィヴィアンヌの誕生日には、毎年個人的に贈り物をしてくれている。それも、こちらが負担にならないような品を選んで。

昨年、十五歳で社交界にデビューしたときは、フレデリックが『今回だけはどうしてもこれを身につけてもらいたい』と、彼の瞳の色と同じ宝石とドレスを賜《たまわ》り、ダンスを踊る名誉を与えられた。それだけに留《とど》まらず、彼自身もヴィヴィアンヌの瞳の色に合わせた装飾で衣装を飾っている。婚約者〝候補〟には、格別の配慮だといえる。

（ふたりきりで皇城の庭園を歩いたのは、一生の思い出だわ）

パーティ会場から連れ出され、夜風にあたりながら散歩をしていたとき。フレデリックはとある光景を見せてくれた。

『ここは、私がよくひとりになりたいとき利用している場所なんだ』

彼が指し示したのは、美しく整備された庭園内の一角にあるとは思えないような簡素な四阿《あずまや》だった。意匠を凝らしているわけでもなく、美しい花々が目を楽しませるわけでもない。まるで、人々から捨て置かれているような場所だ。

幹の太い一本の木に寄り添うように立てられた四阿の周囲には、庭師の手入れも入っていない。ただ、群生した野生の草花が力強く咲いている。

『お城の庭園は美しく目を奪われますが、ここは素朴で温かい気持ちになれますわ。殿下の息抜きの場所なのですね』

『自分の力不足を痛感して落ち込んだときや、考えごとをしたいときに来る。ぼんやりと風に吹かれていると、落ち着けるんだ』

一国の皇子として常に人目にさらされるフレデリックには、他者に窺《うかが》い知れない悩みや重圧があるのだろう。普段はそのような弱さを見せずに堂々としているからこそ、秘密を打ち明けられると親密さが増す気がしてドキドキする。

『殿下も……落ち込まれることがあるのですね』

『それは当然だ。……ロルモー公爵ときみに救われたあの事件から、もう何度自己嫌悪に陥ったかしれない。きみの勇気が、私の命を生かしてくれた。その想いに報いるために、いずれこの国を統べる者として常に正しく強く在らねばならない』

フレデリックは熱を帯びた眼差《まなざ》しでヴィヴィアンヌを見つめた。月明かりに照らされた彼は、息を呑《の》むほど美しい。

初めて出会ったころよりも身長はかなり伸び、体格も大人の男性のそれになった。知性と勇猛さを兼ね備えた聡明《そうめい》な皇子は、この国の何よりも尊い宝だ。

――だからこそ、悪女になる可能性のある自分がおそばにいてはいけないのに。

公爵家が途絶えることも、自分が断罪されることも絶対に避けなければならない。しかし、そのためにフレデリックを拒《こば》み続けているのが切なかった。

皇子として正しく強く生きようと足掻《あが》く彼の姿は尊く、寄り添いたいと思うのは自然な感情だ。彼と婚約すれば、悪女への道を進むことになるかもしれないというのに。

ふと、視線を落としたヴィヴィアンヌの目に、すずらんの花が映った。風に揺れる白い小さな鈴のような花が風に揺れ、清涼な香りを運んでくる。

『このすずらんは、殿下のお悩みや苦しみを見守ってきたのですね』

『そうだな。願わくば、きみにもそばにいてほしい』

フレデリックの目が情熱を湛《たた》え、ヴィヴィアンヌを見据える。逸《そ》らすことの許されない強い視線に身動きひとつできずにいると、恭しく手を取られた。

『きみが好きだよ。あの事件からずっと、私の心には常にきみが住んでいる』

『っ……』

その場に片膝をついたフレデリックは、ヴィヴィアンヌの手の甲に口づけた。青く澄んだ瞳でまっすぐに見上げられ、思わず息を詰める。

『わ……わたくし、は……』

『困らせたいわけではないが、これだけは譲れない。どうか、私と結婚してほしい』

ヴィヴィアンヌの言葉を待たず、フレデリックがたたみかけてくる。それは否定の言葉を聞きたくなかったからかもしれないし、自分の意思表明をしたかっただけかもしれない。反論を許さない強引さは常の彼ではなく、まさしく皇族として国の頂点に君臨する者の威厳があった。

――わたしは、なんてお答えすればいいの……？

普通の令嬢であったなら、もしくは、ヴィヴィアンヌに前世の記憶が蘇っていなかったなら、この求婚を喜んで受け入れた。顎を引き、了承の意を伝えるだけで、フレデリックはその端整な相貌に見蕩れるほどの微笑みを浮かべるはずだ。

だが、前世の記憶がある身では、彼の想いを受け入れるのは難しい。たとえ今の自分が、どれほど胸を躍《おど》らせて感激していようとも。

『返事は今すぐに欲しいわけじゃないし、無理強いもしたくない。ただ、私の立場ではそう長く待っているわけにはいかないんだ』

立ち上がったフレデリックは、ヴィヴィアンヌの手を離さずに微笑んだ。

『来年、陛下の生誕パーティが開かれる。そこで正式に、私が次期皇帝だと諸国に向けて宣言することになる。……それと同時に、私は結婚を決めなければいけない』

ブロン皇国ではこの発表以降、次期皇帝となる者は子を成すことが使命となる。そのため、指名と同時に結婚を発表するのが慣例となっていた。これは、無事に第一子が生まれたのちに現皇帝の退位時期が決まるためで、建国より受け継がれてきた伝統である。

『一年待つ。その間に、心を決めてほしい。……ヴィヴィアンヌは、私が嫌いか？』

『っ、いいえ！　そのような……』

即座に否定すると、フレデリックが蕩《とろ》けるような笑みを浮かべた。

『それなら、この一年努力するよ。きみに好きになってもらえるように。絶対に逃がすつもりはないからそのつもりで』

不穏な台詞《せりふ》を付け足され、鼓動が跳ねる。紳士な彼の意外な一面を見て驚く間に、フレデリックが距離を詰めてくる。ヴィヴィアンヌの胸元に光る青玉の首飾りに目を向けた彼は、口元を綻ばせた。

『この首飾り、よく似合っているよ』

『ありがとうございます……殿下からの贈り物でこの身を飾り、デビュタントを迎えられるなんて、わたくしはとても幸運ですわ』

至近距離に迫るフレデリックにドキドキする。ダンス以外でこれほど近づいたことはなく、どこへ視線を置けばいいのかわからない。

『首飾りだけではなく、きみのすべてを飾り立てたい。もっとも、どれだけ宝石を着けようとも、ヴィヴィアンヌの美しさの前では霞《かす》んでしまうな』

銀糸のごとく繊細な彼の髪が目の前で揺れたかと思うと、彼の指先が頬《ほお》に触れた。その瞬間、意図せずヴィヴィアンヌの肩が震える。恐ろしいわけではない。とても恥ずかしいような、くすぐったいような、いたたまれない気分になっている。

『あの……殿下……少し、距離が……』

『この程度で顔を赤らめるなんて、私を意識してくれているのか。嬉《うれ》しいよ』

フレデリックがさらに近づき、呼気が頬に触れる。肩を縮こまらせて思わず目をつむったのは、彼の色気がすさまじく、直視できなかったから。

だが――

『いけないな、ヴィヴィアンヌ。異性の前でそんなに無防備になっては』

言葉の意味を理解するよりも前に、唇を塞がれた。

『っ、ん……ッ』

生まれて初めての口づけに、頭の中が真っ白になる。何も考えられない中で、彼の唇の柔らかさだけがやけに生々しく感じられた。

なぜ突然このような展開になるのか理解が追いつかないが、心臓の動きは正直だ。

――嬉しい。

それは、ヴィヴィアンヌの素直な気持ちだった。フレデリックからの求婚は今すぐにでも受け入れたかったし、生まれて初めての口づけで天にも昇る心地になっている。

彼に惹《ひ》かれてはいけない。ゲームのシナリオをなぞっては悲劇を生む。家族や使用人たちと平穏な生活をこれからも続けていくためには、フレデリックに恋をしては駄目だ。

しかし、そう自分を戒めるほどに苦しくなる。このときヴィヴィアンヌは、唇が離れるまでの間に哀《かな》しみと喜びが胸の中でせめぎ合っていた。

この一年の間でヴィヴィアンヌは、相反する感情で気持ちが揺らいでいる。約束の日が迫っても、いまだ心を決めかねているのもそのせいだ。

「――では、私は店の外でお待ちしております」

店の扉を開けたアダムに声をかけられ、過去を振り返っていたヴィヴィアンヌはハッとする。

「ありがとう。あまりお待たせしないよう早めに済ませますわ」

笑顔を取り繕うと、ヴィヴィアンヌは店の中に足を踏み入れた。

＊

同日。皇城の執務室で、フレデリック・セリュリエは執務を行っていた。

数日後に控えるブロン皇国皇帝の生誕祭へ向けて、確認すべきことは山積している。

室内にはフレデリックのほかに、男性の秘書官がひとりいる。名はバルテルミー・ボラン。いわゆる幼なじみで旧知の仲である。

無駄口を叩《たた》かない秘書官は、黙々と書類を選別している。無駄口を叩かず机に積み上げられた確認物を捌《さば》いていく様は、どこか緊迫感すらあった。

（ヴィヴィアンヌの顔をしばらく見ていないな。……早く会いたい）

彼女と会うためだけに、今この忙しさを耐えていると言っても過言ではない。フレデリックの意欲は、その一点に集約されている。

しんと静まり返った執務室で手を動かしながら、ヴィヴィアンヌの顔を思い浮かべる。すると、扉の向こうから騒々しい声が聞こえてきた。

「アダム・ミュッセ、殿下にご報告に上がりました！」

「入れ」

短く答えると、皇室騎士のアダム・ミュッセが入室する。アダムはフレデリックの乳兄弟で、バルテルミー同様幼なじみである。皇子が相手でも阿《おもね》ることはなく、裏表のない性格だ。気の置けない友人だが、鷹揚《おうよう》ゆえに細かいことを気にしないのが玉に瑕《きず》である。

「相変わらず難しい顔してんなあ。やっぱり、ヴィヴィアンヌ様に会えないからか？」

「うるさい」

この男が人前で礼を失することはない。気安い口調で話しかけてくるのは、人目のない場所でだけだ。フレデリックは慣れたもので、特に咎《とが》めず視線を投げた。

「報告は？」

「本日も無事、ヴィヴィアンヌ様を邸宅にお送りしたよ。いやあ、今日もお綺麗《きれい》だった。孤児院の子どもにも大人気だぞ。皇子と結婚したらここに来てくれないのかって泣かれてた」

「孤児院への慰問は禁じていないが」

「結婚するのが寂しいんだろ。子どもらは皇子よりヴィヴィアンヌ様が大好きだからな」

言いながら、我が家のような振る舞いで長椅子に腰掛けたアダムは、手に持っていた洋菓子店の箱を卓子へ置いた。大小合わせて三つの箱があり、どれも皇都で人気の菓子である。

「これ、ヴィヴィアンヌ様から騎士団への差し入れ。しかも俺の大好きなチョコレートクッキーだ。美しいうえに優しくてさ。完璧な淑女だよな、彼女」

「ヴィヴィアンヌの素晴らしさは、おまえに言われなくてもわかっている」

眉根を寄せて答えたフレデリックに、アダムが揶揄《やゆ》するように笑う。

「あと数日だけど、勝算はあるのか？　ヴィヴィアンヌ様は人気者だし、いかに皇子といえども求婚を断られるかもしれないよな。ロルモー家は特に皇室との縁組みにこだわっていないし」

「この一年、彼女と距離を縮めてきた。断られることはない」

冷静な口調で告げたものの、実際そこまでの自信はなかった。

ヴィヴィアンヌの好意を得るために、この一年できる限りの努力はしてきた。公務の合間を縫って公爵邸に足を運び、彼女と顔を合わせる時間を増やした。その結果、昔よりは打ち解けて会話をしてくれるようになったと思う。

皇家の行事ではあったが、狩猟大会や豊穣《ほうじょう》祭などの催しでもことあるごとに彼女を誘っている。おかげで、『ロルモー公爵令嬢は皇子の想い人』だと周知できたものの、肝心のヴィヴィアンヌの気持ちが自分に向いているとの確信は持てずにいた。

（少なくとも、嫌われてはいないと思うが）

彼女は美しく可憐《かれん》な女性だが、けっしてそれだけではない。自らの意志を貫く強さもある。

やはり忘れられないのは、十年前の事件だ。あのとき、まだフレデリックも幼かったが、それよりさらに小さくか弱い少女だったヴィヴィアンヌ。父親のそばで挨拶をする姿は、子どもが少し背伸びしている微笑ましさがあった。

だが、彼女は幼く可愛らしい見た目からは想像できないほど勇敢だった。

フレデリックが賊に囲まれたのは、自身のせいである。あの日、自分の婚約者を決めると事前に言われていたものの、あまり乗り気ではなかった。皇子としての役目は心得てはいたが、まだほんの十年程度の生では、責任や行動の重さを本当の意味で理解していなかったのだ。

有力貴族との挨拶を済ませたフレデリックは、『少しひとりで休みたい』と、護衛騎士を下がらせた。といっても単独行動をしたわけではなく、少しばかり離れた場所で待機させただけだ。ほんのわずかの時間でも、息抜きができればそれでよかった。

フレデリックは、森の中にある小屋へ向かった。大会が始まるまでの間、静かに過ごそうと思ったのだが、結果としてこの判断が仇《あだ》となった。皇国に潜んでいた敵国の間者が、大会開催に乗じて自分を拐かそうとしたのである。

森の中に入って時が経たぬうちに、数名の賊に襲われた。護衛騎士はすぐに応戦したものの、ほとんどが無残に斬り捨てられていった。

彼らの働きでなんとかその場を離れたはいいが、沼地へ追い詰められてしまった。

世継ぎの皇子として簡単に命を捨てるわけにはいかないと強く思った。奇《く》しくもこのとき、危機に直面したことで己の立場の重さを自覚したのである。

賊の兇刃《きょうじん》に倒れた護衛に報いるためにも、なんとしても生き延びねばならない。その一心で必死に剣を振るったが、百戦錬磨の間者相手では時間稼ぎにしかならない。

いよいよ賊の手に落ちようとしたそのとき、ロルモー公爵が現れた。軍人として名高いロルモーの姿を見た瞬間、フレデリックは不覚にも泣きそうな心地になった。

一時死をも覚悟したが、公爵の登場によって希望が出てきた。戦闘中の記憶がないほど死に物狂いで剣を振るい、ようやく賊を一蹴できたのである。

(でも、私を見つけてくれたのがヴィヴィアンヌだったとは思わなかったな)

幼子にしては十二分の活躍だが、彼女はフレデリックや公爵の死角にいた襲撃者の存在を教えてくれた。それも、自身の危険を顧みず。

父へ向けて敵がいると叫んだヴィヴィアンヌの姿は、一生忘れることはない。幼気《いたいけ》な少女の勇敢な行動は、いまだ深く心に突き刺さっている。

「完璧皇子が振られるところも、見てみたい気がするけどねえ、俺は」

書類に記銘しながら昔を思い出しているうちに、アダムはいつの間にか菓子の箱を開けていた。美《う》味《ま》そうに摘まみながら、にやにやと締まらない顔でこちらを見ている。フレデリックがどれだけヴィヴィアンヌに焦がれているのかを、昔から見ていたからこそからかってくるのだろう。

「私はおまえを友人だと思って今まで接していたが、勘違いだったようだ」

フレデリックは抑揚なく告げると立ち上がり、先ほどから無言の秘書官に手を差し出した。主の意を汲《く》んだバルテルミーは、すぐに皇家の印が刻まれた長剣を恭しく手渡す。

「どうぞ、ご存分に」

「ああ。私の結婚は皇国の未来に直結する。それを『振られるところを見たい』とは、とんだ不敬だからな。我が剣を受けるか、アダム」

「冗談だろ！　おい、バルテルミー、殿下を止めろよ！」

むろん本気でないのはこの場の全員がわかっている。少々調子に乗るきらいがあるアダムを諌《いさ》めるいつもの手段だ。だがバルテルミーは、一段と冷ややかにアダムを見据えた。

「……親しい間柄とはいえ、フレデリック様は皇族です。敬意のない発言は控えるべきでしょう。それに、主君の長年の恋を嘲笑《あざわら》うのもいただけませんね」

赤髪と丸眼鏡が目印で細身の体躯であるバルテルミーは、いかにも文官といった風情だが、性格はこの中の誰よりも容赦《ようしゃ》がない。本気で怒らせてはいけないと長い付き合いで理解しているアダムは、降参だというように両手を上げた。

「あああ、わかったよ！　悪かった！　これで許してくれ！」

アダムは素早く懐《ふところ》に手を入れると、一枚のカードを取り出した。

「ヴィヴィアンヌ様からお預かりしたメッセージだ」

「なぜそれを早く出さないんだ！」

思わず鋭く言い放つと、カードを奪い取る。皇家の紋章である鷹《たか》が配されたカードの裏には、美しい文字が綴《つづ》られていた。

『殿下のお心が、甘味でひとときでも癒やされますように』

短いメッセージは、たしかにヴィヴィアンヌの筆致だ。先ほどまでの無表情とは一転し、秀麗な相貌に笑みを刻んだフレデリックは、そこではたと気づく。

「甘味？」

「あっ、これです、これ」

アダムは先ほどの菓子箱の中から、小さな箱を指し示した。

「騎士団への差し入れは大きいやつ。殿下への個人的な差し入れは小さい箱のやつな」

「だからおまえは、なんで先に言わないんだ！」

フレデリックとアダムのやり取りはこれが通常である。バルテルミーは慣れたもので、そうそうに長剣を元の場所へ戻すと、おもむろに茶器の準備を始める。

「殿下、ここで休憩にしましょう。ヴィヴィアンヌ様よりせっかくのいただきものですし、さっそくお礼の手紙などを送られてはいかがでしょうか」

「……そうだな」

優秀な秘書官は、主の扱い方を心得ている。フレデリックは気を取り直し、アダムの対面に腰を落ち着けた。

宝物を扱うしぐさで彼女からもらったカードを懐にしまい、差し入れの菓子箱を手に取る。箱の中には、フレデリックの好みが反映された菓子が入っていた。以前この城で食したものと同じである。

(覚えてくれているんだな)

それは、皇城で茶会が開かれた際の出来事で、今から二年ほど前のことだ。

ヴィヴィアンヌが皇后主催の茶会に招かれたと聞き、フレデリックも顔を出した。

男性の社交が狩猟大会や剣術大会などの〝己の力量を示す〟ためのものなら、女性の社交は茶会や朗読会などの優美なものであり、〝己の教養や交友の広さ〟を他者に示す催しが多い。

フレデリックはよほどのことがなければ女性主体の会への参加はしない。招待されたときは、ヴィヴィアンヌを伴い、彼女との仲を周知させるために出ていた。

しかしこの日は正式に招待されたわけではないが、一目でもヴィヴィアンヌを見たくて足を運んだ。『女性だけの集まりだけれど、少しなら来てもいいわよ』とは皇后の言だが、フレデリックの気持ちを察していたからこその誘いだろう。

彼女の姿はすぐに見つけることができたが、大勢の令嬢たちに囲まれていた。どこにいても、ヴィヴィアンヌの周囲には笑顔の花が咲く。それを眺めるのも、フレデリックの楽しみだった。

ようやく彼女と会話をすることができたのは、それからしばらくしてからだ。

招かれていた令嬢たちは、皇子の存在よりも皇后やヴィヴィアンヌとの交流を強く望んでいた。フレデリックの気持ちがたったひとりにしか向けられていないのを知っている彼女らは、皇子に対して無駄な売り込みをしてこない。それよりも、社交に力を入れたほうが賢明だと悟っている。

『殿下、ご尊顔を拝し光栄に存じます』

そう言って綺麗な礼をとったヴィヴィアンヌは、見目の美しい菓子を見て微笑んだ。

『皇室専用の職人が作ったお菓子は、どれも美しいですね』

『そうだな。でも、私はこういった菓子よりも市井で売っている素朴なクッキーのほうが好みだ』

騎士団のアダムは甘味好きで、街で人気の菓子店へ寄ってはフレデリックの執務室で食している。何度か一緒に食べたが、妙に後を引く味でひそかに気に入っていた。

『アダムの行きつけの店のクッキーが絶品だったよ』

『まあ、そうなのですね。わたくしも今度街へ行ったときは探してみますわ。孤児院の子たちへの差し入れにもいいかもしれません』

それからは機会もなく、クッキーをしばらく口にすることはなかった。そもそも、そこまで甘味好きというわけでもなかったのだが、彼女が自分の話を覚えていてくれたのが嬉しい。

ふ、と、意図せず頬が緩む。すると、それを見たアダムとバルテルミーの会話が耳に届く。

「殿下の顔に締まりがない。ヴィヴィアンヌ様のことでも思い出してるんだろうな」

「ええ、そうでしょうね。こういうときは、そっとしておくのが友情ですよ、アダム」

「……おまえたち、本人の前でする話にしては不適切だぞ」

脱力したフレデリックがバルテルミーの淹《い》れた紅茶に口をつけると、アダムが不思議だと言わんばかりに太い首を傾げた。

「殿下にそこまで想われているのに、どうしてヴィヴィアンヌ様は婚約を断り続けているんだ？」

「繊細な問題に対し、軽々に口を出すのはあなたの悪い癖ですよ」

アダムの隣に座りつつ苦言を呈したバルテルミーは、「ですが」と眼鏡の蔓《つる》に指をあてた。

「フレデリック様との婚約を嫌がる理由はたしかにわかりませんね」

「べつに、嫌がられているわけでは……」

反論しかけたフレデリックだが、ふたりは「皇子との婚約を断るのはよほどのことだ」と声を揃《そろ》えて頷き合う。

「ロルモー公爵家であれば、皇家と婚姻を結ばずとも問題はありません。ヴィヴィアンヌ様はひとり娘ですし、婿入りする男性を探して家を継がせたいということでしたら話はわかりますが……」

とは、バルテルミーの発言。

「いや、ロルモー公爵は家の事情云々《うんぬん》よりも娘の幸せを考える方だ。それに、婚約を固辞したのはヴィヴィアンヌ様の意思だろ？　ってことは、よっぽど殿下と結婚したくないって考えるのが自然だ。言っちゃなんだが、殿下はかなり見た目もいいし、性格だって多少腹黒いことを除けば悪くない。何より歴代皇室の中でも類を見ない優秀さだって話だ。多少好みじゃなくても、嫁いで損はないんじゃないかと思うぞ」

若干、いや、かなり失礼な発言交じりに語るのはアダムである。

なぜヴィヴィアンヌは自分との婚約を頑《かたく》なに拒んでいるのか。一番知りたいのはフレデリック自身だが、会話に加わるつもりはない。無視を決め込み、彼女からの差し入れを無言で食す。

(美味いな。ヴィヴィアンヌの愛情を感じる)

彼女が自分の好みを覚えていてくれたことや、気遣いを見せてくれることに喜びを覚える。こうした些細《ささい》なやり取りの積み重ねが、ヴィヴィアンヌへの愛を深めていた。

「我が主君は社交界でも人気者です。普通の令嬢であれば、喜んで求婚を受けるはず。殿下自身になんら問題がないのであれば、やはり皇子妃という立場になられるのがご負担なのでしょうか」

バルテルミーの言葉に知らずと眉を寄せる。それは自分の努力ではどうにもならないからだ。

「けど、ヴィヴィアンヌ様はお妃教育でかなり優秀な成績だったんだろ」

「できるからと言ってつらくないわけではありませんよ。いずれ殿下は皇帝になるお方ですし、その妃ともなれば重圧は計り知れません」

たしかにフレデリックの立場上、妃は誰でもいいというわけにはいかない。生まれたときから一国の頂点に立つために教育を受けてきた、皇家の第一皇子。自覚はあれど、時に重圧を感じることもある。その隣に立つ妃もまた、同等以上の重荷になるだろうとは想像に難くない。

「まあ、たしかにそうかもな。それか、単純に殿下のことが好みじゃないとか」

皇族ゆえの責任の重さについて思いを馳せていると、突然アダムがとんでもない予想を繰り出す。

「淑女の中の淑女とはいえ、生理的に受け付けない人間もいると思うんだよな。ヴィヴィアンヌ様にとって、それがたまたま殿下だったとか」

「……おい」

会話に加わるつもりはなかったのに、聞き捨てならないことを言われて口を挟む。

フレデリックを形容する言葉としてもっとも多く使われるのは、『完璧』という言葉だ。年を重ねて精悍さを増した容貌も、少し長めの前髪から覗《のぞ》く青瞳《せいどう》も、一目で女性を虜《とりこ》にする。

しかしアダムは悪びれることなく、自身の見解を朗々と語る。

「人間そういうこともあるんじゃないか、って話だよ。それか、ほかに好きな男がいるとか……」

「アダム、言って言いことと悪いことがありま……っ」

幼なじみの失言をすぐさま察したバルテルミーが、珍しく焦った声を上げる。だが、もう遅かった。

「――まさか、そのような兆候があったというのか?」

フレデリックの声に険が宿る。

自分がからかわれるのはまだいい。長年彼女に求婚しているにもかかわらず、婚約に色よい返事をもらえないことは事実だし、最終的にヴィヴィアンヌの愛を得られればそれでいい。

だが、彼女に関することは駄目だ。ほかに好きな男がいるなど、想像するだけで胸が焼けるほど激情に駆られる。その男を目の前に引きずり出し、自らの手で八つ裂きにしたいほどに。

目つきも鋭く纏う雰囲気も冷ややかになった主君を前に、目の前のふたりの顔色がまたたく間に変化した。

「ちょっ……殿下、顔！　顔が恐ろしいって！」

「申し訳ありません、フレデリック様。この男は愚かですが、騎士としてだけは信の置ける人間です。ご命令を違えることはありえません。ヴィヴィアンヌ様が想いを寄せるほど親密になる異性の存在など、許すはずがないと進言します」

バルテルミーの発言に、フレデリックは小さく息をついた。

「アダムの仕事ぶり〝だけ〟は信用している」

ヴィヴィアンヌの護衛としてはもちろんだが、アダムはフレデリックの命を極秘で遂行している。彼の令嬢に〝悪い虫〟がつかないように、異性は徹底的に排除すること、である。もちろん、本人には内密である。

皇子の想い人として人々にその名を知られているヴィヴィアンヌだが、慈善活動などでも有名だ。高位貴族にありがちな選民意識もなく、平民とも分け隔てなく接している。彼女が教会に訪れるときなどは、姿をひと目見ようと人だかりができるほどだ。

それゆえに、不埒《ふらち》な想いを抱く輩もいる。ヴィヴィアンヌに懸想している男を報告させるようになり、両手では数え切れない報告を受けた。

「安心してくれ、殿下。ヴィヴィアンヌ様に近づく異性は、孤児院の子どもだけだ」

不安を与えた元凶のアダムは胸を張ったが、冷めた目で眺める。

ヴィヴィアンヌのことだけは冷静でいられない。長年恋煩ってきたこの感情は、もう破裂寸前にまで膨れ上がっている。

「そういえば、仕立屋から連絡がありました」

空気を変えようとしたのか、バルテルミーがそれまでとはまったく違う話題を口にした。

「フレデリック様の衣装には、ヴィヴィアンヌ様の瞳と同系色の釦《ボタン》をあしらったそうです。衣装部屋に今朝届いたので後ほどご覧になってはいかがですか」

「ああ、そうだな」

皇城に衣装が届いたということは、ロルモー公爵邸にもヴィヴィアンヌのドレスが届いていることだろう。フレデリックからの贈り物で、こちらは自分の瞳の色のドレスに宝石を散りばめた。

大きなパーティなどにふたりで出席する際は、以前からこうした品を贈っていたが、今回はこれまでとは意味が異なる。

一年前、約束したのだ。求婚を受けてくれるなら、自分の贈るドレスを着てほしい、と、

（……長い三日間になりそうだ）

*

フレデリックは窓の外に目を向けると、愛《いと》しい人の顔を脳裏に思い浮かべた。

その日。ヴィヴィアンヌが孤児院の慰問《いもん》から屋敷へ戻ると、父の書斎へ呼ばれた。

おそらく、三日後の皇帝の生誕祭の話だろうと察し、すぐさま父のもとへ向かう。

「お父様、ただいま戻りました」

「入りなさい」

許可を得て中に入ると、長椅子を進められた。座ったと同時、老齢の執事が卓上に淹《い》れ立《た》ての紅茶を置く。一礼して退室したところで、父はおもむろに口を開いた。

「今日、殿下から陛下の生誕祭で身につけるドレスや宝石が届いた」

「……そろそろ届くころだと思っておりました」

ヴィヴィアンヌは紅茶に口をつけると、一年前の約束を反芻《はんすう》する。

初めてフレデリックと唇を触れ合わせたあと。どこか地に足のつかない状態だったところ、彼はヴィヴィアンヌが落ち着くまで優しく髪を撫《な》でてくれた。

そうしてようやく頬の火照りが収まったとき、美しく微笑んで言ったのだ。

『一年後の陛下の生誕祭の前、きみにドレスと宝石を贈る。求婚を受け入れてくれるなら、どうかそれを身につけてパーティに出席してほしい』と。

フレデリックの提案を受け入れないわけにはいかなかった。いや、本当のことを言うなら、とても嬉しかったのだ。

（殿下と婚約をしても、幸せな未来はないのに）

彼の愛は、今後現れるだろう聖女へすべて注がれる。フレデリックを好きになってしまった今、ふたりが愛を育む姿を目の当たりにすれば、身を引き裂かれるような痛みを味わうだろう。

「おまえはどうしたいんだ？　ヴィヴィ」

父は痛ましげに眉根を寄せ、シワの多くなった顔に苦渋を滲《にじ》ませる。

「以前も言ったが、おまえが望まない結婚はさせたくない。たとえ殿下の求婚をお断りしたとしても、我が公爵家と皇家との関係性は、その程度では揺るがない」

「お父様……」

軍人としての功績が、父の矜持《きょうじ》であり強みだ。娘の意に沿わない結婚ならば、たとえ皇室相手でも撥《は》ね付けてみせると言っている。

温かな家族のもとに生を享けられたことは、ヴィヴィアンヌにとって何よりも幸運で喜びだった。父や母、使用人に至るまで、幼かったヴィヴィアンヌを慈《いつく》しみ、愛情を注いで育ててくれたことに感謝しかない。

（わたしは恵まれているわ。だから、悪女には絶対にならない）

公爵家の人々から愛されてきた記憶が、ヴィヴィアンヌの心を強くする。

「婚約を渋っていたわたくしを、見守ってくださってありがとうございます。お父様やお母様のお心を煩《わずら》わせてしまって……本当に申し訳ございません」

「何を言う。可愛い娘の一生がかかっているのだ。煩わしいことなど何もない。おまえは、私たち夫婦の宝だ。誰よりも幸せでいてほしい」

力強く断言する父は、家族としてただ娘の幸福を願っているのだとわかる。ヴィヴィアンヌは目頭が熱くなるのを感じ、そっと目を伏せた。

「……ありがとうございます。わたくしは、お父様のお言葉だけで、これから強く在れます」

ヴィヴィアンヌは顔を上げると、毅然と告げた。

「わたくし、殿下の求婚をお受けしようと思います」

静まり返った書斎にヴィヴィアンヌの決意が響き渡ると、父が瞠目する。

「いいのか？」

「はい。ようやく決意できました」

これまでの間、公爵家の取り潰しや断罪回避の道を模索してきた。だが、それでもフレデリックの気持ちは変わらず、ヴィヴィアンヌを求めてくれている。

（婚約を結んでも、聖女が現れたら潔《いさぎよ》く引き下がればいい。……それだけで、いいのよ）

自分自身に言い聞かせるも、人知れず深い底なし沼へ嵌《は》まるかのように息苦しさを覚えていた。

第二章

ブロン皇国皇帝の生誕祭は、朝から見事なまでに晴れ渡った。皇都では大々的な祭りが催され、国全体が皇帝への祝福に包まれている。

皇城で開かれるパーティに参加するため、ヴィヴィアンヌは朝から準備にかかりきりだった。長い時間をかけて肌を磨いて髪を整えると、フレデリックに贈られたドレスに袖を通す。

彼の瞳の色に合わせて作られたドレスは青が基調だ。胸元や裾にレースがあしらわれ、小さな宝石が散りばめられている。幾重にも布を重ねて作られたスカート部分は美しい刺繍が施され、濃淡のある布地と相まって上品で豪奢《ごうしゃ》なデザインになっている。

ドレスと一緒に贈られたネックレスも、見事な意匠だった。布地によく映える金細工に象嵌《ぞうがん》されているのは、ドレスとは異なる色味の青い宝石だ。数ある鉱山の中でも採掘が難しいとされる石だが、皇家の威光を感じさせる品である。

「ヴィヴィアンヌ様、お綺麗です」

すべての支度を終えたパメラが、鏡の中のヴィヴィアンヌを見て満足そうに微笑んだ。

優秀な侍女は、ドレスに合うような髪型に整えてくれた。金糸のごとく繊細なヴィヴィアンヌの髪を丁寧に編み込み、すずらんを模した髪留めで纏《まと》め上げている。

すずらんは、フレデリックと約束を交わした秘密の場所に咲いていた花だ。あのときの約束を果たすのだという想いをこめ、今日のために用意した。

「ありがとう、パメラ。あなたのおかげよ」

「とんでもないことでございます。お嬢様の美しさの前では、どのような手技も霞《かす》んでしまいますわ」

力説したパメラは、ふと感慨深げな表情を浮かべた。

「お心を決められたのですね」

「……ええ。もう長い間、わたくしの我儘《わがまま》でお父様やお母様には心配をかけてしまったわ。それに、殿下にも甘えてしまっていたから」

「旦那様や奥様は、ヴィヴィアンヌ様がご婚約をお受けしないのは、よほどの理由があるのだとお考えです。僭越《せんえつ》ながら、わたしも同じ考えでございます」

公爵家の皆は、ヴィヴィアンヌがただの我儘で婚約を避けていたのではないと信じてくれている。だからこそ、彼らの信頼を裏切りたくない。

（わたしさえしっかりしていれば、悪女にはならないわ。殿下の、そして、公爵家の皆の幸せを考えれば、自分の気持ちなど抑えられる）

ヴィヴィアンヌは、首に提げていたネックレスにそっと触れた。フレデリックの瞳の色を思わせる宝石を身につけていると、不思議と気持ちが凪《な》いでいく。

「今日が終われば、きっと生活が大きく変わるわ。できればパメラには、これからもわたくしを支えてもらいたいのだけれど……」

「もちろんです、お嬢様。何に阻《はば》まれようと、けっしておそばを離れません」

今日のパーティが終われば、そう時を置かず皇宮へ行くことになる。今までとは違い、正式な婚約者となって結婚式の準備に入るからだ。もちろん、皇子妃としていずれ行う公務についても勉強しなければならない。

幼いころから共に過ごし、ヴィヴィアンヌの一番の理解者のパメラが一緒に来てくれるなら、これほど心強いことはない。

（……でも、わたしが皇宮で過ごす期間は半年だけだって忘れないようにしないと）

彼といられるのは、聖女が現れるまでの間。いわば、この婚約は期間限定である。

ヴィヴィアンヌはちりちりと焦げ付くような胸の痛みに気づかぬふりをすると、悪女にはならないと心の中で何度も自分に念押しした。


祭りで賑《にぎ》わいを見せる皇都を眺めているうちに、やがて馬車は皇城の門をくぐり抜けた。

今日のパーティは、高位貴族だけではなく下位貴族も招待しているため、昼夜に分かれて開かれる。

今は、入城と帰城の馬車が交錯して混雑していたが、公爵家の紋章である金狼《きんろう》の像が掲げられている外装を見ると、城勤めの侍従がすぐさま皇族専用の乗降場へ誘導した。

（とうとうこの日が来たのね）

緊張で震えそうになる手を握り込むと、同乗していた父母から声をかけられた。

「ヴィヴィ、私たちはいつでもおまえの味方だ」

「あなたが選んで決めた道を進むなら応援しているわ。けれど、もしもつらければ無理をしないでちょうだい。いつだってわたくしたちは、あなたの幸せを願っているのだから」

父母の優しい言葉を聞いて、思わず涙ぐみそうになる。ヴィヴィアンヌがこれまで婚約を避けてきたからこそ、此度《こたび》の決心を心配しているのだろう。

「お父様、お母様、わたくし……くじけそうなときは、おふたりのお言葉を思い出しますわ。そして必ず、お役目をまっとういたします」

ヴィヴィアンヌの役割は、『聖女が現れるまでの間、皇子の婚約者でいること』『皇子と聖女が恋仲になったときは、潔く身を引くこと』、この二点だ。

特に後者については、何に変えても守らなければならない。そうでなければ、自分のみならず公爵家に破滅を齎《もたら》してしまう。

「……殿下に婚約をお受けすると手紙をしたためましたところ、お喜びだとミュッセ卿から伺いました。わたくしには過分な方だというのに、ありがたいことですわ」

ドレスや宝石の礼を告げるため、ヴィヴィアンヌはフレデリックに手紙を送った。『生誕パーティで身につけたく存じます』と書き添えたところ、意味を即座に理解した彼からは、大輪の白薔薇《ばら》の花束が届けられた。それも、護衛騎士であるアダムの手で直々に、である。

『殿下はたいそうお喜びでした』とは、アダムの言だ。『この花の数を見れば、浮かれぶりをご理解いただけるかと思います』とも。最後に、『これで我々にも平和が訪れます』と言われたのは、意味がよくわからなかったのだが。

(でも、殿下がとても喜んでくださっているのだけはわかるわ)

花束の中には、ふたりが約束を交わした場所に咲いていたすずらんの花も入っていた。彼があの約束を覚えていて、心待ちにしていたことが伺える。

彼の気持ちが嬉しい一方で、いずれ失う愛を思うと苦しくもあった。けれど、両親に心配をかけてはいけないと微笑んでみせる。

「ヴィヴィ、お迎えが来たようだ」

「え……」

父の声で外へ目を向ける。すると、フレデリックが入り口から出てきたところだった。

業者が扉を開けると、彼は優雅なしぐさで白手袋を嵌めた手を差し出した。

「待っていたよ、ヴィヴィアンヌ」

(まさか、殿下が出迎えてくださるなんて)

差し出された手を取って馬車を降りたヴィヴィアンヌは、ドレスの裾を摘まんで跪礼《カーテシー》する。

「皇国の太陽、皇子殿下にヴィヴィアンヌ・ロルモーがご挨拶申し上げます。本日の佳《よ》き日に皇城へ招待していただける栄誉を賜りありがたく存じます」

「顔を上げてくれ。我が愛しの婚約者」

甘やかな声で告げられて視線を上げると、まばゆいばかりの笑みを浮かべたフレデリックのまなざしが注がれていた。

（殿下が光り輝いているわ）

十年前に初めて会ったときから、ヴィヴィアンヌの目にはいつもフレデリックが輝いて見える。彼自身が発光しているというよりは、周囲の光を身体に纏っているような印象だ。今日はいつもよりも光が強く、周囲で星が瞬いているかのようだ。

真っ白な正式礼装に、金の肩章がよく映えている。詰め襟や袖には精緻な刺繍が施され、金や深緑の糸が使用されていた。ヴィヴィアンヌの髪と瞳の色に合わせて作られた衣装なのは、誰が見ても明らかで、知らずと鼓動が速くなる。

「殿下」

馬車から降りてきた父母が、フレデリックに臣下の礼をとる。彼はひとつ頷くと、ヴィヴィアンヌの背に手を添えて公爵夫妻へ向き直った。

「よく来てくれた。今日は互いにとって記念すべき日となるだろう」

「御意にございます。何卒《なにとぞ》……何卒よろしくお願いいたします」

公爵としてではなく、ヴィヴィアンヌの親としての発言だ。フレデリックも察したのか、「心得ている」と、皇族らしい威厳をもって応じる。

「また後ほど席を設けよう。陛下も皇后も、公爵たちに会えるのを楽しみにしている」

「光栄にございます。後ほど、ご挨拶へ伺います」

言いながら、父母はヴィヴィアンヌを感慨深そうに眺める。ふたりにとっても、このパーティは特別なものになる。今日を境に、正式に娘の皇室入りが宣言されるのだからそれも当然といえた。

両親に微笑みかけると、フレデリックに肘を差し出される。そっと手を添えたところで、彼は「行こうか」と、ゆるりと足を進めた。

皇城には何度か訪れているものの、そのたびに絢爛豪華《けんらんごうか》な造りに圧倒される。天井には真昼と見まがうくらいに明度の高いシャンデリアが室内の隅々までを照らし出し、意匠を凝らした城内の装飾を露《あら》わにする。

そこかしこに見られるのは、皇室の紋章である鷹《たか》だ。それは、金の置物であったり絨毯《じゅうたん》の紋様だったりするのだが、どれも一級の芸術品である。城の中を歩くだけでも、ブラン皇国の経済力と威容を感じることができた。

（これからいよいよパーティが始まる。気を引き締めないと）

正面の門前は大勢の人々で溢れていたが、今歩いている通路はとても静かだ。時折皇室騎士団の制服を着た騎士や、侍女や侍従といった城勤めの者とすれ違うくらいである。

儀仗兵《ぎじょう》の先導で会場へ近づくと、緊張感が高まってくる。そのとき、不意に歩を緩めたフレデリックは、ヴィヴィアンヌの耳もとへ唇を寄せた。

「そのドレス、とても似合っているよ」

「素敵なドレスをありがとうございます。殿下のお心遣いに感謝しておりますわ」

「気に入ってくれたならよかった。……一年前からずっと、この日を待ち望んでいたからな」

さりげなくはあるが、フレデリックの心からの言葉だとその言動から滲んでいる。目が、声が、態度が、全身で喜びを表している。

（これほど想ってくださっているだなんて……）

自分を律せねばならぬのに、胸の高鳴りが抑えられない。先ほどとは違う緊張でドキドキしていたとき、パーティ会場となる大広間の扉が見えてきた。

両開きの扉の前には、騎士団でも役職のついた者たちが整列していた。フレデリックとヴィヴィアンヌが現れると、足を揃えて踵《かかと》を鳴らした一同は、一糸乱れぬ動作で脱帽し胸にあてた。

騎士の中にはアダムもいたが、いつも接している彼とはまた違う凛々しさがある。ヴィヴィアンヌと目が合うと、周囲にはわからない程度に微笑んでくれた。

よく知る顔に合えたことで、少しばかり緊張が解《ほぐ》れる。しかしそれも、ほんのわずかのことだった。

「フレデリック・セリュリエ殿下、ヴィヴィアンヌ・ロルモー公爵令嬢、ご入場です！」

儀仗兵が高らかに宣言し、両開きの扉が開く。彼とともに会場に入ると、すでに大勢の貴族が集まっていた。

（さすがは陛下の生誕パーティだわ。通常とは規模がまるで違うもの）

招待されている人数もさることながら、煌《きら》びやかな会場にまず目を奪われた。公爵家令嬢といえども、そうそう簡単に登城はしない。皇族に招待された茶会やパーティに出席しなければ、めったに立ち入ることはない特別な空間だからだ。

そのうえ城の敷地はとても広いため、いまだ足を踏み入れたことのない場所が数多くある。ここもそのうちのひとつで、大規模な催《もよお》しでなければ利用も稀《まれ》な大会場である。

「緊張しているな」

「……はい、少し」

楽団の奏でる優雅な音楽が流れる中、会場を歩きながらフレデリックが小声で話しかけてくる。同じように小声で答えながらも、笑顔を絶やさないよう努めた。

「パーティには慣れているつもりですが、殿下のパートナーとして注目をされるのは緊張しますわ」

「私がそばにいるから、そう構えることはない。陛下の挨拶のあとダンスを一曲終えたら、ロルモー公爵と話す時間を取ろう」

そう言っている間にも、フレデリックの周囲には人が集まってくる。皆、挨拶をしようと待ち構えているのだが、彼はそれらを制して赤絨毯が敷かれている階段を上がった。

会場を見渡せる皇族用に設えられたその場には、四席設けられている。通常は、皇帝、皇后、第一皇子の三席のみの場にもう一席が追加されている意味を、パーティの出席者は皆理解していた。

今日、正式に、フレデリックの婚約が発表されるのだ、と。

ヴィヴィアンヌが婚約を固辞していたことにより、ほかの貴族の娘を婚約者に、という声がなかったわけではない。ただ、フレデリックはヴィヴィアンヌ以外の婚約者を拒絶し、皇帝や皇后もそれを認めている。

皇帝の退位までの間に結婚し、跡継ぎを儲《もう》けられれば問題なし、というのは彼らの見解で、他の貴族らは皇家の意志に従った。仮に第一皇子に不慮の出来事があったとしても、皇帝には弟もおり、その子どももいる。

セリュリエ家の血筋が絶える心配がないうえに、何よりも『皇子が純愛を貫《つらぬ》いている』との噂は、貴族のみならず平民にまで知れ渡っている。政略結婚の多い貴族において大変に珍しく、皇子として非の打ち所がないフレデリックは民衆からの支持も高かった。

そういった事情から、皇子がようやく思いを遂げられるのだ、と、この場にいる者の目は好意的である。フレデリックが結婚し子を成せば、皇国挙げての祭りとなり、経済面も活性化することになるだろう。

（改めて考えると、荷が重いお役目だわ）

フレデリックのエスコートで彼の隣に座ったヴィヴィアンヌは、いつもとは違うパーティの雰囲気に息を呑《の》む。

これまで見上げる立場だった皇族の席に座るのは、想像以上の重圧だ。かすかに震える手を隠して笑顔を貼り付けると、「ヴィヴィアンヌ」と隣から声がかけられる。

「心配しなくていい。私がきみの隣にいることを忘れないでくれ」

「殿下……」

「と言っても、私も大概浮かれている。気を抜くと顔に締まりがなくなると、バルテルミーにも注意されたんだ。大きな失敗をしでかしそうで心配だと」

「まあ……殿下が失敗なさるところなんて、想像できませんわ」

容姿も性格も皇子としての資質も、すべてが完璧と称されるフレデリック。彼はどのようなときでも動揺するところを見せたことはなく、迂闊《うかつ》な言動で他者から眉をひそめられることも皆無だ。

正直に伝えたところ、「そう見えているなら嬉しいよ」と彼が笑う。

「ヴィヴィアンヌも同じだろう？　完璧な淑女と言われているが、努力の上でのことだ。でも、私には緊張も不安も隠さず伝えてほしい。必ずきみを支えると約束するから」

フレデリックの気持ちが、ヴィヴィアンヌの心を優しく溶かしていく。

ゲームのシナリオでは、皇子と聖女の出会いの場面から始まるため、これまでの彼との思い出はヴィヴィアンヌが初めて経験したことだ。フレデリックと一緒にいる時間が増えるほどに愛しい気持ちが募っていき、そのたびに自分を戒《いまし》めての繰り返しだった。

（でも、聖女が現れるまでは……殿下はわたしだけを見てくださる）

これだけまっすぐに愛情を向けられれば、何も感じないわけがない。自身もまた彼に愛情を抱いているからこそ、誠実でありたいと想う。

「……殿下、お願いがございます」

「なんだ？」

「パーティが終わったあと……お時間をいただけないでしょうか。お話ししたいことがあるのです」

告げたとたん、ヴィヴィアンヌの心臓が大きく鳴った。自分から彼を誘うのは初めてのことだ。

これまでは婚約者候補の立場で、常に一線を引いて接してきた。あまり親しくなれば、いずれくる別れがつらくなり、悪女へと自分が変わってしまうのではないかと怖かった。

だが、つかの間とはいえこれからフレデリックの正式な婚約者となる。惜しみなく愛を伝えてくれる彼に誠実であるために、ヴィヴィアンヌは覚悟を決めた。

（殿下にすべてお話ししよう。たとえ信じていただけなくても……それがわたしにできる唯一の真心の示し方だわ）

目を伏せて黙考するヴィヴィアンヌに、フレデリックの声が届く。

「きみの頼みなら何を置いても優先しよう。それにしても、なんとも可愛らしい頼み事だ。その程度なら、遠慮せずにいつでも言っていい」

「ありがとうございます……」

フレデリックの承諾に胸を撫で下ろしたとき、会場に流れている音楽が変化した。それと同時に、儀仗兵の声が高らかに響き渡る。

「皇帝陛下、皇后陛下、ご入場にございます！」

両陛下、登場の報《しら》せに、フレデリックとヴィヴィアンヌが自然なしぐさで立ち上がる。

皇帝と皇后は、会場中の視線を浴びながら華々しく入場した。楽団の音楽は皇国を讃える荘厳な旋律を奏で、両陛下をよりいっそう引き立たせている。

ゆるりと階段を上がった皇帝と皇后は、王室特有の気品と威厳に満ちていた。フレデリックの深い青を湛えた瞳は皇帝、白金の髪は皇后譲りで、この三名が同じ場所に揃うとまさに圧巻である。

美しさと気高さを兼ね備えた皇国を統べる支配者に、貴族らが頭を垂れる。皇帝は臣下臣民らの様子に泰然と笑みを浮かべ、第一声を発した。

「皆の者、面を上げよ。今宵《こよい》は私のためにこれほど大勢の者が集ったこと、喜ばしく思うぞ」

張りのある皇帝の声に皆が顔を上げる。これから齎されるだろう慶事の報に、集った全員が期待に満ちた表情で君主を仰いでいた。

「皇国の尊き臣民よ、余はこれからも国を繁栄させることをここに誓おう。そしてそれは、我が息子であるフレデリックの御代《みよ》となろうと変わらない」

皇帝は一度視線を息子へ向けると、ふたたび招待客に向き合った。

「ここに、フレデリック・セリュリエとヴィヴィアンヌ・ロルモー公爵令嬢の婚約がととのったことを宣言する！」

皇帝が堂々と皆に告げた次の瞬間、歓喜の声が会場内に広がっていく。「これはめでたい」「とうとうこの日が来たのですね」「これで我が国も安泰だ」という会話もあれば、「殿下は恋を実らせたのですね」「理想の結婚ですわ」と、フレデリックの恋の成就を祝う声も多い。

「皆の者、若いふたりを存分に祝ってやってくれ」

皇帝はそう締めくくると、片手を軽く挙げた。すると、すぐに楽団の演奏がダンス曲へと移り変わっていく。祝いの場にふさわしく、明るい曲調だ。

「では、ファーストダンスはこのふたりに務めてもらおう」

「陛下の仰せのままに」

フレデリックが胸に片手をあてて答え、ヴィヴィアンヌは跪礼する。

(とうとう殿下と婚約したのだわ)

長い間ずっと避けてきたが、これでもうゲームのシナリオから逃げられない。今から半年後、彼と聖女が出会うまでの期間、しっかり婚約者の役目をまっとうする。悪女にならぬよう、厳しく自身を律し、きたるべき別れに備えなければならない。

自分自身に念じていると、フレデリックが手を差し出した。

「ヴィヴィアンヌ、行こうか」

「……はい、殿下」

互いに微笑み合うと、彼の手を取り階段を下りる。

ふたりが降り立つと、出席者たちは左右に散ってダンスフロアまでの道を空けた。足を進める間にも、貴族らは興奮した様子で次代の皇帝と皇后を見守っている。

「さすがにここまで注目されると、ちょっと困るな」

フロアの中央まで来たフレデリックは、ヴィヴィアンヌへ身体を寄せて囁《ささや》いた。

「これでは、ステップを間違えたら恥をかきそうだ」

「ふふっ、殿下がダンスのステップを間違えたところなど、今まで一度も見たことがありませんわ。幼いころから、とてもお上手でしたもの」

「今日が初めて目撃される日にならないように、気をつけないといけないな」

蒼天《そうてん》の空を思わせる瞳を愛しげに細められ、鼓動が高鳴る。

いつも彼は、ヴィヴィアンヌの気負いや重圧を察し、冗談で息抜きさせてくれる。パートナーとして一緒に出席した催しは両手で数えても足りないほどにあるが、いずれもフレデリックがいてくれたからこそパーティを楽しむ余裕ができていた。

フレデリックは音楽に合わせ、華麗にステップを踏んだ。比較的穏やかな曲調だが、難易度の高いダンスだ。しかし彼はまったくそう感じさせない軽やかさで、ヴィヴィアンヌをリードしている。

（いつも、殿下とのダンスは楽しかったわ）

彼は、どんな曲でもヴィヴィアンヌが踊りやすいように動いてくれていた。高い技量を誇るフレデリックにふさわしいパートナーでありたいと、ダンスのレッスンは特に熱を入れたものだ。

「またダンスが上手《うま》くなったな、ヴィヴィアンヌ」

「殿下についていくだけで精いっぱいですわ」

踊り始めると、緊張で凝り固まっていたはずの身体は、不思議と動いた。きっと幾度となく重ねた練習が身についているのだ。曲の終盤では会話を交わす余裕も生まれ、どんどん楽しくなってくる。

「ダンスが終わったら、皆に囲まれる。ある程度のところで、公爵のところへ行こう」

「かしこまりました、殿下」

時折会話を交わしながらステップを踏むうちに、心弾む時間が終わる。ダンスが終わって礼をすると、周囲からは割れんばかりの拍手が鳴り響いた。

楽しい時間はアッという間だ。パーティ後には、フレデリックに秘密を打ち明けなければならない。長い夜になりそうな予感を覚えるヴィヴィアンヌだった。


パーティが終わると、フレデリックの計らいにより用意された客間へ通された。皇帝や皇后からも宿泊を強く勧められたため、父母とともに言葉に甘えることにしたのである。

フレデリックとふたりきりで話したかったため、この申し出はありがたかった。おそらく彼はヴィヴィアンヌの願いを叶《かな》えるために、宿泊を提案してくれたのだ。

「ヴィヴィアンヌ様、本日は誠におめでとうございます」

夜着を見につけたところで、パメラが恭しく頭を下げた。幼いころからずっと一緒に過ごしている侍女は、婚約を受け入れたヴィヴィアンヌの決断に思うところがあるのか、どこかまだ心配そうな顔をしている。

「ありがとう、パメラ。殿下の婚約者として移り住むことになったら、一緒についてきてくれると嬉しいわ」

「もちろんです。どこまでもお嬢様に付き従う所存です」

頼もしい言葉を主人に捧《ささ》げた侍女は、「今日はお疲れでしょうし、ゆっくりお休みください」と、そうそうに部屋を辞した。

城勤めの使用人もいたが、皆下がらせている。フレデリックとの約束があるためだ。皇帝や皇后、父母を交えて会話をしたときに、『あとで部屋に行く』とこっそり言われていた。『皆に内緒で行くから、侍女も下がらせておいてほしい』とも。

正式な婚約者になったとはいえ、夜遅くに堂々と部屋を訪れるのは避けたほうがいいとの彼の判断だが、ヴィヴィアンヌにも異論はなく提案に従った。

しかしここで、新たな問題が頭を擡《もた》げる。

(そろそろいらっしゃるころよね……。今からでも着替えたほうがいいかしら)

今のヴィヴィアンヌは、いつでも寝台に入れるような状態、つまり夜着である。夜も更けており、誰かの訪れを想定していないのだから当然だ。

さすがにそこまで気が回っておらず、今さらながら焦りを感じる。

夜着はモスリン織りの綿素材で、胸元には花の刺繍が施されている。くるぶしの少し上まで裾があり、やわらかな布が肌に触れるのが心地いい。ヴィヴィアンヌのお気に入りだが、人と会うような格好ではない。

せめて何か羽織ろうと、ショールを手に取ったときである。

窓の外から、控えめなノックの音がした。ハッとしてそちらを見れば、フレデリックがバルコニーで手招きをしている。

「殿下……！　まさかバルコニーからいらっしゃるなんて……」

ヴィヴィアンヌは驚きに目を瞬かせ、急いで窓を開いた。夜風が頬を撫でるのも構わずバルコニーに出ると、フレデリックが小さく微笑む。

「驚かせてすまない。こちらのほうが人目につかないと思って、皇族専用の裏通路を使った」

城内の至るところに皇族のみしか知らない通路が張り巡らされているという。むろん有事に備えてのものだから普段はめったに使用しないが、たまに部屋を抜け出すときなどに活躍しているそうだ。

「そうだったのですね。わたくし、てっきり扉からいらっしゃるものだとばかり……」

もしも着替えている最中だったなら、あられもない姿を晒《さら》していたかもしれない。安堵したヴィヴィアンヌだったが、彼と会うには不適切な格好であることに代わりはなく、そっと目を伏せた。

「その……わたくし、はしたない姿で申し訳ございません」

「無作法な真似《まね》をしたのはこちらなのだから気にしなくていい。それに、私も淑女を訪問する服装ではないしな」

フレデリックは、白地の襯衣《シャツ》に黒の下衣という初めて見る服装だった。形式張らないその姿は新鮮で、胸の鼓動が意図せず高鳴る。どのような衣装であっても彼の輝かしさは損なわれず、それどころかいつもよりも身近に感じてドキドキしてしまう。

「きみは、どのような姿でもとても愛らしいな」

フレデリックは独白とも取れる呟きを漏らすと、不意に手を伸ばした。優しく胸に抱き寄せると、大きく息を吐き出す。

「殿下……？」

突然の抱擁に動揺し、声が上擦った。鼓動が通常ではありえないほど速く大きく鳴り響いている。だが、フレデリックもまたヴィヴィアンヌと同様に心臓の音が速かった。

夜風がふたりの肌を優しく撫でるが、肌の火照りは増すばかりだ。彼の体温が、息遣いが、匂いが、心を蕩けさせていく。

「きみが婚約を受け入れてくれると報せがあったときから、夢を見ているようだった。……これが夢なら覚めなくてもいい」

それは彼の本音なのだろう。噛《か》み締《し》めるように告げる声から、それが伝わる。

自分もまた同じ気持ちだと伝えたいが、その前に明かさなければならない真実がある。

覚悟を持って顔を上げると、深青の瞳とかち合った。皇族の証《あかし》であるその瞳はどこまでも澄み渡り、宝石のごとき神々しさを放っている。

月明かりに照らされたフレデリックの相貌は、息を呑むほど美しい。まばたきする間すら惜しみ見蕩れていると、甘やかな声が耳朶《じだ》をたたいた。

「好きだ、ヴィヴィアンヌ」

彼の告白に答えるよりも先に、唇が重ねられた。

一年前にしたのは互いに触れ合わせただけだったが、今回は違った。閉じていた唇の合わせ目から舌が差し入れられ、口蓋を舐《な》め回される。

「ん、ん！　……っぅ……」

反射的に身じろぎすると、腰を強く抱かれた。彼の腕から逃れられず、初めて受け入れた舌の感触に翻弄された。

息苦しいほどに深い口づけは、彼の想いを直《じか》に伝えてくる。彼の舌が自分のそれに絡められると、ぞくりとする。不快ではない。ただ、未知の感覚に襲われて混乱してしまう。

（殿下の身体が……熱い……）

まるで食べられているようだとヴィヴィアンヌは思った。じっくりと味わわれ、このまますべてを喰《く》らい尽くされるのではないかとすら感じる。

いつも紳士的に接してくれていたフレデリックはそこにおらず、ただただヴィヴィアンヌの唇を貪《むさぼ》っている。彼の中にこれほど激しい欲望が眠っていたのかと戦《おのの》くほどだ。

「は……ぁ」

どれくらいそうしていたのか、唇を解放されて吐息が漏れる。とても淫らで官能的な彼のぬくもりに、くらくらとめまいがする。

「すまない。嬉しさのあまり、歯止めが利《き》かなくなりそうになった」

「い、いえ……」

「駄目だな。やはり浮かれている」

照れくさいのか、フレデリックの頬にはわずかに朱が走っている。

彼の言動はヴィヴィアンヌにまっすぐ愛を伝え、いくら押《お》し留《とど》めようとしても心の深くまで到達してしまった。長い年月を経て岩の上へ落ちていた水滴が、いつしかその形を変えてしまうように。少しずつ重ねてきた時間が、彼の愛情を心に染み込ませていく。

「殿下……お話したいことがございます」

「ああ、そうだったな」

フレデリックは抱きしめていた腕を解き、庭園を見渡せる場所へヴィヴィアンヌを誘った。松明《たいまつ》の明かりに浮かび上がる緑園は美しく、昼間とは違った趣がある。

「それで、話とは？」

「わたくしは、恐れながら殿下の求婚をこれまでお断りしてまいりました。ですが、それには……理由があったのです」

一度言葉を切ると、フレデリックを見上げた。

たとえ真実を語ろうとも、信じてもらえないかもしれない。悪くすれば、婚約を嫌がるあまりの虚言だと取られる可能性もある。何よりも、自分が彼の立場ならとうてい受け入れられる話ではない。

それでもヴィヴィアンヌは、勇気を振り絞って彼に告げた。

「……今まで誰にも話したことはございませんが、わたくしは、少し先の……未来の出来事がわかるのです」

次の瞬間、フレデリックの宝石のような瞳が驚きに見開かれた。

「未来がわかる、とは……占いや予知といった類なのか？」

「いえ、そうではございません」

ヴィヴィアンヌは、わかっている未来の出来事は限定的であること、それらはすべてフレデリックに関わることなどを話した。そして、十年前の事件から未来が見えるようになったのだ、とも。

前世でプレイしていたゲームの世界だとは、さすがに伝えられない。上手く説明できる気がしなかったし、何より今生きている世界が作り物だと思いたくないからだ。

「……わたくしの知る未来では、殿下はこれから知り合う女性と添い遂げるのです。それは、聖女と呼ばれる存在でした。わたくしは醜くもおふたりの仲に嫉妬し、果てに断罪され……公爵家は取り潰しとなってしまいました」

話が終わるまでフレデリックは無言だった。未来がわかるなどという突拍子もないことをすぐに受け入れられるはずもない。

（でも、これが事実だもの。たとえ信じていただけないとしても後悔はないわ）

ヴィヴィアンヌが婚約を避けてきたのは、あくまでも公爵家の存続と自身が生き残るためだ。そうじゃなければ、喜んでフレデリックの求婚に頷いていただろうことも言い添える。

「わたくしは、未来では悪女と呼ばれ、殿下や聖女に害をなす存在でした。ですが、嫉妬で身を滅ぼす悪女になるつもりはありません」

毅然と告げると、フレデリックから視線を逸らさず続けた。

「ご安心ください、殿下。わたくしは、聖女が現れたならすぐに身を引く所存です。ですから、その間だけは婚約者でいさせてくださいませ」

これまで抱えていた秘密を打ち上げると、ヴィヴィアンヌは美しい膝折礼《カーテシー》で話を終えた。

*

皇帝の生誕パーティの翌日。フレデリックは朝から城の敷地内にある皇室図書館へ足を向けると、皇族のみが閲覧可能な禁書を持ち出した。

自身の執務室へ入りさっそく頁《ページ》を捲《めく》りながら、昨夜の出来事を反芻する。

（これから起こる未来がわかるというのが本当なら、ヴィヴィアンヌは……）

今読んでいる書物は、ブロン皇国の開闢《かいびゃく》から現在に至るまで――つまりは、皇室の歴史が記されている。一般に出回っている歴史書に記載されていないことが細かに記載されており、幼いころに受けた皇家の歴史の授業に読んでいた。

ヴィヴィアンヌと話してからすぐに確認をしたかったものの、夜も更けていたため今朝へ持ち越して休むことにしたのだが、昨夜はほとんど眠れなかった。彼女の話が衝撃的だったからだ。

いまだ緩和されていない衝撃をやり過ごしていると、執務室の扉がノックされた。

「アダム・ミュッセ、殿下にご報告があり参上しました」

「バルテルミー・ボラン、書類をお届けに上がりました」

「入れ」

フレデリックの承諾を得て、アダムとバルテルミーが入ってきた。ふたりは扉を閉めると、恭しく胸に手をあてた。

「このたびはご婚約おめでとうございます」

ふたり同時に祝いを述べられたフレデリックは、「ああ」と表情なく応じる。すると、まず怪訝《けげん》な顔をしたのはアダムだ。

「今日は一日中ご機嫌かと思ったけど、いったいどうしたんだ？」

「たしかに。おめでたい発表の翌日ですし、仕事量も少ないはずですが……」

アダムとバルテルミーの困惑も無理はない。フレデリックは今、婚約をした喜びに浸る余裕がないのである。

眠れぬ夜を過ごす間に、ヴィヴィアンヌの言葉を一言一句思い返した。彼女が婚約を渋っていた理由がようやくわかったものの、想像を遙《はる》かに上回る大きな秘密を抱えていたのだと知って胸が痛む。

(たったひとりで、誰にも言えず……苦しかっただろうな)

彼女の発言はにわかに信じがたい。だが、聞いてみれば妙に腑《ふ》に落ちる。十年前の事件で、彼女がフレデリックを助けに来たのは事実だからだ。

ヴィヴィアンヌの見ている未来は、実際に起こることだ。彼女はこれまでの生活の中で、そう確信したのだ。だから自身が悪女となり、公爵家に累が及ぶことを何より恐れている。

だがそれは、フレデリックが〝聖女〟と親密になることが前提だ。

そもそも、ヴィヴィアンヌしか見えていないというのに、ほかの女性が心に入る隙などない。何せ彼女への片思いは十年間で熟成されている。

(……それに、婚約者がいながらほかの女性に目を向けるなど、未来の私はどれほど不誠実なんだ。自分の行動だとはとても思えない)

しかし、自らの想いを他者に証明するのは難しい。

(ひょっとするとヴィヴィアンヌは、私の態度に不安を覚えているのか？)

これまで愛情を隠さず伝えてきたつもりだが、それでも信じるに足りなかった。だからこそ、未来の彼女は悪女になってしまったのではないか。その可能性は充分考えられる。

（ヴィヴィアンヌが悪女だろうと、愛する気持ちに変わりはない。むしろ、ほかの女性に嫉妬するほど愛されているのなら、なおさら聖女になど目を向けるはずがない）

ほかの女性との仲に嫉妬するヴィヴィアンヌは可愛いのだろうが、彼女を苦しめるのはたとえ自分だろうと許せない。

「……おまえたちに聞きたい。これから私は、ヴィヴィアンヌ以外の女性を好きになると思うか？」

「まさか！　ありえません！」

アダムとバルテルミーの声が重なった。フレデリックが「私もそう思う」とふたりの意見に同意を示すと、勢い込んで執務机越しに詰め寄ってきたのはアダムだ。

「おいおい、殿下。もしかして昨日、何かあったのかよ」

「まさか、ヴィヴィアンヌ様に婚約をお断りされたのでは……」

みるみるうちに顔色が変わるふたりに、首を振って否を告げる。

「陛下の生誕パーティで発表された直後に、婚約破棄を申し出るような女性だと思うか？」

「じゃあなんで変なこと聞くんだよ。俺たちは、殿下がどれだけヴィヴィアンヌ様を好きなのか身をもって知ってるんだ。殿下の心変わりなんて絶対にないと断言できるね」

「アダムの言う通りです。フレデリック様の積年の想いが簡単に変わるとは思えません。ヴィヴィアンヌ様でなければ婚約しないとまで仰《おつしや》っていたではありませんか。アダムに護衛を命じられたのも、彼の方の様子をお知りになりたいからですよね」

普段冷静なバルテルミーですら、早口でまくし立ててくる。フレデリックはふたりの反応に満足し、ひとつ頷いた。

「悪いが、陛下に謁見を申し込んできてくれ」

「陛下にですか？　おそらく本日ならすぐに許可が出ると思いますが……」

バルテルミーによれば、皇帝も皇后も今日は公務の予定を入れておらず、城内で昨日の疲れを癒《い》やしているという。そうそうに彼らと会って確かめたいことがあるフレデリックにとっては、かなりの幸運と言っていい。

フレデリックは逸《はや》る気持ちを抑え、歴史書を手に取った。


謁見の許可が下りたのは、その日の午後である。その前に、屋敷へ戻る公爵夫妻とヴィヴィアンヌを見送りに出た。少しでも、彼女の顔を見たかったからだ。

公爵夫妻と挨拶を交わし、彼らが先に馬車に乗り込んだところで、彼女に向き直る。

今朝、朝食は別だったため、会うのは昨夜ぶりである。バルコニーでの秘め事は思い出すだけで身体が熱くなるが、今は口づけの余韻に浸ることが許されない。齎《もたら》された情報を処理するのが先決だ。

「ヴィヴィアンヌ、次に会うのはきみが城に越してくるときだな」

「はい、殿下。その日まで城内の作法を復習しておきますわ」

可憐に微笑むヴィヴィアンヌを見て、思わず抱きしめたくなる。

昨夜は、初めて濃厚な口づけを交わした。つい我を忘れてしまいそうなほど、彼女に触れているのは心地よかった。甘い香りが、柔らかな肢体が、フレデリックの理性を溶かしていき、欲望に支配されそうになった。

（思い出すと困るな。……どうしてこんなに可愛いんだ）

そばにいて顔を見るだけで満たされた気持ちになるのは、彼女にだけだ。ほかの女性と会話をしても皇子として態度を崩すことはないが、ヴィヴィアンヌに対しては違う。笑顔を見れば嬉しくなるし、悲しんでいれば手を差し伸べたいと思う。

フレデリックにとって、ヴィヴィアンヌは唯一自分が欲しいと思える女性だった。

「きみが引っ越してくる日を心待ちにしている」

「……はい。わたくしもです。両陛下には、日を改めてご挨拶いたします」

昨夜重大な秘密を暴露したとは思えないほどに、ヴィヴィアンヌは穏やかな表情だ。長年ひとりで背負い込んでいた真実を明かしたことにより、肩の荷が下りたのかもしれない。

「城に住むようになれば、昨夜のような機会も増えるだろう。期待している」

耳朶に顔を寄せて囁くと、ヴィヴィアンヌは真っ赤になって俯《うつむ》いてしまう。

（こんなに愛らしい悪女など、いるわけがないだろう）

もしも彼女が悪女になるのなら、それは自分が至らないからだ。ヴィヴィアンヌとのやり取りで、改めてそう思った。

その後、フレデリックはすぐに皇帝と皇后のいる私室へ足を運んだ。先触れで、公務に関係のない私的な用件だと伝えていたため、私室へ招かれたのである。

「――フレデリック。緊急の謁見要請とはどうしたのだ？」

「まさか、ヴィヴィアンヌ嬢と何かあったのではないでしょうね」

息子を迎えた皇帝夫妻は、公式の場とは違って父母の顔で問いかけてきた。彼らにしてみれば、ひとり息子の念願が叶ってようやく結んだ婚約である。その翌日に謁見の申し出があったのだから、心中穏やかでないことが窺える。

「じつは、ご相談があってまいりました」

「とりあえず掛けなさい。話はそれからだ」

皇帝に勧められ長椅子へ腰を下ろすと、挨拶もそこそこに歴史書を卓上へ置いた。

「昨夜、ヴィヴィアンヌと話をしたところ、彼女は、私に関する未来を知っているのだと明かしてくれたのです。占いの類ではなく、ただ『知っている』のだそうです」

「なんだと？」

「それは……本当なの？」

瞠目する皇帝と皇后に首肯し、彼女から明かされた話を掻い摘《つま》んで話した。本来であれば、ヴィヴィアンヌの秘密を明かすべきではない。だがこれは、国の行く末に関わる問題だ。第一皇子である自分が、聖女などという存在に狂い、ロルモー公爵家と敵対するなどあってはならないのだから。

「十年前の狩猟大会……つまり、あの事件がきっかけで能力に覚醒したようです。だからこそ、私を助けることができたのでしょう。ですが、彼女が現時点で見ている未来では、私は彼女と婚約を破棄し、ほかの女性と添い遂げると」

「馬鹿な！」

「そんなことありえないわ……！」

皇帝夫妻の反応は、アダムとバルテルミーと同じである。彼らは、フレデリックがヴィヴィアンヌに恋い焦がれている姿を誰よりも知っていた。

「おまえは、ヴィヴィアンヌ嬢とでなければ子を成さないと宣言した男ではないか」

「あれはたしか、フレデリックが十三歳のときだったかしら……」

ロルモー公爵家から婚約を固辞されても、フレデリックは諦めなかった。しかし、周囲には他家の令嬢と婚約を勧める者がいた。

皇室に生まれた者として、単純な恋心だけを押し通すことはできない。ロルモー公爵令嬢のことは諦め、ほかの婚約者候補たちにも目を向けるべきだと、重臣らは皇帝に進言した。

だが、当の本人であるフレデリックは頑として首を縦に動かさなかった。それどころか、『ヴィヴィアンヌ以外と子をなすつもりはない。必ず彼女と結婚する』と言い放ち、周囲を驚かせた。

それからというもの、公務や政務にいっそう励んだ。我を押し通すには、自ら示す必要がある。判断を違えることなく、優秀な次代の皇帝になれるのだ、と。

その年、フレデリックは毎年水害に見舞われる地域の治水体系を整えた。むろん専門の学者と共同でのことだが、徐々に成果を上げていき、冠水や川の氾濫などの被害を最小限に食い止めている。

自分の成すべきこと、やらねばならないこと、皇子として求められること。それらすべてを一身に背負うフレデリックだが、常に重圧と力不足を痛感している。

それでもそうと悟られずに皇子として立ち続けていられるのは、ヴィヴィアンヌの存在が大きい。彼女が救ってくれたのは命だけではない。フレデリックは、まだ幼いヴィヴィアンヌの行動の中に見たのだ。自分が彼ら貴族の上に立つ責任の重みを。

「両陛下……いえ、父上と母上も、アダムたちと同じことを仰るのですね」

公の場ではないため、敬称をつけず一個人として話すことにする。父母ともにおおらかな人たちで、あまり形式的に接するといい顔をしない『公私の区別をつけるのは大事だ。三人でいるときは、おまえの父母として会話をしよう』と、幼いころに諭されている。

「おまえを知る者は、皆同じことを言うだろうな」

「あなたは幼いころから一途《いちず》だったものね。ただ、たまに騎士団の団員のふりをして、ヴィヴィアンヌ嬢をこっそり見守っているのはどうかと思うけれど」

母の指摘にギクリとする。

公務が落ち着いているときは、アダムら皇室騎士団に紛れ、こっそりと彼女の様子を見ていた。普段の生活を知りたかったため、ヴィヴィアンヌには当然内密の行動である。

「なぜそれを……アダムですか？」

「違います。騎士団の団員と行動するのであれば危険はないからと放っておいただけで、あなたが最初に騎士団長へ打診したときから知っていましたよ」

どうやら情報源は騎士団長のようである。

婚約者にひと目だけでも会いたい、遠くから見守るだけでいいと頼んだところ、団長は快く応じてくれた。『殿下は団員よりも遥《はる》かに腕が立つ。街に出るくらいなら問題ありませんよ』と笑っていたが、母に筒抜けだとは予想外である。

「私も報告は受けている。頻繁なことではなかったし、公務に支障がなければと黙認していたが、皇后と『私たちの息子の執着心はすさまじい』と話していたところだ」

「……そうでしたか」

やはり、誰の目から見ても、フレデリックがヴィヴィアンヌに惚《ほ》れ込《こ》んでいると思うようだ。自分としても彼女への気持ちは揺るぎないと断言できる。だが。

「ヴィヴィアンヌは、聖女が現れたら自分は身を引くと言っています。なんでも、私と聖女との仲を嫉妬し、最後は悪女となって公爵家が取り潰しになると……。ですが私は、彼女こそが聖女ではないかと思うのです」

フレデリックは言いながら、ブロン皇国の歴史が記された書物を広げた。頁を捲っていき、父と母に見えるように本を差し出す。

「これは……」

「父上もご覧になったことがあるでしょうが、この書物には〝聖女〟について記述があります」

ブロン皇国には、数百年に一度の割合で〝聖女〟が現れる。それは、皇家のみに言い伝えられてきた歴史だ。

聖女と言っても、次代によって様々な能力を有していた。病や怪我《けが》を治す者、魔法と呼ばれる超自然的な力を用いて、戦を勝利に導いた者――いわゆる〝奇跡〟を起こす聖女は、神の恩寵《おんちょう》を受けているとされ、代々皇室で手厚い保護をしてきた。

皇室はそうして聖女を大切に扱うことで国を繁栄へと導いていったのだが、彼女らの奇跡の中には未来を見渡せる者もいたという。

「十年前に、私を救ってくれたこと。そして、この歴史書の記述……ヴィヴィアンヌは、聖女の称号に当てはまる人物です」

「ヴィヴィアンヌ嬢が真に聖女であれば、この婚姻にはまた違った意味も出てくるな」

父の発言に、母が神妙に頷く。

「もしも妙な思想を持つ者に存在が知られれば、彼女の身も危険に晒されるでしょう。わたくしたちの胸のうちに収めるべき話にしたいところですが……」

「聖女の存在を秘匿するのは、国益に反することになるな」

父の顔から皇帝のそれになるのを見て、フレデリックは黙考する。

ブロン皇国の歴史上、聖女の存在は大々的に喧伝《けんでん》していた。それすなわち、他国への牽制《けんせい》である。

神の恩寵を受けた奇跡の使い手となれば、神の敬虔《けいけん》な信徒であるほど崇《あが》め奉《たてまつ》る。また、目に見えぬ神よりも明らかな奇跡で民衆を助ける聖女は、ある意味無信心の者の心も掴《つか》む。ゆえに、この地に聖女がいると周知させるのだ。

その存在を利用する輩から保護する代わりに、皇家は聖女に民草のための働きを責務とさせてきた。全面的に支援することで聖女の威光を得て、民衆の時の皇帝への畏敬と忠誠を先導する。

「……私は、皇家のために彼女を利用する真似はしたくありません。ですが、ヴィヴィアンヌのこれまでの行動を考えると、他者のためになるのであれば自ら民のために動くはずです。私は、彼女を守り、幸せにしたい。愛し愛される関係でありたい。ただそれだけなのです」

フレデリックは父母を前に、虚飾のない想いを告げた。

実際、ヴィヴィアンヌが聖女だった場合、通常の皇子妃とは比べものにならない重圧と責務がのし掛かる。だが、聖女でなければまた別の問題が生じる。もしも、彼女の見ている未来のままに聖女が現れた場合、悪女にならないために皇子妃を退いてしまうからだ。

「この件については、軽々に判断できるものではないな。聖女であるなら、その力を証明せねばならない。個人的には嘘をつくような娘ではないと思うが、公にするのであれば皆を納得させられる成果が必要だ」

「でも、ヴィヴィアンヌ嬢は、自分を聖女だとは考えていないのでしょう？　聖女が現れたら身を引くだなんて……わたくしは、あの子が悪女になるとは思えないのだけれど」

「ですが、ヴィヴィアンヌはその未来を疑っていないのですよ、母上。だから私との婚約も、ずっと避けてきたと聞きました。そして婚約も、聖女が現れれば解消すると……」

フレデリックは言いながら、歴史書のある一文を指し示す。

「私が、彼女を聖女だと確信した理由がもうひとつあります。彼女は、十年前の事件のときに私の姿が光り輝いて見えたそうです」

昨夜聞いた話によれば、彼女はフレデリックが光り輝いて見えているという。だからこそ、ロルモー公爵とともに、事件現場に駆けつけられたのだと。

（だがそれは、『聖女』と呼ばれる存在の能力のひとつだ）

「ヴィヴィアンヌは、歴史書の存在を知らないでしょう。過去の聖女がどのような偉業を達成し、皇室に重用されてきたかを知る方法はありません」

「だが、聖女が未来に現れるとわかっているなら、聖女の能力も理解していそうなものだが」

「彼女が知っているのは、極めて限定的だそうです。その辺りは、もう少し詳しく聞いてみる必要がありそうですが」

昨夜は、ヴィヴィアンヌと婚約できたことに加え、口づけを交わして有頂天だった。そこへ予想外の秘密を明かされたうえ、彼女が身を引くつもりであることを聞かされて動揺したのだ。

いついかなるときであっても、感情を乱さぬよう教育されてきた。国の頂点に立つ皇族たる者、何者にも付けいる隙を与えてはならぬと、常に心を抑制する術を身につけていた。

そんなフレデリックが取り乱すのは、ヴィヴィアンヌに関することだけにもかかわらず。彼女が見ている未来で、なぜ自分が聖女に惑わされているのか。

(ヴィヴィアンヌに信じてもらうのが先決だな)

「私は、彼女が皇子妃として安心して過ごせるよう尽力します。ヴィヴィアンヌが聖女かどうかについても、引き続き調べる所存です」

「ひとまずこの件は、ここだけの話に留めておこう。……間違っても、彼女を手放さないようにな」

含みのある父の言に、フレデリックは頷いた。

本当に聖女であれば、ヴィヴィアンヌを他国に渡すようなことがあってはならない。皇国に繁栄と安寧を齎すかもしれない存在は、なんとしてでも我が国に留める必要がある。

皇子としてそれは理解できる。だが、そんな状況を抜きにしても、フレデリックがヴィヴィアンヌを手放す選択などするはずはなかった。

＊

（……とうとう殿下にお伝えすることができたのだわ）

公爵邸に戻った翌日。自室で何通もの手紙をしたためていたヴィヴィアンヌは手を止めると、昨夜のバルコニーでの出来事を思い返した。

前世の記憶でここがゲームの世界だと気づいたが、それを説明せずに『未来を知っている』と言っても信じてもらうのは難しいことはわかっていた。

けれど彼は、ヴィヴィアンヌを否定しなかった。それどころか、『打ち明けてくれてありがとう』とお礼まで告げられている。

フレデリックは人格者だ。誰よりも優しく、皇子として申し分なく、聖女と結ばれれば輝かしい未来が待ち受けている。

（わたしが邪魔さえしなければ、殿下は幸せになれるもの）

ゲームの中での〝聖女〟は、傷ついていた皇子の左眼を奇跡の能力を用いて治癒した。さらには、不慮の事故で重傷を負った皇室騎士団や、疫病が蔓延《まんえん》した地域の人々をその力で治療していき、清らかで美しい彼女とフレデリックは惹かれ合う。

悪女ヴィヴィアンヌはそんな彼らの姿に嫉妬して聖女殺害を試みるのだが、皇子や騎士団の活躍で未遂に終わり断罪されるのである。

十年前にヴィヴィアンヌが前世を思い出したことにより、フレデリックは傷を負っていない。だが、ゲームの大筋は変わっていないだろう。

（だって、結局わたしは婚約してしまったのだもの）

断罪への道を強制的に歩まされているのだとは思いたくない。彼が注いでくれる愛情も、自分の恋心も、ゲームの進行上に必要だからではない。この世界で生きている人間だからこそ抱いた気持ちなのだと信じている。

（でも、現実に心変わりはあるもの。殿下が聖女に惹かれるのは当然よ。だって、彼女は特別な……この世界の主人公で、奇跡を扱える人なのだから）

なんら特別な力のないヴィヴィアンヌよりも、聖女のほうがフレデリックにふさわしい相手だ。だから今できるのは、聖女の登場まで婚約者を務めること。その後は、未練なく彼のもとから去ること。そうすれば、少なくとも公爵家の取り潰しは免れる。

「わたくしが断罪されるような真似さえしなければいい。それだけよ」

自分に言い聞かせるように呟いたとき、部屋の扉がノックされた。返事をすれば、侍女のパメラが状箱を持って現れる。

「こちらが、追加で届いた招待状でございます」

「今日は返礼状を書いて一日が終わってしまいそうね」

ヴィヴィアンヌは苦笑すると、パメラから状箱を受け取った。

フレデリックとの婚約が発表された翌日から、公爵邸にはヴィヴィアンヌ宛ての招待状が山のように届いている。未来の皇后と少しでも良好な関係を築こうと、普段は付き合いのない家門からも招待を受けていた。

しかし、これらはすべて断っている。どこかひとつの招待だけを受ければ、いらぬ詮索を与える。皇子妃になる者として、すべての家門を平等に扱う必要があるのだと妃教育で厳しく言われていた。

「ヴィヴィアンヌ様が手ずからお返事なさるのは大変でしょうし、代筆を頼まれてはいかがですか？」

「招待に応じることはできないけれど、お祝いをしてくれているのだし、なるべく直接お返事をしたいの。仲の良い令嬢からのお誘いもいただいたから」

ヴィヴィアンヌは書き終えた返礼状を状箱に入れると、パメラに差し出す。

「あとで構わないから、出しておいてね。それと、明日は外出がしたいの。騎士団の方にお伝えしてくれるかしら？」

「かしこまりました。どちらへお出かけになるのですか？」

「孤児院と教会よ。しばらくは行けないだろうから、挨拶をしておきたくて」

皇城に入れば、生活に慣れるまで時間がかかる。フレデリックの婚約者として、社交も行わねばならない。いずれは皇子妃として公務も任されるため、皇后に教えを請い、教師を呼んで勉強する機会も設けねばならない。

机上での学びとはまた別に、皇子妃としての資質を実践で示していかなければいけないのだ。

（……わたしが学んだことは、すべて聖女へ教えてから城を去ろう。そのためにも、しっかり頑張らないといけないわ）

城を去る日を考えて小さな胸の痛みを感じてはいたが、見て見ぬふりをした。


翌日。外出着に着替えたヴィヴィアンヌは、パメラとともに玄関前にいた。

今日は孤児院に顔を出したあとに教会へ行き、奉仕活動をする予定になっている。教会では月に数回ほどの頻度で、職にあぶれている者や日々の食事に難儀している者たちへ炊き出しをしていた。公爵家ではこうした活動を支援しており、ヴィヴィアンヌも手の空いているときは手伝っている。

「ヴィヴィアンヌ様、お待ちしておりました」

「ミュッセ卿、お手間をおかけしますがよろしくお願いします」

玄関前には公爵家の馬車、そしていつものようにアダムがいた。だが、いつもは馬車までエスコートしてくれる彼は、今日はどこか落ち着きがない。

「何かあったのですか？」

「いえ……本日は、ヴィヴィアンヌ様の護衛の中に臨時の者がおりまして……侍女殿には、事前にお知らせしていますからご安心ください」

「まあ、そうだったのね。お気遣いくださり感謝します」

にこにこと応じたヴィヴィアンヌだが、アダムはやはりぎこちない。パメラはといえば、通常はヴィヴィアンヌと一緒に馬車に乗るのだが、今日に限って「わたしは御者の隣に乗りますので」と、そうそうに移動してしまう。

(どうしたのかしら?)

不思議に思っていると、「こちらの騎士です」と、臨時だという護衛を紹介された。

黒の騎士服と同色の帽子に身を包み、腰に長剣を提げている。理想的な体型をした騎士で、身のこなしも洗練されていた。

――だが、そういったことがすべて頭から消え去る衝撃を受けたヴィヴィアンヌは、思わずその場に立ち止まった。

(もしかして……)

煌めく星の光を集約したかのような輝きを放つ騎士に、言葉が上手く紡げない。

「ヴィヴィアンヌ様、お手を。本日は私がお護りいたします」

「でっ……殿……」

白手袋を嵌めた手を差し出してきたのは、紛れもなくブロン皇国第一皇子のフレデリックである。

(どうして殿下が騎士の姿を……?)

白銀の髪に皇家特有の深青の瞳は、目深に被った帽子に隠れていた。ちなみに通常護衛をしてくれるアダムは『堅苦しいし苦手なので』と帽子を被らないが、皇国では着帽が騎士の正式な体裁で、皇帝の生誕パーティではさすがのアダムも着帽している。

混乱しながらも手を取ると、彼は馬車までエスコートしてくれた。

ヴィヴィアンヌとともに馬車に乗り込んだフレデリックは、扉を閉める前にアダムに目線を送り、走行ルートについて確認を行った。所要時間を聞くと、「しばらく声をかけるな」と告げると、こちらへ向き直る。

「驚かせてすまない」

「殿下……！」

帽子を少しあげたフレデリックは、くすくすと悪戯《いたずら》な笑みを漏らす。

「普段動じないきみがこれほど驚いてくれるなら、来た甲斐《かい》があったな。きみが皇城へ移り住む前に、少しゆっくり話をしたかったんだ」

「それで変装されていたのですね。お呼びくだされば、わたくしが伺いましたのに」

多忙な彼に足を運ばせては申し訳ないと思ったのだが、フレデリックは楽しげに目を細める。

「公にではなく会いたくてね。それに……秘密にしていたが、私は何度か騎士に紛れてきみの護衛をしていたんだ。もちろん、きみの視界に入らないようにこっそりとね」

予想外の秘密を打ち明けられたヴィヴィアンヌは、驚きに目を丸くする。

常に笑みを絶やさず、他者に絶対隙を見せることのない第一皇子。彼が変装し、お忍びで行動するとは驚愕《きょうがく》の事実だ。とはいえ、市井の空気に触れることで得るものはある。

「公務の合間に、民の暮らしをご覧になっているのですね。さすが殿下、素晴らしい行動力ですわ」

ヴィヴィアンヌは感激し、フレデリックへ賛辞を送る。

立場ある者の中には、民草を顧みない人間もいる。社交の場でもそうだ。高位貴族という特権意識だけが肥大し、使用人らに対し罵倒する者も多い。ロルモー公爵家ではそのような事案はなく、他家のことではあるが、聞いていてなんとも義憤に駆られる話である。

「殿下が民の暮らしにお心をくだいていると知れば、彼らも励みになるでしょう。わたくしも、微力ながらお手伝いさせていただきたく存じます」

「いや……そうまっすぐに褒められると面映《おもは》ゆいな。変装してお忍びで外出するなんて、皇子の自覚が足りないと言われてもしかたのない話だ」

「危険が伴うのであれば、側近の皆様もお止めになるはずですわ。ですが、殿下は騎士団の勝ち抜き戦で団長と一騎打ちできる実力なのだと、ミュッセ卿から伺っております」

アダムはヴィヴィアンヌが外出の際はほぼ護衛についてくれているため、顔を合わせる機会も多く、たまに世間話もすることがある。と言っても、大概はフレデリックの関することが多いのだが、外出の際のひそかな楽しみでもあった。

「それに殿下は、周囲を本気で困らせる方ではありませんもの」

笑顔で語るヴィヴィアンヌに、フレデリックはふわりと微笑んだ。

「信頼してくれて嬉しいよ、ヴィヴィアンヌ。きみと公爵に助けられた命、みすみす危険に晒すことはしない。そのために、剣の技術を磨いている」

あの事件は彼にとって大きな転換となったのだ。皇子であれば護衛が数多く控えており、必ずしも

剣術に秀でる必要はない。それでも彼は、日々研鑽《けんさん》を積んできたのだ。強靱《きょうじん》な心を持つフレデリックを前に、自身の未熟さを感じずにはいられない。

「……わたくし、恥ずかしいですわ。殿下のように高潔な志をもって努力し、悪女とならないように心を鍛えます」

敬愛の念をこめて告げると、フレデリックが困ったように目を伏せた。

「ヴィヴィアンヌにかかれば、私はとても理想的な皇子みたいだな。でも、変装して護衛に加わっていたのは、きみに会いたかったという理由も大きい」

手を伸ばした彼は、ヴィヴィアンヌの手に重ね合わせた。手袋越しでも伝わるぬくもりに、なぜだか胸の奥がきゅっと締め付けられる。

「この前の話について、もう少し詳しく聞かせてほしい。たとえば、聖女という存在について。どのような経緯で私と出会ったのか、なぜその者と添い遂げるに至ったのか、その者が持つ力などのことはわかるのか？」

フレデリックの真剣な表情に、ヴィヴィアンヌは神妙に頷いた。

「『万物の病を治す力を持ち、皇国を末永く繁栄させる存在』ということは存じております。そしてその力で、殿下の怪我を治癒するのです」

「私は怪我を負うのか？」

「……本来、殿下は十年前の事件で片眼《かため》を失うはずだったのです。ですが、未来を知ったわたくしは、なんとか回避しようと、父とともに森の中へ入ったのです」

前世の記憶はすでにおぼろげだが、ゲームの内容だけは覚えている。何度も脳内で反芻し、誰にも知られないように書き記していたからだ。

「では、きみの行動でひとつ未来が変わったというわけか」

「はい。なので、婚約も避けられると思っていたのですが……」

一度言葉を切ると、フレデリックが苦笑する。

「私がヴィヴィアンヌを諦めなかったからな。なんとしても、きみと添い遂げたい。だがそれは、自らの意思だ。きみ以外の女性と結ばれる未来だというなら、私は全力で抗《あらが》おう」

重ねられていた手にやや力を入れたフレデリックは、まっすぐな眼差しを向けてくる。

彼の言葉が、行動が、ヴィヴィアンヌの心に深く染み渡る。好意を余すところなく表してくれる誠実さに、胸がいっぱいになった。

じわり、と目の奥に水分が集まる。ずっと押し込めてきた気持ちが触れてしまいそうで視線を外すと、優しい声が耳朶をたたいた。

「ヴィヴィアンヌ……私はきみに好かれていると自惚《うぬぼ》れてもいいか？」

「え……っ」

「未来のきみは、聖女に嫉妬して悪女になるほど私を想ってくれている。だが、私が知りたいのは〝今〟のきみの気持ちだ」

彼は緩やかに、だが確実に、ヴィヴィアンヌを落としにかかる。

深みのある青の瞳が甘く撓《たわ》み、公の場では見られない別の顔が垣間《かいま》見えた。逃すつもりはないと語る強い視線に、全身を搦《から》め捕られた気分になった。

「……しています」

掠《かす》れた声で呟けば、フレデリックが身体を近づけてくる。

「聞こえない。……もう一度、聞かせてくれ」

「お……お慕い、しております……」

全身から火を噴き出しそうなほどの羞恥を覚えつつも、正直な気持ちを口にした。

フレデリックからは好意を伝えられていたが、ヴィヴィアンヌがそれに応えたことはない。婚約の打診を固辞し、あくまでも公爵令嬢として一線を引いて接してきた。

彼を好きになって、自分が悪女になるのが怖かった。公爵家の優しい人々を巻き込み、破滅への道を歩むなどあってはならないことだ。

それでも、嘘はつきたくなかった。彼に注がれてきた愛情は、ヴィヴィアンヌの中で芽吹き、大きく育っている。自分でも、抑えきれないほどに。

馬車の中がしばし無言に包まれる。車輪が石畳の上を転がる音だけしか聞こえず、いたたまれなくなってくる。

フレデリックの反応が気になり、おずおずとそちらを見たヴィヴィアンヌだったが——次の瞬間、思わず彼を凝視してしまった。

（殿下のこのような表情……初めてだわ……）

彼の顔は赤く染まり、それを隠すように片手で口元を押さえている。明らかに照れている顔だ。普段は感情的にならず上品な笑顔を湛えているが、今はまったく見る影もない。ただただ、ヴィヴィアンヌからの告白を喜んでいる。

「……すまない。予想以上に、嬉しい」

「い、いえ……」

彼は照れながらも、ヴィヴィアンヌの手を離そうとはしなかった。

握られた手が熱い。甘酸っぱい空気が馬車の中を満たしていき、心臓が早鐘を打つ。

まさか、自分の言葉で彼をこれほど喜ばせられるとは思わなかった。いずれフレデリックは聖女と出会い、愛を育んでいく。この世界はそういうものだと、信じて疑わなかった。

（だけど……わたしたちは自分の意思で生きている）

フレデリックが望んでくれるなら、彼とともに在りたいと、許されるのであれば愛し愛される関係になりたいと願ってしまう。

「……殿下、お願いがございます。わたくしが嫉妬に狂い罪を犯しても、ロルモー公爵家だけはどうかお助けくださいませんか。わたくし自身はどのような罰も受ける覚悟ではありますが、公爵家の皆が路頭に迷うようなことだけは避けたいのです」

この先、自分の意思に関係なく、悪女へと落ちていく可能性も捨てきれない。そして、聖女と出会い、彼が心変わりすることも絶対にないとは言い切れない以上、公爵家へ累が及ぶ事態だけは回避せねばならない。それは、ヴィヴィアンヌに課せられた使命である。

「どうかお願いいたします、殿下」

「きみの願いはすべて叶えたい。だが、どうせなら前向きにふたりで解決できないか」

「前向きに……？」

とっさに言葉が咀嚼《そしゃく》できずに首を傾げたヴィヴィアンヌに、フレデリックが不敵な笑みを浮かべた。

「きみに好かれている以上、私はもう怖いものはない。これまでよりも愛を伝え、嫉妬をする暇もないほどにきみから離れない」

ヴィヴィアンヌが悪女となるのは、フレデリックへの愛ゆえのことだ。それならば、自分が聖女に心変わりすることがないと証明すればいいのだと彼は語る。

「この十年、私はきみのことしか見ていないし、今後もそうだと断言できる。きみの知る未来の私はとんだ浮気者だが、今ここにいる私は違う。ヴィヴィアンヌ以外の女性に興味はない」

「殿下……」

聖女と出会っても、彼が自分だけを見ていてくれるのであれば。嫉妬に駆られ、他人を傷つけるような悪女とならないのであれば。フレデリックとともにいることに躊躇《ちゅうちょ》はない。

「わたくしも、殿下が味方でいてくださるのであれば……怖いものはございません」

「ああ」

フレデリックは満足そうに顎を引き、握っていたヴィヴィアンヌの手を持ち上げた。

「ブロン皇国第一皇子の名にかけて、きみだけを愛すると誓う」

言葉とともに手の甲に口づけられて、胸の奥がぎゅっと鷲《わし》づかみにされたような気がした。

彼が目を伏せると、長い睫毛が影を作る。まるで絵画に描かれた一場面か、演劇の一幕のような優美なしぐさである。このままずっと見ていたいと願うほどに。

(殿下はわたしを大切にしてくださっている。それなのに信じられないなんて、愚かなことだわ)

手の甲に感じる唇の温かさや感触が、ヴィヴィアンヌに勇気を与えてくれる。

「わたくしも誓います。悪女になどならず、一生殿下のそばでお支えいたします」

「私の妃はきみだけだ。それに……」

フレデリックは、不意に表情を改めた。

「未来を知るきみだからこそ、回避できる事件もある。十年前に私を救ってくれたように」

ヴィヴィアンヌが知っているのは、主にフレデリックの周囲で起こる事件だ。聖女と心を通わせるために配置された『ゲーム上のイベント』は、悲劇的な出来事も多かった。つまり、聖女が活躍する舞台でなければいけない。過酷な状況が設定されているほどに、聖女の有用性が際立つからだ。

(……そうだわ。正確な時期がわからなくても、これから起きる事件は未然に防がなければ)

改めて、自らの役目を認識する。

悪女となり、公爵家ごと断罪されることがないよう心を強く持ち、フレデリックや皇国に襲いかかるだろう事件から彼らを守る。

それが愛を伝え続けてくれた彼に対する答えであり、ヴィヴィアンヌが選んだ道だった。

「悪女になることを恐れるあまり、視野が狭くなっておりました。殿下、わたくしが成すべきお役目を気づかせてくださり感謝申し上げます」

視界が開けたような感覚になり、晴れ晴れとした笑顔で彼を見つめる。するとフレデリックは、「私からもひとつ頼みがある」と、ヴィヴィアンヌの顔をのぞき込む。

「正式に婚約をしたのだから、ふたりきりのときは名前で呼ばれたい」

「そ、それは……畏れ多いので……」

「それなら、『フレッド』でも構わない。幼いころは、アダムたちも愛称で私を呼んでいた。最近では誰もそう呼ばなくなっていたし、特別感があっていい」

「……急に変えるのは無理ですわ。その……徐々に、でよろしければ……」

「わかった。今はそれで満足しておこう」

フレデリックが笑ったところで、馬車が止まった。孤児院に着いたのだ。

「もう着いてしまったか。きみの知っている〝未来の事件〟については、きみが城に来てから話そう」

「かしこまりました」

「では、ここからは『護衛騎士フレッド』として接してくれ」

明らかに楽しんでいるとわかる口調で言うと、フレデリックが扉を開けた。先に降りた彼は、先ほどまで握っていた手を恭しく差し出してくる。

「ヴィヴィアンヌ様、どうぞ」

「あ……ありがとう」

（騎士に扮《ふん》した殿下にエスコートされるなんて、なんだか不思議な気持ちだわ）

馬車のそばに控えていたアダムに視線を向けると、苦笑を返される。皇子がいることもあってか、騎士団の面々は通常よりも緊張して任務に当たっていた。

「今日は私が院内までまいりますが、お気になさらずいつも通りお過ごしください」

「ええ、そのつもりですわ」

『騎士フレッド』との会話は、自分が舞台の演者になったような気分になる。普段とは違う関係性をフレデリックは面白がっているようで、騎士としての所作も堂に入っていた。

ヴィヴィアンヌはどこにいても彼の輝きを視認できるため変装しても見分けられるが、ほかの人間であれば気づかれないかもしれない。

（街の人たちも、まさか殿下がいるなんて思わないわよね）

自然と笑みを浮かべていると、孤児院の中庭で遊んでいた子どもらが歓声を上げた。

「あっ、ヴィーさまだ！」

「ヴィーさま、来てくれたー！」

小さな子らが我先にと、ヴィヴィアンヌのもとへ駆けてくる。あまりの勢いに「転ばないように気をつけて」と声をかけながらハラハラしていたとき、フレデリックが「人気者だな」と呟いた。

「やはり私には、きみが聖女に見える」

「え……」

言葉の真意を尋ねようと口を開きかけたところで、子どもたちが目の前までやって来た。

「ヴィーさま、こんやくおめでとう！」

「院長せんせいに聞いたの。ヴィーさま、おうじさまとこんやくしたって」

「だからこれ、みんなで作ったの」

いつの間にか、子どもたちはヴィヴィアンヌを中心に輪を作っていた。集まってきたうちのひとりが、照れくさそうに花冠を差し出してくる。

「ヴィーさまが好きだって言ってたお花だよ」

それは、すずらんを使って作った花冠だった。以前、みんなで一緒に中庭でひなたぼっこをしながら、花冠の作り方を教えてあげたことがある。子どもたちはそれを覚えており、今回ヴィヴィアンヌが好きな花でお祝いしてくれたのだ。

「ありがとう、みんな。一番嬉しい贈り物だわ。わたくしの頭にのせてくれるかしら？」

微笑みかけたヴィヴィアンヌは、子どもと視線を合わせるためにその場にしゃがんだ。花冠を持っていた女の子は、みんなの代表として誇らしげにヴィヴィアンヌの頭上へ冠をのせる。

「どうかしら？　似合う？」

「ヴィーさま、きれい！」

「すごく似合うー！」

子どもたちは男女問わず、キラキラしたまなざしでヴィヴィアンヌを見ている。

（今までずっと悪女になるまいと必死だったけれど……この子たちにどれだけ救われたかわからない）

公爵家が慈善事業に積極的だったこともあり、自然と活動に関わってきた。貴族としての義務もあるが、悪女になりたくなくて少しでも善行を積もうとしていた。そんな打算的な自分が子どもたちに関わっていいのかと悩んだこともある。

けれど、子どもたちは屈託なくヴィヴィアンヌを慕ってくれた。『文字を教えてくれてありがとう』と礼を告げられたり、『もっと絵本を読んで』とせがまれたり、時には、喧嘩をしている子どもたちの仲裁役をしたりと関わっていくうちに、自分の悩みが小さなものだと思えた。

必要としてくれるなら、できる限り力になりたい。その想いが原動力となり、慈善活動に力を入れるようになった。ヴィヴィアンヌにとって孤児院の子どもたちは、公爵家の人々同様に大切な存在だ。

「お祝いしてくれて嬉しいわ。知っているだろうけれど、第一皇子殿下との婚約が決まったの。これからお城に住むことになるから、しばらくはこちらに来られなくなるわ。その前に、みんなの顔を見て直接お話したかったの」

ゆっくりと子どもたちひとりひとりの顔を見て話していると、花冠を頭にのせてくれた女の子の顔がくしゃりと歪んだ。

「ヴィーさま、もう会えない……？」

「そんなことないわ。今までのようにはいかなくても、必ず会いにくるから」

ヴィヴィアンヌは微笑むと、女の子を抱きしめた。

「ありがとう。わたくしは、みんなのことが大好きよ」

そう告げると、周囲に集まっていた子どもたちがヴィヴィアンヌに抱きついてくる。

素直に愛情を伝えてくれる彼らが愛しい。子どもたちの頭を撫でながら、目頭が熱くなるのを感じていると、それまでやり取りを見守るように立っていた〝騎士フレッド〟が、その場に膝をついた。

「きみたちに約束する。皇子は、ヴィヴィアンヌ様を必ず幸せにする」

「本当？」

「ああ。皇子は、ヴィヴィアンヌ様を誰よりも愛しているからな」

堂々と子どもたちに宣言するフレデリックに、胸のときめきが抑えられない。

（今まで、どうやって平静を装えていたのかしら……）

彼に秘密を打ち明け、想いを交わした今、フレデリックの言動のすべてに心を奪われる。

「ヴィーさま、お顔が真っ赤になってる」

「ヴィヴィアンヌ様は、照れているだけだ。心配はいらない」

フレデリックがいらぬ説明をすると、子どもらが興味津々の様子で聞いてくる。

「なんで照れてるの？」

「皇子のことが好きだからだろう」

(子どもの前で何を仰って……！)

あたふたと動揺するヴィヴィアンヌの姿を面白がっているのか、フレデリックは子どもたちと話し始めた。

「皇子とヴィヴィアンヌ様は、相思相愛なんだ。でも、ヴィヴィアンヌ様は照れ屋だからあまり人前では語らない。だからこれは、ここだけの秘密にしてくれ」

「わかったー！」

フレデリックは、すっかり子どもたちの扱いに慣れたようで楽しそうだ。公務ではなくお忍びだからこそ、こうしてくだけた姿を見られるのだろう。

(殿下が今日、会いに来てくださってよかった)

聖女が現れれば、身を引くのが当然だと考えていた。だが、フレデリックの愛が、ヴィヴィアンヌに新たな道を示してくれる。

この日を一生忘れることはない。たとえ何が待ち受けていようと、今感じている気持ちを大切にしようと思うヴィヴィアンヌだった。

第三章

ヴィヴィアンヌが皇城へ向かう当日は、前途を祝すように快晴だった。

空を見上げれば、フレデリックの瞳を思い起こさせる。自分にだけ向けられる甘く艶《つや》やかなまなざしを思い出すたびに、鼓動が幸せな音を鳴らしていた。

「ヴィヴィアンヌ様、殿下のいるお部屋までご案内します」

「ありがとう、ミュッセ卿」

公爵邸で父母と別れを済ませたのち、屋敷から皇城まではアダムが護衛についていた。馬車の中では、先ごろのフレデリックの扮装《ふんそう》について話しを聞き、おおいに盛り上がっている。

アダムいわく、『殿下はここ最近で一番楽しそうでした』とのこと。ごくたまに騎士に扮してお忍びをするときはヴィヴィアンヌの護衛に留まらず、市井の人々の生活を自身の目で確かめることもあれば、時に酒場で人々の他愛《たあい》のない話に耳を傾けることもあるという。

だが、それらは公務の延長線上のようなものだが、ヴィヴィアンヌの護衛だけは私情が入っているのだ、とも。

（殿下は、私を見守ってくださっていたのね）

話を聞いたヴィヴィアンヌは、自分が思っているよりもずっとフレデリックに愛されているのだと改めて感じた。だからこそ、ずっと婚約を避け続けていたのが申し訳なくなる。

聖女と出会えば心変わりするだろうと、フレデリックの気持ちを信じられなかった。『救国の聖女は愛を貫く』は皇子と聖女の恋物語なのだから、それが当たり前の流れなのだ、と。

だが、もう迷わない。これからは、彼を愛し、未来を変えるために生きていく。そう思えるようになったのは、ほかでもないフレデリックのおかげだ。

窓から見渡せる中庭を横目に廊下を進み、城の居住区画へ入る。こちらには皇族の私室があり、ヴィヴィアンヌも足を踏み入れたことはない。

鷹を模した像や美しい絵画が展示されており、歩いているだけでも目を楽しませてくれる。優雅で上品な調度品や稀少《きしょう》な美術品が各階の雰囲気に合わせて配置されているため、さながら美術館を歩いているような心地だ。

上階へ移動すると、アダムはとある部屋の前で足を止めた。豪奢な扉の細工はやはり鷹の紋章が描かれている。一目で特別な場所であるのが窺える造りだった。

「アダム・ミュッセ、ヴィヴィアンヌ様をお連れいたしました」

ノックとともに声をかけたアダムは、扉を開けてヴィヴィアンヌを中へ促した。彼は部屋に入らず、「侍女様をご案内してきます」と、別室にいるパメラのもとへ向かう。

「ヴィヴィアンヌ・ロルモー参上いたしました」

ヴィヴィアンヌが入り口で礼をとると、中にいたフレデリックが笑みを深めた。

「ようこそ、ヴィヴィアンヌ。今日からここがきみの部屋だ」

促されて入室すると、大きな窓から見える庭園が目に入った。客室よりもさらに景観がよく、城の中でも最高位の場所にある部屋だ。

設えられた調度品も上質で品があり、かなり手の込んだ品々である。猫足の大きな長椅子があるため、ゆったり寛げそうだ。天蓋付きの寝台は公爵邸のものよりもさらに大きく、上から吊《つる》されている布も光沢が美しい高級な品である。

大きな窓から射《さ》し込《こ》む陽光は柔らかく、緊張していた身体から力が抜ける。しばし部屋に見入っていると、フレデリックが奥にある扉を開けた。

「この扉は、私の部屋につながっている。鍵はかけないから、いつでも好きなときに入ってきてくれ」

「はい。お気遣いありがとうございます、殿下」

「とはいえ、これから私はこちらの部屋で過ごすことが多くなるかもしれないな」

意味深なセリフに鼓動が跳ねる。

正式な婚約者となった以上、ふたりで過ごす時間は増えるだろう。もちろんそれだけではなく、彼との関係が先へ進むことはすでに決定事項だ。

(意識すると、緊張してしまうわ)

フレデリックはこの国の第一皇子で、跡継ぎの誕生は国中が待ち望んでいる。次代の皇帝の子を産むのは、皇子妃となるヴィヴィアンヌの大事な役目であり、その肩には大きく期待がのし掛かる。

「ヴィヴィアンヌ？」

歩み寄ってきた彼は、ヴィヴィアンヌの頬に指先で触れた。たったそれだけなのに、肌がやけに熱く火照る。好きだという気持ちが、日を追うごとに増している。こうしてふたりきりでいると覿面《てきめん》に表われてしまい、公爵家令嬢としての振る舞いではなく、ただの少女になるかのようだ。

「この部屋は気に入ったか？」

「はい。とても素敵なお部屋を賜り感謝申し上げます」

「堅苦しいことは言わないでくれ。今日からここが、きみの一番寛げる場所になることを願って用意させたんだ」

言いながら、フレデリックはヴィヴィアンヌを抱き寄せた。

腕の中に優しく包み込まれると安心できるのは、彼と共に未来を歩む決意をしたから。彼を好きだと認め、受け入れられたこと。未来に抗うと言ってもらえたことで、心が強く保てるのだ。

「……晩餐《ばんさん》は、ご一緒できますか？」

「ああ。皇帝と皇后も時間を合わせるそうだ。今晩は皇城の住人となったヴィヴィアンヌを囲み、ささやかだが祝いの晩餐としよう」

「楽しみですわ」

フレデリックだけではなく、皇帝や皇后が婚約を歓迎してくれているのは、この前の生誕パーティでも感じていた。

父母を交えて皇帝夫妻と会話をした際に、彼らからは『可愛い娘ができて嬉しい』『決心してくれてありがとう』と、お礼を言われ恐縮してしまった。むしろ、こちらのほうが長く待たせてしまったお詫《わ》びをせねばと思っていただけに、懐の深い両陛下の言葉に感激した。

（浮かれてばかりいられない。こうして正式の婚約者になったのだから、お役目は果たさなければいけないわ。それに……これは、ゲームではなかった出来事だもの）

あくまでも、ゲームが始まるのは聖女が見つかってからのことだ。つまり、主人公がいない今は、物語の中ではなく外側にいると言っていい。

けれど、主人公がいようといまいと、この世界の人々は生きている。泣いたり笑ったり、時に苦しいほど傷ついて、皆が皆、自分が主人公の人生を歩んでいるのだ。

ゲームの中のフレデリックとヴィヴィアンヌに、子を成したという描写はない。それに、目の前にいる彼のように、愛しさを言の葉に乗せてくれたことも。

（少しずつでもいい。ゲームのシナリオとは別の未来にしてみせるわ）

ヴィヴィアンヌは彼の腕の中で、今ある幸せを目一杯味わうのだった。

＊

皇子妃の部屋でヴィヴィアンヌとしばし過ごしたフレデリックは、その後執務室へ移動した。

晩餐を皇帝夫妻や彼女と一緒にとるため、ひいては、今夜ヴィヴィアンヌとゆっくり過ごすため、騎士団の定例会や貴族との会談、書類決裁などはすべて終わらせている。

「フレデリック様のここ数日の仕事ぶりは、恐ろしいほどの勢いがありますね」

秘書官のバルテルミーは、予定をすべてこなして椅子に背を預けている主君を見据えた。

フレデリックは、傍目《はため》にわかるほどやる気を漲《みなぎ》らせている。すべては、ヴィヴィアンヌと正式に婚約し、彼女が城へやってきたからだ。

ヴィヴィアンヌが来る前の数日間、睡眠を犠牲にして動いた。通常の執務に留まらず、皇子妃の部屋に不備がないかを何度も確認している。彼女専用の侍女についてもそうだ。信頼が置ける者を自ら厳選し、万全の体制を整えたのである。

「ようやくヴィヴィアンヌを迎え入れられたんだからな。しばらくは、彼女との仲を深めていくことに力を尽くしたい」

「微力ではありますが、私もお支えいたします」

「頼む」

優秀なバルテルミーならば、言葉を違《たが》えず支えてくれるだろう。

ひとまず大きな公務がないうちにヴィヴィアンヌとの仲を深めていきたいし、聖女についても調べる必要がある。そして、彼女に見えている未来の出来事についても。

考えること、やるべきことは多くある。正式な婚約者として彼女を迎え入れられた喜びに浸る間もなく、半年後に控えている結婚式の準備にも着手せねばならない。

皇国の第一皇子の挙式だ。国を挙げて大々的に祝うことになる。むろん、国内に留まらず各国から貴賓も招くため、その選定に時間を割くことになる。

とはいえ、フレデリックにとっては些末《さまつ》な話だ。ヴィヴィアンヌに求婚し、受け入れられた今、何も恐れるものはない。空を飛べと言われれば可能ではないかと思えるほどの万能感がある。

「アダム・ミュッセ、ご報告に上がりました！」

「もうそんな時刻だったか。入れ」

入室を許可すると、アダムが意気揚々と入ってきた。フレデリックよりもずっと感情表現が豊かな男は、執務机の前で胸を反り返らせて立つ。

「はははっ、その様子だと、早くヴィヴィアンヌ様のもとへ飛んで行きたいって感じだな？」

「報告に来た態度ではありませんね」

すかさずバルテルミーが諫めるも、当の本人はまったく気にしていなかった。

「固いこと言うなって。なんてったって今日は、我が友人の積年の想いが叶ってようやく初恋のご令嬢を迎え入れられた日だからな！」

「それで、報告は？」

フレデリックが冷ややかに問うと、アダムは「特に何も問題がないって報告だ」と悪びれない様子で答え、「報告は単に口実だ」と笑う。

「……アダム。フレデリック様の貴重なお時間をなんだと思っているのですか」

呆《あき》れた様子のバルテルミーだが、フレデリックは言い合いになりそうな気配を察知し、「まあいい」と制した。

「話があるなら手短にしろ」

「いや、ほら……今日って殿下にとっては初夜だろ？　大丈夫かなと思ってさ」

先ほどまでの威勢はどこへやら、アダムはやや照れくさそうにフレデリックを見据えた。

話の流れがつかめず「何が言いたい」と眉をひそめると、「なんでわからないんだ」と額に手をあてた目の前の騎士は、意を決したように大声で告げた。

「だから！　殿下は童て……うぐっ！」

「フレデリック様、申し訳ございません。今すぐこの者を不敬罪で投獄してよろしいでしょうか」

文官にしておくにはもったいない身のこなしでアダムの鳩尾《みぞおち》に肘を入れたバルテルミーは、隣で蹲るアダムを冷ややかに見下ろしている。

たしかに、アダムの言うようにフレデリックは女性経験がない。ブロン皇国では通常、貴族令息はある程度の年齢で性教育を受ける。特に高位貴族になるほど跡継ぎを儲けるのは責務であり、性欲を吐き出すためだけに性行為をするわけではないからだ。

性教育といっても、行為そのものをするわけではない。女性の身体についてや子を成す方法などを、机上にて学ぶのだが、教育を施されるのは性欲旺盛な時期の青年である。有り余る欲望を発散させたいと思うのも自然現象だ。そこで、貴族を専門の客に持つ高級娼館の出番となる。

貴族子息は娼館で手ほどきを受け、初体験を済ませる者も多かった。たとえば、初体験の相手が使用人や平民である場合、入れ上げられては家門として困る。その点、女性の扱い方を指南し、適切に避妊をしている娼婦《しょうふ》は、安心できる相手なのである。

合理的ともいえる仕組みだが、フレデリックはヴィヴィアンヌ以外の女性を相手にするのは嫌だった。一時だけ性欲を満たしても意味がない。欲しいと思うのは、彼女ただひとりだけなのだ。十年前、命を助けられたときからずっと。

そういうわけで、フレデリックは女性経験がない。知識はあるが、実践ともなれば机上で学んだようにはいかない。それは、騎士団の訓練と実戦が異なるのと同じだろう。

「殿下が貞操を守ってきたのはご立派だと思うけどさ……初体験が上手くいかないと、そのあとやりにくくな……あぐぅっ！」

「今すぐ無駄口を叩けないよう、衛兵を呼びましょうか」

懲りないアダムに、バルテルミーが冷酷な笑みを浮かべる。ふたりのやり取りは通常通りなので、フレデリックはしばし放置しておくことにする。

実際、アダムの発言も無視できないからだ。

一年前、初めてヴィヴィアンヌと口づけを交わしたとき。フレデリックは自身の身体の昂《たか》ぶりを抑えきれずにいた。彼女の唇の柔らかさや、抱きしめたときに香った甘い匂いが、強烈にフレデリックの心をかき乱し——その日は、自身の掌《てのひら》に何度となく欲を吐き出した。

生誕パーティで彼女の口腔《こうこう》に舌を入れて味わったときもそうだ。本当は、寝所へ連れ込んでめちゃくちゃに抱いてしまいたかった。だが、理性でなんとか堪えている。

（ヴィヴィアンヌとの初夜で、自分がどうなるか想像がつかないな）

常に紳士的に接し、彼女の笑顔を守りたいと思う。その一方で、自分の欲のままに組み敷いて自身を突き入れたいという欲求もある。

皇子としては不適切かもしれない。しかし、これもまたフレデリックの持つ一面であり、好きな女性に触れたいというごく自然な欲望である。

「ふたりとも、その辺にしておけ」

いまだ言い合いをしているアダムとバルテルミーを制したフレデリックは、ため息をついた。

「アダム、おまえは少し口が過ぎる。皇子の閨《ねや》ごとまで心配する必要はない。……ひとつ言っておくが、間違ってもヴィヴィアンヌとの閨を想像するなよ」

抑揚をつけずフレデリックが告げると、ふたりの友人は真っ青になった。

「そっ、想像なんてするわけないし、したこともないって！　そんなことすれば、それこそ殿下に首を刎《は》ねられかねない」

「尊き皇子殿下と婚約者様を貶《おとし》め、ご不快にさせることは身命に懸けていたしません」

「それならいい」

彼女のあられもない姿を目にするのも想像するのも自分だけでいい。可能なら部屋の中に閉じ込めておきたいくらいだが、さすがにそこまではできない。ヴィヴィアンヌを束縛したり、悲しませるのは本意ではないからだ。

（ひとまず、夜だ。暴走しないよう心に留めよう）

「話がそれだけなら、おまえたちはもう下がっていい」

フレデリックが話を終わらせようとしたとき、アダムがそれを遮った。

「殿下、ひとつだけ進言したいことがある」

「なんだ？」

「ことに及ぶ前に、一度自分で処理しておくと、すぐに達することはな……うおっ⁉」

アダムが最後まで言い終える前に、バルテルミーが騎士服の帯革《おびかわ》をつかみ、ずるずると扉の外へと引きずっていく。さすがにそろそろフレデリックの逆鱗《げきりん》に触れると判断したのだろう。別室でこってり絞られるだろうが、自業自得なので放置である。

（まあ、アダムなりの激励だと受け取っておこう）

フレデリックがヴィヴィアンヌに恋い焦がれている姿を、一番間近で見てきたのがアダムだ。

普段は軽口ばかりたたく男だが、あれで意外と忠誠心がある。十年前、件《くだん》の事件を父親から聞かされると、アダムはその日のうちに騎士団への入団を志願した。

『殿下は俺が護ってやるよ。もう二度と、悪いやつらに襲われたりしないように』

真剣な顔でアダムに告げられた日のことは、心に深く刻まれている。

守られる価値のある主君になろうと決意し、自身も剣の腕を磨こうとアダムとふたりで切磋琢磨《せっさたくま》してきた。これまで共に過ごした時間は、主君と臣下という以上に絆《きずな》となっている。

廊下から聞こえてくるアダムとバルテルミーの言い合いを聞きながら、フレデリックはわずかばかり肩の力を抜いたのだった。

＊

（……なんて幸せな晩餐会だったのかしら）

皇子妃の間へ戻ってきたヴィヴィアンヌは、両陛下とフレデリックというこの国で一番尊い御身の人たちと晩餐をとった。

最初は緊張していたものの、皇帝も皇后もヴィヴィアンヌの入城を心から喜び、『本当の親だと思ってなんでも相談するように』と言ってくれた。彼らは公の場では威厳のある姿だが、家族の前では違う顔を見せる。息子のフレデリックがたじろぐほど、明るく朗らかに場を盛り上げてくれた。

「ヴィヴィアンヌ様、お支度が調いました」

「ありがとう、パメラ」

パメラと新たな侍女たちの手で、ヴィヴィアンヌの寝支度は完璧に調えられた。薔薇の花びらが浮いたバスタブで湯浴《ゆあ》みをしたのちに肌や髪に香油を塗り込まれ、最後に用意されていた夜着に袖を通し、あとは寝台に入るのみとなっている。

最高級の絹を使用した夜着は、広がった袖口と胸元にレースがあしらわれている。ヴィヴィアンヌの肢体になめらかな絹が張り付き、豊かな胸が強調されていた。長衣のため露出は高くないが、腰紐《こしひも》を結ぶとより身体の線が強調され、艶《なま》めかしさを演出している。

下穿《したば》きはつけていないためなんとも心許《こころもと》ないが、初夜とはそういうものらしい。手練《てだ》れの侍女のなすがままにされているうちに、すっかり支度が済んだというわけである。

「ヴィヴィアンヌ様、とてもお綺麗です」

「嬉しいわ。みんなが頑張ってくれたおかげよ。……でも、少し緊張しているの」

皇城に移り住んで過ごす最初の夜。婚約者という立場だが、事実上はすでに皇子妃といっていい。フレデリックに望まれ、両陛下にも歓迎され、これ以上ないほど幸福な立場にある。

しかし、それと同じくらいに不安もあった。

「……こんなに幸せでいいのかしら」

もしもフレデリックの愛を失ったとしたら――考えるだけで胸が痛くなる。

彼の気持ちを疑っているわけではない。ただ、自分自身の今後が怖い。聖女が現れずとも、いずれ悪女になるのではないか。今の状況が幸福であるほどに、不安が頭を擡《もた》げてしまう。

「ヴィヴィアンヌ様には、誰よりも幸せになっていただきたいです。わたしも公爵家の皆様も、もちろん殿下も……そう思っていらっしゃるかと」

「ふふっ、そうね。慣れない場で緊張しているから、変に弱気になってしまったわ」

ヴィヴィアンヌが自然と笑顔になったときである。

部屋の扉がノックされ、鼓動が跳ねた。パメラは無言で頭を垂れると、隙のない所作で扉を開ける。確認せずとも、夜更けにこの部屋を訪れるのはただひとり。皇子であるフレデリックだ。

彼が部屋に入ると、侍女は入れ違いで立ち去った。ハッとしたヴィヴィアンヌは長椅子から立ち上がり、フレデリックへと歩み寄る。

「先ほどは、楽しい晩餐をありがとうございました」

内心の緊張を押し隠して礼を述べると、長椅子に腰を下ろしたフレデリックに手招きされる。

「疲れただろう。少しゆっくり話そう」

「……はい」

彼は湯上がりらしく、長衣を身につけていた。襟ぐりから覗く胸元がひどく色っぽく、つい目を逸らしてしまう。自分の鼓動だけがやけに大きく響く中、フレデリックの正面にある椅子に座ろうとすると、「こちらだ」と隣を示された。

「ふたりきりなのに、離れている必要はないだろう」

「よろしいのですか……?」

彼と並んで座ることなど今までなかった。婚約者といえど皇族に対する礼節を弁《わきま》え、適切な距離感で接してきたからだ。

「私たちは婚約したのだから、遠慮をする必要はない。それとも、隣よりも膝の上のほうがいいか？」

冗談のつもりだろうが、想像したヴィヴィアンヌの頬は赤らんでしまう。

「……お隣に座らせていただきます」

「そうか、残念だ。まあ初日だし、いずれきみを膝の上にのせる機会もあるか」

艶やかな声も余裕のある微笑みも、自分だけに向けられていると思うと非常に照れる。だが、それ以上に嬉しかった。彼といると、気持ちがどんどん膨らんでいく。そのうち制御できなくなりそうで怖いのに、恐れよりも強くこの深い青瞳に映っていたいと思ってしまう。

「何か不便はないか？」

「はい。殿下のご配慮で、快適に過ごせております。専用につけていただいた侍女も、とても気が利くとパメラも褒めていましたわ」

「城での生活に慣れるまで苦労するかもしれないが、何かあったら遠慮なく言ってくれ」

フレデリックの気遣いが心に染み入り、微笑んで頷く。彼はハッとしたように視線を泳がせ、自身の口元を手で覆った。

「殿下？　どうなさったのですか？」

「いや……すまない。平静を装ってはいるが、だいぶ意識している。ずっと焦がれてきたきみが、こうして私だけを見てくれていると思うと……今さらながら夢のようだ」

彼の手がヴィヴィアンヌへ伸びてくる。まるでここにいることを確かめるようなしぐさで頬に触れられ、小さく鼓動が跳ねた。

「殿下……くすぐったいですわ……」

フレデリックの指は頬から唇へ落ち、輪郭をなぞっていく。ただ触れられているだけなのに奇妙な高揚を覚え、居たたまれなくなってしまう。

「きみも意識してくれているなら嬉しいが」

「もちろんしていますわ。湯浴みをして、殿下をお待ちしている間……ずっと、考えておりました。これほど幸せでいいのかと」

侍女たちの手で初夜の準備を施されていく間、ヴィヴィアンヌはずっとドキドキしていた。子をなすのは、入城したときからの責務である。しかし、それ以上に心が躍った。好きな人と結ばれる喜びが、義務を大きく上回っているのだ。

「幸せを感じてくれないと私が困る。きみの幸せは私の幸せなんだ」

フレデリックと視線が絡み、互いの距離が近づいた。

これまでに見たどの彼よりも、ヴィヴィアンヌの胸を高鳴らせる。この先の不安が消えたわけではないが、彼に愛されていると自覚するたびに強くなれる。

「フレデリック様をお慕いする気持ちが、わたくしを幸せに導いてくれるのです」

婚約を避けているときには感じられなかった喜びが、確かに胸を満たしている。

今までは大切な家族や周囲の影響だけを考えて悪女にならないよう務めてきたが、今は少し違う。愛するフレデリックのためにも、未来を変えたいと願っている。

「ヴィヴィアンヌ、先に言っておく。今、私は余裕がない。きみが愛しくてどうにかなりそうだ」

「あ……っ」

立ち上がったフレデリックは、ヴィヴィアンヌを抱き上げた。突然の行動に驚いている間に、寝台に横たえられる。

（わたし、とうとう殿下と結ばれるのだわ……）

背中が柔らかな感触に包まれたと同時に、膝立ちになった彼に見下ろされた。

燦然《さんぜん》と世界を照らす太陽のごとき輝きを放つ美しい皇子は、今は男性特有の色気が漂っている。反射的に身を固くすると、顔をのぞき込まれた。

「こういったことに不慣れで、きみに不快な思いをさせるかもしれない。許してくれ」

「不快だなんて……わたくしこそ、慣れてなどおりません。ですから、殿下の……フレデリック様のお好きになさってくださいませ」

告げた瞬間、フレデリックの喉仏が上下したかと思うと、噛《か》みつくように口づけられる。

「んぅ……ン、ン……」

唇の合わせ目から侵入してきた舌先が、自分のそれに擦り付けられる。口の中をかき混ぜられると、なぜだかひどく身体が疼《うず》く。くちゅくちゅと唾液が攪拌《かくはん》される音に煽《あお》られて、肌が熱くなっていた。

フレデリックはヴィヴィアンヌの唇を味わう合間に、乳房に手を這《は》わせた。最初はゆったりと指を食い込ませて弾力を確かめたあと、胸の先端を探ってくる。

「ん、あ……っ」

ぴりぴりと甘い刺激が身体を駆け抜け、口づけが解ける。熱い吐息を漏らした彼は、反応を探るかのように薄い布越しに乳頭を咥《くわ》えた。

「や……ぁっ」

片方は唇で咥えられ、もう片方は指で摘まれる。初めての感覚に腰が跳ねるが、彼の身体に押さえつけられて身動きが上手くできない。肌がどんどん火照りを増し、鼓動が速くなっていく。

「んんっ、ぁっ……フレデリック、さ……ぁっ」

甘えるように漏らした声は、自分のものではないみたいだ。羞恥を覚えたヴィヴィアンヌだが、それよりも彼の愛撫《あいぶ》の心地よさが勝っている。

布ごと乳首を扱《しご》かれると、疼きがどんどん強くなってくる。自分の身体だとは思えないほどに、彼の手や唇の動きに感じていた。

(好きな方に触れられるのが、これほど気持ちいいことだなんて)

こうしていられるのは、フレデリックがヴィヴィアンヌを諦めなかったから。婚約を固辞されようとも、長い年月を積み重ねて歩み寄ったからこそ、今の奇跡がある。

ヴィヴィアンヌは、恐る恐る彼の頭に手を伸ばした。白銀の髪は指通りがよく、絹糸のようにさらさらしている。

想像よりもずっと柔らかかった。彼にこうして触れられる日がくるなんて奇跡的なことだ。自覚すると、なおさら感激して胸が詰まった。

顔を上げたフレデリックは、ヴィヴィアンヌと視線を合わせてきた。普段よりも格段と雄を感じさせる表情だ。彼に感情をぶつけてもらえるのが嬉しくて微笑むと、ヴィヴィアンヌの肩口から夜着を引き下ろした。

「あ……」

まろび出た乳房がふるりと揺れる。先ほどの愛撫で乳首は濃く色づき、淫らに勃起している。彼に見られるのが恥ずかしく隠そうとするも、フレデリックは許してくれなかった。

「隠すな、見たい」

「は、恥ずかしいので……」

「きみのすべてが見たいんだ」

そう言われれば、ヴィヴィアンヌに拒むすべはない。

房事については事前に教育を受けている。『すべてを殿下にお任せし、けっして拒否をしてはならない』のだと。けれど、そんな教えは初めての刺激の前に消し飛んでしまう。

「申し訳、ありません。わたくしは、フレデリック様に隠すべきところなどありませんわ」

それ以上の抵抗はせずに、彼の望むままに肌を晒す。注がれる視線がやけどしそうなほどに熱く、鼓動がひどく騒ぐ。

彼はヴィヴィアンヌの胸のふくらみに唇を押し当て、それを徐々に移動させながら、優しく夜着を脱がせていった。肌を滑る布の感触にすら過敏になり小さく身を震わせたとき、フレデリックが穏やかに微笑みかけてくれた。

「謝らなくていい。どこが好《い》いのか教えてくれ。きみを感じさせたい」

先ほど余裕がなくなりそうだと言っていたのに、それでも気遣いを忘れない。愛情を感じてヴィヴィアンヌが頷くと、彼は両膝に手をかけて大きく左右に割り開いた。

「っ……！」

一糸纏わぬ姿を晒すだけでも羞恥心を覚えるのに、秘すべき箇所を彼に見られている。据えられた視線の強さに居たたまれず、まなじりに涙が浮かぶ。

「フレデリック、様……？」

「……きみの美しさに見蕩れていた」

熱に浮かされた口調でフレデリックが言う。彼のほうがよほど美しいと思うのに、いつも惜しみない賛辞を送ってくれる。悪女にならぬよう懸命に生きているだけの自分が美しいとは思えないが、彼が褒めてくれるならそうでありたいと願う。

「少し下生えが濡《ぬ》れている。感じてくれたのか」

指摘されて顔が熱くなったとき、割れ目を指で押し開かれた。肌がぶわりと熱を帯び、頭の中が真っ白になった。

（こんなに恥ずかしいものなの……？）

貴族子女に向けて行われる閨教育は、さほど詳細な知識を得られるわけではない。前世は病弱なうえに早世しており未経験のため、何が普通なのかわからない。

一方のフレデリックは、不慣れと言いながらもそうと感じさせなかった。的確に熱を高められ身悶《みもだ》えていると、指で押し開いた秘裂に顔を近づけた彼が躊躇《ためら》いなくそこに舌を這わせた。

「っ……そっ、そのような場所を……おやめくださ……んぁっ」

閨教育で陰部を舐《な》める行為があるとは聞いていたが、尊き御身の皇子がすることではない。それなのに彼は、ヴィヴィアンヌが止める声も聞かず、花弁を一枚ずつ丁寧に舐め取った。恥部に吹きかかる呼気にすら敏感になり、淫蜜が溢れてくる。

（どうしよう、わたし……気持ちいいなんて……）

初めての感覚に戸惑っていたのもつかの間、今度は敏感な肉芽を舌で突かれた。

「あぁっ……！」

腹の内側が燃えるように滾《たぎ》り、ひどく切迫するのを感じる。知らずと下肢に力が入ったとき、フレデリックは、ヴィヴィアンヌの胎内から零《こぼ》れ落ちる愛液を音を立てて啜《すす》った。

「っ～～～！」

思わず大きな声を上げそうになり、とっさに自分の口を両手で覆う。

淫芽を舌で転がされると、肉筒が切なく疼く。まるで呼吸をするかのように蜜孔が蠕動《ぜんどう》し、愛汁が噴きこぼれている。腰をくねらせて快感から逃れようとするのに、しっかり押さえられているため逃れようもなく愛戯を受け止めた。

秘部が熱く蕩けていき、何かに追い立てられた心地になる。女性が一番感じる場所を執拗《しつよう》に攻め立てられれば、性に未熟な身では抗いようがなかった。

「は、ぁっ……」

淫らな熱に浮かされたヴィヴィアンヌは、熱を含んだ吐息を漏らす。

艶めかしい舌の感触が花蕾に触れると、最奥がきゅうきゅうと締め付けられる。もう止めてほしいと思う一方で、身体はびくびくと快感に打ち震えていた。

皺《しわ》ひとつなかったリネンはいつしか乱れていき、股座《またぐら》は彼の唾液と蜜液に塗れている。荒く呼気を吐き出したヴィヴィアンヌが彼の名を呼ぶと、そこでようやくフレデリックが顔を上げた。

「ヴィヴィアンヌ……教えてくれ。気持ち好《よ》いか？」

「は……い。ですが、フレデリック様、は……？」

余裕がないと彼は言った。たしかに、いつもの彼よりも野性的で、ぎらぎらと欲を滾らせている。にもかかわらず、じっくりとヴィヴィアンヌを高めてくれる。愛撫を施《ほどこ》されるのは恥ずかしいが、その意味はしっかり理解していた。

「私はまだ大丈夫だ。……大事にきみを抱きたい」

「わたくしは……フレデリック様の、お好きにして、いただきたいのです」

それは、ヴィヴィアンヌの素直な気持ちだ。淫熱に浮かされながら告げれば、理性を保とうとしていたフレデリックの表情が一変する。

「っ、きみは……！」

フレデリックは息を呑むと、手早く長衣の腰紐を解いた。露わになった上半身は鍛え上げられていて、服の上からではわからない筋肉を纏っている。

騎士団でその実力を認められるまでに、かなりの研鑽を積んできたに違いない。守られる立場に甘んじることなく、努力を続ける高潔な皇子。彼の妃となり愛されることを幸せに思う。

脱いだ長衣を床に抛《ほう》り、彼が見下ろしてくる。反り返った陰茎を目の当たりにしたヴィヴィアンヌは、意図せず身を硬くした。

血管が浮き出てひどく卑猥《ひわい》な形のそれは、あまりにも長大だ。果たして自分の身体で受け入れられるのか不安に駆られるも、彼を留めはしなかった。無理をしてでもひとつになりたいと、繋《つな》がりたいと思ったからだ。

切なげにヴィヴィアンヌを見つめた彼は、自身を蜜口にあてがった。その熱と硬さに腰が引けそうになると、フレデリックが心配そうに顔を近づけてくる。

「……今日はやめておくか？」

それは、ヴィヴィアンヌのためだけを思って発せられた、彼に残った最後の理性である。わかっているからこそ、気遣いはいらないと首を左右に振ってみせた。

「わたくしを……フレデリック様の妻にしてくださいませ」

自身の欲を果たすためではなく、あくまでも彼女の意思を大切にしてくれる。フレデリックの想いに答えたくて身を差し出せば、彼はヴィヴィアンヌの足を限界まで広げ、自身を蜜窟へ突き入れた。

「あぁっ……！」

未踏の花園が、彼の剛直に踏み荒らされていく。媚肉が捲れ上がるほどの圧迫感だ。ずぶずぶと淫らな音を立てながら奥へと突き進む雄棒は、ヴィヴィアンヌの身体に鋭い痛みを与えた。

「ん、は……ぁっ」

「ヴィヴィアンヌ……平気か？」

悩ましげに囁かれるも、答える余裕なく息を詰める。

処女窟は狭く、異物を排除するように硬く閉ざされていた。入ってきた肉棒をぎゅうぎゅうと締め上げ、それ以上の侵入を阻んでいる。

彼は苦しげに眉根を寄せ、一度動きを止めた。ヴィヴィアンヌを気遣うように「力を抜け」と声をかけると、乳房へ手を這わせる。

「あ、あ……っ」

双丘の頂きを指で摘まれると、ほんのわずか身体が弛緩《しかん》する。そうすると、内部を圧迫している雄茎の脈動をつぶさに拾うことになり、思わずリネンを握りしめた。

「つらい、か？」

「……いいえ」

明らかに強がりだ。フレデリックもそれをわかっているのか、困ったように苦笑を返される。

「すまないが、もう止めてやれない」

「あぁぁっ……！」

刹那、彼は自身を奥深くまで埋め込んだ。骨が軋《きし》むような衝撃で、ヴィヴィアンヌの視界が一瞬眩み、意識が飛びかける。けれどそれよりも先に、苛烈な抽挿が始まった。

腰を打ち付けられるたび、打擲《ちょうちゃく》音と淫らな水音が部屋中に響き渡る。余すところなく媚肉を擦り立てられ、息を吐くことすらままならない。体内を冒す摩擦熱が、思考すら奪っていく。快楽よりもまだ痛みが強かったが、それでも止めてほしいとは思わない。

「あうっ……ん、くうっ」

フレデリックに貫かれた衝撃に喘《あえ》ぎながら、必死で痛みに耐える。胎内を行き来されるたびに引き攣《つ》れたような感覚を覚え、身体の内側から焼かれているような錯覚に陥る。性交とは強い羞恥と快楽、そして愛しさを感じるものなのだと初めて知った。

「……ヴィヴィアンヌ、愛している。一生、きみだけだ」

掠れた声で囁かれると、鼓動が喜びの音を立てた。

フレデリックの息遣いを感じながら、少し汗ばんだ肌に触れる。自然と彼の首に自身の腕を巻き付け、身体を密着させた。

（わたしは……これほど愛されていたのね……）

フレデリックは、けっして自分の欲を満たすためだけの動きはしなかった。深い場所で繋がっているからこそわかる。彼と結ばれるのはこのうえない喜びで、幸運でしかない。愛する人に愛される奇跡で、全身が歓喜する。

「…フレデリック、さま……愛して、います……誰よりも、あなたを……」

譫言《うわごと》のように呟けば、動きを止めた彼がヴィヴィアンヌを見つめる。

美しい顔に汗を滲ませ、呼吸も荒くなっている。彼のこんな姿は初めてだ。だが、フレデリックもまた、ヴィヴィアンヌと同じように身体を重ねたことを喜んでいるのだと、その表情が物語っている。

「もうきみを離さない。覚悟してくれ」

宣言したフレデリックは、ヴィヴィアンヌの膝裏に腕を差し入れると、のし掛かるようにして腰を打ち付けてきた。

それまでの挿入角度と違う刺激が与えられ、ぞくぞくと肌が粟立《あわだ》つ。彼の下生えと花芽が擦れると、刺激を拾った胎内がきゅっと窄まる。

「あっ、んッ……激し……ンンッ」

「っ、は……ヴィヴィアンヌ……っ」

呻《うめ》くように名を呼ばれたが、返せるのは喘ぎのみだった。

フレデリックは淫らな行為をしているとは思えないほど美しく、ヴィヴィアンヌの心を捉えて放さない。愛しげに見下ろしてくる眼差しも、獣のように腰を振る姿も、どうしようもなく愛しい。

「……ああ、ようやく馴染《なじ》んできたな」

臍《へそ》の裏側を肉棒の溝で抉《えぐ》られ、腹の薄い皮膚が微動する。そこを突かれると、意識ではどうにもならぬほど全身に痙攣《けいれん》が広がり、掻痒《そうよう》感に襲われた。

彼自身が胎内を行き来すると、肉孔に溜《た》まった愛液が攪拌された。とてつもなく淫らな音楽が奏でられ、羞恥で耳を塞ぎたくなってしまう。

(でも……)

フレデリックが無心で自分を穿《うが》つ姿は、強く求められている何よりの証だった。彼の想いが伝わると快楽が増し、ヴィヴィアンヌの肉体が妄《みだ》りに熟していく。

「ん……あっ、フレデリックさ……身体、変に……んんっ」

「私しか見ていないから、いくらでも乱れていい。……きみが愛しくてどうにかなりそうだ」

フレデリックは再度体勢を変え、胸が押し潰されるくらい体重をかけてくる。より結合が深くなる形で抱き合い、ヴィヴィアンヌは自然と彼の腰に自身の足を巻き付けた。すると、フレデリックの形に押し拡《ひろ》げられた肉洞が蠕動し、自らの限界を伝えてくる、

「あぅっ……い、ゃあ……こ、わいっ」

せり上がってくる得体の知れない感覚への恐怖で、ヴィヴィアンヌは首を左右に振った。綺麗に梳《す》いた銀髪が寝具に散って首筋に張り付くが、それを除《よ》けたフレデリックが小さく囁く。

「大丈夫だ……私の可愛いヴィヴィアンヌ」

言葉と同時に、熟れた媚壁を抉られる。腹の内側を幾度となく行き来され媚肉を摩擦されると、尿意に似た感覚が迫ってきた。

思わずいきんだヴィヴィアンヌのつま先が丸まり、蜜孔がぎゅっと狭くなる。そうすると今度は肉棒の脈動を拾い上げることになり、胎《はら》の中が恐ろしいくらいに熱を放った。

「あ、ぁっ……ンッ、あ……——っ」

甲高い嬌声《きょうせい》とともに、肉襞が収縮する。肉茎を締め上げられて小さく呻いたフレデリックは、ヴィヴィアンヌの腰を鋭く打擲した。

「く……っ」

達したばかりの肉筒の蠕動に耐えかねたのか、色艶のある吐息を漏らした彼は最奥へ白濁を吐き出す。びゅくびゅくと長い吐精を受けた体内は、喜び勇んで肉棒を食《は》んでいる。

（あ……）

彼の欲望が胎内に広がっていく感覚は、ひどく幸福で満たされるものだった。ふと笑みを浮かべるも体力の限界を迎え、ヴィヴィアンヌの意識は途切れた。

頬を撫でる光の温かさに、ゆるりと意識が覚醒する。

ぼんやりと頭に靄《もや》がかかった状態で目覚めたヴィヴィアンヌは、自分の身体が背後から逞《たくま》しい腕により拘束されていることに気づく。

フレデリックだ。彼はまだ眠っているのか、かすかな寝息が聞こえてくる。

彼が起きるより前に、身支度を整えたい。そう思うのは淑女としてごく当たり前の感情だったが、腹部に絡まっている腕と全身の気怠《けだる》さがそれを許してくれなかった。

（どうすればいいのかしら……？）

フレデリックを起こすのは気が引ける。そうかと言って、このままではやがて侍女が部屋を訪れ、痴態を見られてしまう。

むろん彼女たちは、主のことを詮索はしない。おそらくこの城にいる大半の人間は、フレデリックとヴィヴィアンヌが夜を過ごしたことを知っている。今さら隠すことではないし、その必要はない。けれど、恥ずかしいものは恥ずかしい。明らかに事後の状態など、たとえパルマであろうと見せたくはないのだ。

（自力でなんとかするしかないわね……）

もぞもぞと体勢を変えることに成功したヴィヴィアンヌは、彼と向かい合うことになった。しかし、まだ腕の拘束は解けない。

（それにしても、殿下は寝姿すら美しいのね）

フレデリックの白銀の髪が陽の光に照らされているその光景は、神々しさすら感じた。昨夜、淫らな行為をした彼とはまったく違っている。

閨の姿は自分だけが知っている。そう思うと胸がいっぱいになり、思わず彼に抱きついた。

「……朝から可愛いことをすると、襲いたくなるな」

「で……殿下……！」

「おはよう、私のヴィヴィアンヌ」

「おはよう、ございます……」

彼は目覚めたばかりでも完璧な笑顔である。眩《まぶ》しい、とヴィヴィアンヌは思った。身体を重ねたことで、フレデリックの輝きが強烈になった気がしてならない。

「殿下、あの……そろそろ、侍女が部屋にくる時間なので……せめて、夜着を羽織りたいのですが」

「今朝は、呼ぶまで侍女は来ない。初夜を迎えた主君を、しばらく寝かせておいてくれる。ああ、身体は昨夜きみが眠っている間に清めておいたから安心してくれ。もちろん、侍女ではなく私が」

「え……！」

「事後の姿を、誰にも見せたくなかったからな」

会話をする間も、フレデリックはヴィヴィアンヌの額や頬、こめかみに唇を落としていく。抱きしめている腕の力は強くないが、まだ逃さないという確かな意思がある。

「も、申し訳ございません。その……以後、気をつけますわ」

「駄目だ。きみはおとなしく、私に世話をされていればいい。新たな楽しみを奪わないでくれ」

まだ疲れの残る身体と思考は、フレデリックの言葉の意味を正確に測れない。ただ、彼がとても幸せであろうことだけは、触れ合っている肌から雄弁に伝わった。

（あっ……）

下腹部に、硬いものが当たって息を呑む。意識すると全身が炙《あぶ》られたように熱くなり、動揺してしまう。

「ああ、気づかれたか。きみと抱き合っているから、昂ぶってしまうんだよ。昨夜だけでは、とても足りない。もっともっと、きみが欲しい」

フレデリックは意味ありげなしぐさでヴィヴィアンヌの背筋をなぞりながら、ぐいぐいと腰を押しつけてくる。昨晩受け入れたそれは、まだ生々しい感触を胎内に残し、貫かれた感覚を呼び起こす。

「っ……もう、陽が出ておりますのに……」

「今日くらいは怠惰に過ごしても、神は許してくれる」

起き上がった彼に見下ろされたヴィヴィアンヌは、ふたたび彼に組み敷かれ、二度目の交わりを体験することになった。

＊

ヴィヴィアンヌと初夜を過ごしてから七日が経過した。

城の敷地内にある騎士団の訓練場で汗を流していたフレデリックは、人生で一番といって過言ではないほど上機嫌だった。

むろん他の者に気づかれるような愚は犯さない。せいぜい気づくのは、親しい間柄の人間――両陛下であったり、アダムやバルテルミーといった幼なじみくらいのもので、他者ならば『さすが皇子はいつ何時も笑顔を絶やさないのだな』と、思うくらいの変化である。

「殿下！　いい加減休憩にしてくださいよ！」

主な団員が訓練場の土の上に倒れ込む中、いまだ剣を鞘《さや》に収めようとしないフレデリックを見かねたのか、アダムが悲痛な叫びを発した。ちなみに他の団員は全面的にアダムに同意しているが、声すら上げられないほど叩きのめされて声になっていない。

「この程度で音《ね》を上げるようでは、皇城、ひいては民を守ることなどできないだろう」

「いやいやいや、殿下の化け物みたいな体力と一緒にしないでくださいって。俺はともかく、他のやつらはこのままだと数日使い物にならなくなりますよ！」

アダムの訴えを聞いたフレデリックが、土の上で屍《しかばね》と化す団員に視線を投げる。

たしかに、過度な訓練を行ったことにより、有事の際の働きに支障が出ては困る。今は他国との関係も悪くないとはいえ、備えを怠ることは許されない。

「では、しばし休憩にする」

フレデリックが告げると、団員から安堵の息が漏れた。

相手になる者がいないため、しかたなくその場に座って水筒を手に取る。訓練で上がった体温を冷やすように水を飲み干すと、誰にもわからぬよう嘆息する。

(まだ足りない)

こうして訓練に勤《いそ》しむのには訳がある。——初夜以降、いや、正確には、初夜を過ごして迎えた朝以降、ヴィヴィアンヌを抱いていないのだ。

彼女を身体を重ねた日は、間違いなく人生で最良と言っていい。長年の片思いを実らせ、ようやく初恋の女性と婚約まで至ったうえ、想いを果たせたのだ。フレデリックにとって一生胸に刻んでおく出来事であり、記念日といえる。

(だが、調子に乗りすぎた)

ヴィヴィアンヌと無事初夜を過ごしたフレデリックは、言葉にしがたい幸福感に包まれた。あの美しく気高い彼女が自分の腕の中で乱れる姿は、ひどく興奮した。ほかのどんな女性が相手であろうと、これほどの高揚は得られないだろう。

ヴィヴィアンヌと結ばれるために自分は生きてきたのだとすら思った。それほどに、彼女との交接によって快感を覚え、また、身体の繋がりだけではない絆を感じたのだ。

だからこそ、翌朝も興奮が覚めやらぬまま抱いてしまい——体力の限界を迎えたヴィヴィアンヌは、二日ほど寝込むことになってしまう。

彼女の専属侍女パメラからは、『女性と男性では体力が違いますのでご配慮くださいませ』と、やんわりと窘《たしな》められ、新たについた侍女ふたりは皇后へヴィヴィアンヌの不調を報告した。すると母はフレデリックをすぐさま呼びつけ、『世継ぎの誕生は当然待ち遠しいが、少しは自重を覚えなさい』と苦言を呈している。

さすがに反省したフレデリックは、有り余る体力と劣情を訓練にぶつけることにした。そうしなければ、ヴィヴィアンヌに触れたくなる。一度身体を重ねたことで、歯止めが利かなくなっていた。

「最近、ずいぶん訓練に力を入れてるよな、殿下。やっぱり演習がひと月後にあるからか？」

木陰で休んでいると、隣にアダムが腰を下ろす。

他者の目がないときは、決まってくだけた口調で声をかけてくる。普段の様子からは考えられないほどに切り替えが早いところを見るに、意外と器用なのかもしれない。

「まあ、それもある」

実際、ヴィヴィアンヌにだけかまけているわけではない。ひと月後には、数年に一度の単位で行われる騎士団演習が控えている。皇都を離れ、道中の領地を視察しながら、国境を守る辺境伯の領地に滞在し、軍部と合同演習を行うのだ。

とはいえこれは、国防を担う辺境伯と軍人らの慰労も兼ねている行事だ。これまで騎士団を率いていたのは皇帝だったが、此度正式に次期国王に指名されたフレデリックが騎士団を率いることになっ

ている
これらの行事はむろん力が入る。辺境伯領までの道程で、次期皇帝を周知させ、皇家の威光を示さなければならないからだ。

（だが、必要以上に気負う必要はない。今の私なら何も成し遂げられないことなどない）

フレデリックにとっては、ヴィヴィアンヌに想いを受け入れてもらうことこそが最大の難関だった。それが果たされたのだから、不可能など何もないとすら思っている。

ただ、彼女が抱いている不安だけは注視する必要があるのだが。

「聖女、か……」

彼女の予見によれば、自分は聖女と出会い恋に落ちる。だが、フレデリックの心はヴィヴィアンヌで占められ、ほかの女性が入る隙などない。

ヴィヴィアンヌの入城からこれまでの間は忙《せわ》しなく過ごしていたため、ゆっくり話し合えていないが、そろそろ一度『聖女』や彼女の知る『未来』についても詳細を聞いておかねばならない。

「殿下も、聖女の噂を知ってるのか？」

フレデリックの呟きを耳聡《みみざと》く拾ったアダムを、思わず凝視する。

「聖女の噂とはなんだ」

「あれ？　知らなかったのか。今度行く辺境伯領で噂になってるんだってよ。『民の傷を癒やしてくれる聖女がいる』って。まあ、嘘か本当か確かめたわけじゃないが」

傷を癒やす聖女――それは、『万物の病を治す力を持ち、皇国を末永く繁栄させる存在』という皇室に伝えられている存在と合致する特徴だ。

だが、実際に見てみないことには判断できない。傷を癒やすだけであれば医師にもできる。重要なのは、その噂の聖女が『万物の病を治す』力があるかどうかだ。

ヴィヴィアンヌの話では、フレデリックは本来十年前に賊に襲われ、片眼を失っていたのだという。ところが、出会った聖女が奇跡を起こし、目が見えるようになったそうだ。

病や傷を治すだけではなく、失ってしまった身体の一部を復活させられることができるのは、まさしく聖女の御業《みわざ》といえるが、辺境伯領にいる者が該当するかは疑わしい。

「おまえは、どこでその噂を聞いた？」

「辺境伯領までの工程で立ち寄る土地の領主……グリエット侯爵と警備の件で打ち合わせしたんだよ。そのときたまたま世間話で出たんだけどさ。まあ、辺境伯領に実際行けばわかるだろ」

噂をあまり重要視していないのか、アダムの声に緊張感がない。聖女の話をしたのは、フレデリックの呟きを聞いて思い出したという程度だ。

「聖女の話は、ヴィヴィアンヌの耳に入れないようにしろ」

「……ヴィヴィアンヌ様に？　なんでだよ」

理由は口にせず、「絶対にだ」と念を押すと、アダムは「わかった」と顎を引いた。フレデリックの態度から、何かがあると察したのだ。

未来を予見し、聖女の存在を誰よりも気にしているヴィヴィアンヌ。彼女に今、聖女の話を伝えるべきではない。いたずらに不安を煽りたくはないからだ。

（数年ぶりに演習が行われるこの時期に、なぜ噂が出るんだ）

フレデリックは奇妙な偶然に、言い得ようのない違和感を覚えた。


その後、訓練を終えて城内へ戻ると、私室へと向かう途中でバルテルミーに呼び止められた。

フレデリックを探して騎士団の訓練場を訪れたらしいが、入れ違いだったようだ。急ぎの伝達事項を口にした彼は、最後に「ヴィヴィアンヌ様は図書館にいらっしゃいますよ」と付け加える。

「そうか。様子はどうだった」

「勉強熱心でいらっしゃいます。本日は、我が国の防衛について学んでおられました。特に地形について気にかけておいででしたね」

初夜後に寝込んだヴィヴィアンヌは、体調が回復すると精力的に動き始めた。皇后の私的な茶会に呼ばれ、社交界の実力者に引き合わせてもらったかと思えば、教師に教えを請いたいと願い出てきた。いわく、『未来を変えるために努力すると決めたのです』とのことだが、無理はしてほしくないとフレデリックは思っている。

自分と共に未来を生きようとしてくれている彼女の思いを遮る真似はできず、教師はバルテルミーに依頼した。彼は特に財政や経済、流通についての知識が抱負で、この国でも五指に入る知識人だ。いずれ皇后となるヴィヴィアンヌにとっても、必要な情報を精査して伝えるだろう。

「本日は執務もありませんし、どうぞごゆっくりお過ごしください」

頭を下げたバルテルミーは、その場をすぐに立ち去った。無駄口は叩かないが、このところフレデリックが騎士団での訓練や執務に没頭しているのを危惧しているのだろう。

休めと言われても延々と剣を振り続ける少年だったフレデリックは、加減を知らずに育っている。限界まで自分を追い込まなければ、強くなれなかったからだ。

（十年前の事件で、私を救ってくれたのはヴィヴィアンヌだ。聖女などではない）

彼女が予見した未来は、数ある選択肢のうちのひとつかもしれないが、だからといってその通りに進むとは限らない。自分しだいで、いくらでも未来は変えられるのだから。

思考に耽《ふけ》っているうちに、図書館に着いた。ここには、先にフレデリックが持ち出した禁書をはじめ、貴重な書物が数多くある。蔵書の数は他国にひけを取らないとはバルテルミーの言だ。

出入り口の扉には皇宮騎士が立っているが、今は中にいるはずの司書もいなかった。おそらくバルテルミーが、ヴィヴィアンヌのために下がらせたのだ。もしくは、フレデリックのために彼女とふたりきりの時間を作り出してくれたのかもしれない。

書架の隙間を縫うように進むと、突き当たりに長机と椅子が置いてある。ヴィヴィアンヌはそこに腰を据え、書物を読み耽《ふけ》っていた。

（集中している顔ですら愛らしい）

窓から射し込む陽光に照らされている彼女は、どのような美辞麗句でも足りないほどに美しい。絹糸のように繊細でなめらかな蜂蜜色の髪を耳の後ろにかけるしぐさも、書物の文字を忙しなく追う大きな瞳も、華奢《きゃしゃ》で折れてしまいそうな細い腰も、フレデリックの鼓動を跳ねさせる。

しばし見蕩れていると、ふと顔を上げたヴィヴィアンヌがフレデリックの姿を認めた。驚いたのか目を瞬かせたのち、優美な所作で立ち上がる。

「気づかすに失礼いたしました、殿下」

「いや、気にしないでくれ。読書の邪魔をしてしまったな」

「そろそろ戻ろうと思っていたところでしたので。殿下は何かお探しでしたか？」

書物を手に立ち上がったヴィヴィアンヌは、書架へ戻そうとする。彼女の手から本を抜き、「私がやろう」と何気なく書名を見れば、皇国の災害の歴史が書かれた書物だった。

「勉強熱心だな」

「わたくしなど、ボラン卿の足もとにも及びませんわ。ですが、足りなければ補えばいいと気づいたのです。自分にできることから少しずつ進めることができれば……殿下のお役に立てる日がくるかもしれませんもの。最近ボラン卿の講義を受けているのも、そのためなのです」

これまで関わってきた孤児院の子どもの中には、自然災害で親を亡くした子もいたという。山間部の村の住人などは、特に天候によって左右され、過酷な暮らしを強いられる。

「孤児院を卒院した子に聞いたことがあります。住んでいた村が土砂崩れに巻き込まれ、農業を営めなくなってしまったのだと。わたくしは、そういった悲劇を食い止めることもお役目ではないかと思っております」

照れたように微笑むヴィヴィアンヌを目の当たりにしたフレデリックは、思わず自身の胸を強く押さえて背を向ける。

心臓が痛くなるほど高鳴っている。ヴィヴィアンヌは、フレデリックが光り輝いて見えるというが、彼女のほうがよほど輝きは強いのではないか。

だが、彼女の在りようが尊いと思う一方で、浅ましい欲望が頭を擡げている。この高潔な女性を思いきり抱きしめて口づけをし、身体を貪り尽くしたい、と。

「殿下……？　どこかお加減でも悪いのですか？」

ヴィヴィアンヌは気遣わしげに声をかけ、そっと背中を摩《さす》ってくれた。彼女の優しさは今は毒だ。傷つける前に離れなければと思うのに、ぐらぐらと理性が揺れている。

「すまない、ヴィヴィアンヌ。病の類ではない。ただ、きみに触れたくてしかたがないんだ。初夜のあとも、無理をさせたというのに……自分がここまでこらえ性のない男だと思わなかった」

自嘲気味に呻くフレデリックに、ヴィヴィアンヌが小さく息を呑む。

「……わたくしは、嬉しかったですわ。フレデリック様に、求めていただいたのですもの。人生で一番幸せな瞬間でしたわ」

ヴィヴィアンヌは穏やかに言うと、フレデリックの背中に身を寄せた。

彼女のぬくもりや香りを間近で感じてしまうと、かろうじて保っていた理性が崩壊する。

「……きみは、優しすぎる、私の我儘を、深い愛情で許してしまうのだから」

振り返ったフレデリックは、ヴィヴィアンヌの身体を掻《か》き抱《いだ》く。甘い匂いとやわらかな肢体が初夜を想起させ、下腹部に淫らな熱が溜まっていく。

少し身体を離し、ヴィヴィアンヌの襟ぐりに手をかけた。そのままシュミーズごと引き下げると、たわわな果実が目の前でふるりと揺れる。

「あっ……フレデリック様……ここでは……」

慌てて隠そうとする彼女の手を窓に押しつけ、「部屋まで待てない」と告げる。

「ひどいことはしない。ただ……きみを抱きたい」

「んっ……」

空いている手で双丘を鷲づかみにすると、ヴィヴィアンヌがか細い声を上げた。弾力を楽しむように指を食い込ませ、時折胸の頂点を爪で弾《はじ》く。

「あぅ、っ」

胸の尖《とが》りを爪で引っ掻《か》くと、白磁の肌に少しずつ赤みが増してくる。彼女の心臓が激しく動くのを感じながら、勃起している乳頭を指先でもてあそんだ。

ヴィヴィアンヌからは、すでに抵抗の意思を感じない。ただ、場所に対する羞恥を覚えているのか、訴えかけるように見つめてくる。

「誰かが来たら……どうなさるおつもりなのですか……？」

「きみの淫らな姿を私が見せると思うか？」

実際、表の騎士にまで声は聞こえない。それに、図書館を訪れる人間も限られているため、人目にさらされる危険は限りなく低い。何より、フレデリックがもう限界だった。

彼女に対しては、紳士的でありたい。しかし、愛する女性をこの腕に抱く悦《よろこ》びを知ってしまった今、もう何も知らなかったころには戻れない。

片手で胸をまさぐりながら、もう片方の手でスカートの裾を捲《めく》り上げた。あらわになったドロワーズの紐を解くと、躊躇なく足の間に手を差し入れる。

割れ目に指を忍ばせると、そこは湿り気を帯びていた。ヴィヴィアンヌが感じているのだと思うと、よけいに昂ぶりは増していく。秘裂の上部で息づく肉蕾を弾いてやれば、ヴィヴィアンヌが耐えきれないというようにフレデリックに縋《すが》りつく。

「フレデリック様……ぁっ……立って、いられ、ませ……」

「それなら、ここに手をついていればいい」

ヴィヴィアンヌは、フレデリックの言う通りに長机に手をついて身体を支えた。かすかに息を乱している無防備な背中を抱きしめると、剥《む》き出しの乳房を揉《も》みしだき、ふたたびドロワーズの裂け目から指を入れた。

「あ、あ……く……ぅっ」

恥部で指を往復させると、蜜口から漏れ出た愛液が淫らな音を奏でた。彼女は羞恥と快楽の狭間《はざま》で耐えているのか、ふるふると身を震わせて声を呑《の》み込んでいる。

「ここに、痛みはないか？」

フレデリックは中指を淫孔にそっと挿入した。浅い場所を行き来させていると、彼女はゆるゆると首を振り後ろを振り返る。

「痛みは、ございません。わたくしは大丈夫ですから……どうか、おひとりで苦しまないでください」

彼女は、フレデリックの懊悩《おうのう》を知っているからこそ、強く抵抗せずに受け入れている。それも、深い愛ゆえだ。そして彼女もまた求めてくれているのだと、その言動から感じられる。

（身体だけが欲しいわけではない。ヴィヴィアンヌのすべてが欲しい）

肉蕾をいじくりながら蜜孔を解していると、淫らな音がどんどん大きくなってくる。

フレデリックは己の昂ぶりが耐えきれないところまで膨張していることを感じ、一度彼女から手を離して自身の前を寛《くつろ》げた。

卑猥な形に隆起している男性自身を彼女の秘部にあてがい、胴部で割れ目を擦り立てる。ヴィヴィアンヌのぬかるみはフレデリック自身に吸い付くようで、摩擦だけでも心地いい。

「――挿《い》れるぞ」

すぐに突き入れたいところをなんとか堪えて宣言すると、フレデリックは蜜口へ肉茎の先端を少しずつ挿れていった。

「あ……っ」

ヴィヴィアンヌの中は狭く、初めてのときと同じようにぎゅうぎゅうと雄棒を締め上げてくる。やわらかな蜜襞が絡みつき、隙間なく密着する感覚は腰が蕩けそうなほどの快感だ。

このまま己の欲望に忠実な獣となり、思うままに腰を振りたくりたい。だが、そんなことをすれば、また彼女は体調を崩してしまう。フレデリックは苦痛にも似た快楽に溺れかけながらも、彼女への愛だけが本能を押し留める。

「っ……ようやく、きみの中に触れられた」

世継ぎを儲けることは、皇家に生まれた者の義務だと考えてきた。けれど、フレデリックは今、義務ではなく己の感情でヴィヴィアンヌを抱いている。

肌を合わせることの意味を、身をもって理解する。子を成すことだけが目的ではない。愛しいと、言葉で伝えきれない想いを伝えるための行為だったのだ、と。

彼女を壊さぬように、ゆるゆると腰を動かす。めちゃくちゃに突き上げないのは、フレデリックに残った最後の良心だ。壊れ物を扱う慎重さで、媚肉を擦り立てていく。

狭い膣内を丹念に解し、最奥へ自身の先端を突き込むと、ヴィヴィアンヌが艶声を漏らした。

「あっ、ぁあ……ッ」

豊乳に指を食い込ませもみくちゃにしながら腰を押しつけ、彼女の首筋に強く吸い付いた。

好きだ。愛しい。誰にも渡したくない。このまま腕の中に閉じ込めて、どこへも行かせたくない。フレデリックの胸中に、皇子らしからぬ執着が湧き出てくる。常に公平で公正な存在でなければならない立場だというのに、彼女に対してだけは欲が出る。

恋とはかくも人を愚かにするのだと、今さらながらに思い知る。だが、十年前から育ててきたこの想いは、すでにフレデリックを形作る一部になっていた。

太棹《ふとざお》で奥底を抉りながら乳首をくりくりと扱いてやると、蜜窟の中がさらに締まる。互いの境目から溢れた体液が下衣を濡らしているが、構っている余裕などなかった。

「ヴィヴィアンヌ……ヴィヴィアンヌ、ヴィヴィアンヌ……っ」

フレデリックは、ただひたすらに愛をこめて彼女の名を呼び、腰を打ち付けた。抑えようとしても動きは徐々に激しくなり、ヴィヴィアンヌの嬌声も大きくなっていく。

「ふ、ぁあっ、ンンッ……ああぅっ」

普段清楚《せいそ》な彼女の淫らな姿にぞくぞくする。淫蕩《いんとう》に雄肉を引き絞る媚肉に煽られ、抽挿が速まった。粘膜の摩擦が齎す悦は強烈だった。だが、理性が焼かれるほどの快楽を得られるのは、彼女に対して気持ちがあるから。独占欲と愛情が入り交じり、制御できない感情が愉悦をより深くする。

(絶対に、きみを離さない)

それは、皇子として常に理性的な行動をしてきたフレデリックに芽生えた初めての欲望。暴力的なまでに激しい想いが、攻め立てを厳しくする。

「フ……フレデリック……さ、ま……ああっ」

首だけを振り向かせたヴィヴィアンヌは、生理的な涙を浮かべている。天空に瞬く星の輝きにも似た緑眼が自分だけを映し出していることが、ひどく高揚する。

（このまま私だけを見ていればいい）

彼女が他者に向ける微笑みや慈愛すら、自分のものにしたい。そんな仄暗《ほのぐら》い思考が一瞬過るが、フレデリックは自嘲するつもりはない。代わりに持てる愛情のすべてをヴィヴィアンヌへ注ぐと心に誓い、絶頂へと追い立てる。

肉茎を呑み込んでいた隘路《あいろ》が窄まり蠕動する。彼女の絶頂がすぐそこまで迫っていることが伝わり、フレデリックは知らずと笑みを浮かべた。

「達《い》きそうだな、ヴィヴィアンヌ」

「ん、は……ぁあっ……」

「わかった、一緒に達こう」

不明瞭な言葉から諾を聞き取ったフレデリックは、長机に縋っていた彼女の両手を後ろへ引いた。馬の手綱を引くようにして彼女の両手首を掴んで媚肉を穿つと、逃げ場のなくなったヴィヴィアンヌは銀の髪が乱れるほどに首を左右に振る。

「だ、め……もう……っ」

ヴィヴィアンヌが掠れた声で訴える。その言葉通りに熟れきった肉襞は雄茎を深く誘い、思いきり

締め付けてきた。眉根を寄せながら臍の裏側に突き込むと、蜜孔がびくびくと淫らに蠢く。連動するように打擲音が鋭くなり。互いの愉悦が極《きわ》まった。

「やっ、ぁ、あああ……っ」

瞬間、ヴィヴィアンヌの顎が撥《は》ね上がる。快楽の頂点を迎えた肉洞は、吐精を促すように肉茎を絞り上げる。膣の痙攣に煽られたフレデリックは、膨張しきった自身を彼女に叩きつける。

「っ！」

絶頂感に抗わず、この世で一番愛しい人に欲望を注ぎ込む。

呼気を乱しながら大量の精を子宮に吐き出すと、ヴィヴィアンヌは背をしならせて身を震わせる。

彼女の中へすべての熱を放出すると、背中ごと抱きしめた。

「大丈夫、か……？」

「……は、い。フレデリック様に、こうして求めていただけて……わたくしは、嬉しいのです」

ゆるりと首だけを振り向かせたヴィヴィアンヌは、美しい相貌に汗を滲ませ微笑んでいる。幸せそうな顔だ。自分が彼女を幸福にできているのかと思うと、例えようのない喜びに胸が躍る。

（どんな不安でも、私が取り払ってみせる）

フレデリックは誓いを立てると、しばし彼女を抱きしめていた。

第四章

皇城へ住まいを移してからというもの、ヴィヴィアンヌは目まぐるしい日々を送っていた。

バルテルミーや学者の講義のほかに、皇子妃として公務にあたるための勉強にも精を出している。

公爵家にいたころより行っていた孤児院や教会での活動も、いっそう力を入れていた。

忙しくしていられるのはありがたかった。誰かの役に立てている実感は嬉《うれ》しく、悪女へ墜《お》ちるような感情を抱かずに済むからだ。

ゲームのシナリオ開始の時期は、着々と近づいている。『救国の聖女は愛を貫く』で描かれていた大きな事件は主に四つだ。
一、皇子と聖女の出会いの際に起きる落盤事故。
二、皇都で起きる大火災。
三、所領で蔓延《まんえん》する謎の疫病。
四、悪女ヴィヴィアンヌによる聖女暗殺未遂。
これらの出来事を通じ、皇子と聖女は心を通わせていく。

彼らが出会う前の事件について詳細は描かれていないため、今の時期に何が起きるのか把握はできないが、断罪のときにそれまでの悪行がこれでもかというほど連ねられていた。

しかし、ヴィヴィアンヌがそれらの悪事に手を染めることはない。そう感じるのは、フレデリックの存在が大きかった。

(殿下は、毎日愛を囁《ささや》いてくださるのだもの)

身体を重ねているときも、ただ一緒に眠っているときでも、彼は言葉を惜しまない。自分がいかにヴィヴィアンヌを好きなのかを、言葉や表情で語ってくれている。

思い出すだけで幸せな気持ちになるが、浮かれてばかりもいられない。彼の愛に応えるためにも、悪女へと通じる道を避けねばならない。そして、国を揺るがすような大きな事件が起こることも。

この半年間でどれだけのことができるかわからないが、憂いを払拭するために備えだけはしていこうと思っている。

「――ヴィヴィアンヌ様、とてもお美しいですわ」

ドレスに着替えたヴィヴィアンヌを見て、パメラがほうっと感嘆の吐息をついた。

今日は、皇后のお茶会に呼ばれている。女性の高位貴族はだいたい出席するということで、フレデリックの婚約者として参加するよう仰せつかったのである。

この日のためにパメラが準備したのは、薄青を基調にしたドレスである。皇子の婚約者として、フレデリックの瞳の色を身に纏《まと》うことが最近特に多く、いつも彼に守られているような心地だった。

ふんだんにレースのついた裾を翻し、鏡の前で自分を眺める。

梳《くしけず》られた美しい金の髪も、象牙を思わせず白く瑞々《みずみず》しい肌も、パメラが手入れをしてくれた賜物《たまもの》である。笑みを湛えれば、花が綻ぶような可憐《かれん》さだと、ほかの侍女らも口々に称賛した。今のヴィヴィアンヌを見て悪女だなどと思う者は誰もいないだろう。

「ヴィヴィアンヌ様、ミュッセ卿がおいでになりました」

「今行くわ」

皇后の茶会は男子禁制だが、例外として護衛騎士の同行が許されている。ヴィヴィアンヌはアダムとパメラを連れて、茶会が催される庭園へ向かった。

城内にある庭園には、皇后専用の一角が設けられており、季節ごとに美しい花々が目を楽しませる。幼いころに何度か招かれたことはあるが、婚約を固辞している間は招待をされても遠慮していた。

「皇后陛下のお庭を拝見するのは久しぶりだわ。楽しみね」

「それはもう見事なものだと伺っています。なんでも、茶会に合わせて花々が咲き誇っているのだと、使用人が話していました」

アダムはそう言いながら、ふと視線を前方へ向けた。そこにいたのは、茶会に招待された令嬢と侍女である。

（あれは……グリエット侯爵家のレイラ様だわ）

ヴィヴィアンヌと同様に、フレデリックの婚約者候補として名が上げられていた令嬢だ。

彼女はそうとう皇子妃になりたがっていると、社交の場ではもっぱら噂《うわさ》になっている。そのため、皇子の思い人として有名なヴィヴィアンヌは事あるごとに敵視された。

あからさまな態度は淑女としていかがなものかと思うが、個人的には可愛らしいと感じている。笑顔を浮かべながら腹の内を探るのが常の社交界において、わかりやすく嫌われるほうが気楽でいい。

猫のようなつり目のレイラは、ヴィヴィアンヌを見るなりつんと顎を逸《そ》らして行ってしまった。苦笑していると、背後にいたパメラが低く呟《つぶや》く。

「あのご令嬢も相変わらずですわね……」

「とても素直な方だと思うわ。あちらさえよければ、お友達になってほしいくらいよ」

「ヴィヴィアンヌ様はお心が広すぎます。彼のご令嬢からは、パーティやお茶会などでことごとく嫌みを言われるではありませんか」

フレデリックとの婚約を避けていたとき、レイラは顔を合わせるたびにヴィヴィアンヌに突っかかってきた。『皇子妃になるつもりがないのなら、早く他の人と婚約なさればいいのに』と、聞こえよがしに言われたときは、思わず内心で同意したものだ。

「レイラ様のお気持ちも理解できるもの。殿下をお慕いしているからこそ、きつい態度を取られるのだわ。あの方に認めていただけるよう、これから努力するしかないでしょうね」

レイラにとってヴィヴィアンヌは憎き恋敵で、さんざん婚約から逃れていた不敬な令嬢である。逆の立場なら、自分も嫌っていたに違いない。

（……ゲームでは、彼女も〝悪女〟の被害者だったのよね）

悪女ヴィヴィアンヌは、フレデリックに近づく女性をことごとく嫌っていた。レイラはその中のうちのひとりである。かつて婚約者候補に名を連ねていたというだけで、レイラを目の敵にしていた。そして、ある日の夜会で、悪女はレイラを階段から突き落としたのだ。自分とドレスの色が被ったという些細《ささい》な理由で。

婚約者である皇子とは、ともに夜会に出るような仲ではなかった。悪女ヴィヴィアンヌは、フレデリックに冷たい態度を取られるたびに、憤りを周囲にぶつけていたのだ。

城に移り住んでからというもの、悪女の行いが生々しく脳裏に蘇《よみがえ》ってくる。おそらくは、城で過ごした日々により悪女へ墜ちてしまったからだろう。

（お茶会では、何事もないといいけれど）

思考を巡らせながら回廊を通り、皇后の庭へと足を向ける。すると、半円に形成された花門の前で、護衛騎士を引き連れた皇后が待ち構えていた。

「皇后陛下にご挨拶申し上げます。本日はお招きいただき感謝いたします」

すぐさま膝を折って挨拶をしたヴィヴィアンヌに、皇后は「あなたを待っていたの」と笑った。

「今日のお茶会に集まっているのは、あなたに好意的な人たちばかりではないわ。けれどあなたは、ゆくゆくはわたくしの後を継ぎ社交界の頂点に立たなければいけないの。わかるわね？」

「はい。皇后陛下に格別なご配慮を賜りましたこと、肝に銘じます」

皇子妃であるヴィヴィアンヌは、いずれ皇后の座に就く。その前に、有力貴族の令嬢らを取り込み、己の味方とせよ、ということだ。茶会には先日から呼ばれていたが、いずれも今日ほどの規模ではなく、皇后と親しい貴族との内々の会だった。

（今日が本番なのだわ）

そしてもうひとつは、ヴィヴィアンヌが皇子妃にふさわしいかどうかの試験でもある。令嬢らの取りまとめに難儀するようであれば、社交界を掌握などとうていできない。

「皇后陛下よりいただいた課題に、精いっぱい向き合いたく存じます」

「まあ、ふふっ。やはりあなたは、よく立場を心得ているのね」

私的に話したときとは明らかに違い、皇后は国母たる威厳を漂わせている。

「行きましょうか。お茶会が無事に終わることを願っているわ」

「皇后陛下のお心を煩わせぬよう努める所存にございます」

ヴィヴィアンヌは、皇后の後に続き花門をくぐり抜けた。その先に現れたのは、華やかに咲き誇る花々である。彩りの調和が見事で、見る者すべての視線を集めている。

客人はすでに揃《そろ》っており、日ごろより懇意にしている家門の令嬢が固まって歓談している。だが、皇后の来場が告げられると、皆一様に臣下の礼をとった。社交界の頂点に立つ皇后は、淑女の憧れの的でもある。彼女はそれを知っているのか、出席者ひとりひとりに笑みを向けた。

「美しい淑女がこれだけ集うと、我が花園が霞《かす》んでしまいそうだわ」

上品に微笑《ほほえ》んだ皇后は、手に持っていた扇を優雅に広げた。

「我が息子フレデリックの婚約者を紹介いたしましょう。ヴィヴィアンヌ・ロルモー公爵令嬢よ。皆さん、仲良くしてあげてちょうだいね」

皇后とともにこの場に現れ紹介されることの意味は、皇家が皇子妃を歓迎しているのだと暗に示している。ヴィヴィアンヌは感謝しつつ、優美な笑みを刻んだ。

「本日は、皇后様に格別なご配慮を賜り皆様にお会いできますこと、大変嬉しゅう存じますわ」

幼きころより、公爵家で最高の教育を受けたうえで、努力を積み重ねてきたヴィヴィアンヌである。この場のどの令嬢よりも、淑女として完璧な振る舞いを身につけていた。

発声や表情、ちょっとしたしぐさに至るまで最上の品格を保つその姿に、他の令嬢たちは感嘆とともに見入っていた。――ある一部の者を除いて。

予想通り、レイラは不機嫌さを隠さずにヴィヴィアンヌを睨《にら》みつけていた。皇后のいる場、それも皇子の婚約者として紹介された者を見る目ではない。

(素直な方だと思うけれど、あれでは敵を多く作ってしまうわ)

彼女の様子を注視しつつ、周囲に目を向ける。今日の催しは立食形式で、等間隔に置かれた円卓には、皇宮専属料理人による甘味《かんみ》が並んでいた。焼き菓子ひとつ取っても手が込んでおり、見事な造形である。

「ヴィヴィアンヌ様、ご婚約おめでとうございます」

「とうとう殿下の恋が成就されたのだと、皆でおふたりの婚約をお祝いしていましたの」

令嬢たちの祝福に、「ありがとうございます」と笑顔で答えながら、話に耳を傾ける。こういった場で得られる情報も、後に役立つことがままある。女性の噂話《うわさばなし》を侮ってはいけないとは母の教えだ。

「そういえばお聞きになりまして？　この前バロー侯爵家のパーティで、レイラ様がコリンヌ様にたいそう失礼な態度を取られていたそうですの」

「わたくしも聞きましたわ。コリンヌ様は、かなりお怒りだと伺っておりますわ」

表向きつつがなく進んでいるように見える茶会だが、一部に不穏な空気が流れているようである。

囀《さえず》る令嬢たちに「それは大変ですわね」などと相づちを打ちながら、ヴィヴィアンヌは名前の挙がったコリンヌに視線を走らせる。

（あれは……困ったことになりそうね）

親しい令嬢たちと固まって話していたコリンヌの目線は、レイラを捉えていた。

レイラは騒動の噂があってか、令嬢たちの輪に入れず孤立している。コリンヌはこれ幸いとばかりにひそひそと自身の取り巻きと会話をし、レイラに聞こえよがしの嫌みを言っていた。

「せっかくのお茶会ですのに、この場にふさわしくない方がいらっしゃると美しい花々の香りが楽しめませんわ」

「いくら招待されたと言っても、わたくしなら弁《わきま》えて辞退いたしますわ。パーティやお茶会で、散々ヴィヴィアンヌ様にご迷惑をかけていらしたものね」

自分の名前が出て、内心で眉をひそめる。

事あるごとに敵視されるのはいい気がしないものの、ヴィヴィアンヌはそこまでレイラを嫌っているわけではない。彼女への攻撃の口実に自分を利用するのは、やめてもらいたいのが本音だ。

（コリンヌ様は、レイラ様をこの場で怒らせようとしているの……？）

皆の前で挑発され、気性の荒いレイラが黙っていられるはずがない。しかしこの場で騒ぎを起こせば、皇后の不興を買うだろう。そうなれば、今後社交界で居場所がなくなる。

意趣返しにしては、コリンヌはいささかやり過ぎているのではないか。ふたりの間に何があろうとも、招かれた場で私怨を晴らそうとするのは主催者への敬意に欠けている。本人たちが恥を掻《か》くだけならまだいいが、家名を汚すことになりかねない。それに、皇后の面目も潰してしまう。

それとなく彼女たちに近づくと、それまで黙っていたレイラが口を開いた。

「……あなた、先ほどからずいぶんわたくしの神経を逆なでしてくれるわね」

我慢の限界がきたのか、レイラはすでに臨戦態勢である。

ちらりと皇后へ目を向ける。ヴィヴィアンヌの視線を受けたこの場の主は、持っていた扇を開いて口元を隠した。社交界では様々な作法が存在するが、皇家のそれはやや異なる。扇や手のわずかな動き、視線の投げ方にも意思が含まれている。

今の皇后は、『好きにしなさい』と扇の動きで伝えてくれた。主催者からの許しを得たならば、ヴィヴィアンヌのすべきことはただひとつ。

「ごきげんよう、コリンヌ様、レイラ様」

今にも喧嘩《けんか》が始まりそうなふたりのもとへ、笑顔で歩み寄った。もちろん、騒ぎになる前に食い止めるためである。

（これが、皇后様の課題というところかしら）

皇后は、常日頃のレイラとコリンヌの諍《いさか》いを把握しているに違いない。高位貴族の令嬢であるふたりを招待しないわけにいかないが、必ず何か問題が起こると踏んだ。そこで、ヴィヴィアンヌに対応を任せたのだろう。

「とてもお話が弾んでいらしたけれど、わたくしも交ぜていただけるかしら」

あえてふたりの諍いを知らない態で声をかければ、先に反応したのはコリンヌのほうだった。

「まあ、ヴィヴィアンヌ様。後ほどご挨拶に伺おうと思っておりましたのに、わたくしを気にかけてくださって嬉しいですわ」

「コリンヌ様とレイラ様のお声は、少し離れたところにいたわたくしにも聞こえましたわ。内容まではわかりませんでしたけれど、皇后様もお気づきではないかしら」

まずは、ふたりの声がこの場にそぐわないほど大きいのだと指摘する。高位貴族の令嬢が集まり、皇后の主催する茶会での振る舞いとしては失格だ、と。

すぐに意図を察したのか、コリンヌは焦った様子で笑みを貼り付けた。

「申し訳ございません。つい……はしたない真似《まね》をいたしました」

一方のレイラは、まだ怒りが収まらないといったふうにコリンヌを睨みつけている。

「コリンヌ様は、わたくしのことがお嫌いなのよね。先ほども、取り巻きの方と嫌みをおっしゃっていたもの。おひとりでは何もできなくてお可哀想な方ですこと」

「なんですって?」

仕返しとばかりに言い返されたコリンヌが気色ばむ。ふたりとも、ヴィヴィアンヌの存在など目に入らないようだ。

衆人環視の中、自身の立場を忘れるほど頭に血が上るのはいただけない。しかしそれ以上に、第一皇子の婚約者であるヴィヴィアンヌの存在が、ふたりの抑止になっていないのは問題だ。いずれ皇家の一員となる者に対し、態度を改めてもらわねば、他の者からも侮られてしまう。

「おふたりとも、この庭園はとても美しいと思いませんか?」

ヴィヴィアンヌは、あえて張りのある声で周囲に聞こえるよう話し始めた。コリンヌやレイラと違うのは、大きな声であっても品格を失っていないところだ。

堂々と、詩歌《しいか》をそらんじるような優雅さで、ふたりの令嬢に微笑みかける。

「こちらの花園は、皇后様が御自ら庭師へお命じになられて草花の剪定《せんてい》を行うこともあるそうですわ。花園の調和を保つために、あえて切り落としてしまうこともあるとか」

ふ、と、花園へ目を向ける。色とりどりの花々は、種類ごとに分けて植えられているが、どれもが同じような大きさや形に揃えられている。人の手が入らなければ、不要な枝木が伸びてしまい、景観を損ねてしまうのだ。

「皇后様と同じように、わたくしもお花を愛《め》でたいと思いますわ。花園の美しさを保つためならば、自らお手入れをしてもよいかもしれませんわね」

公爵家令嬢として培ってきた笑顔で、ふたりの令嬢へ圧をかける。

ヴィヴィアンヌは、ふたりの令嬢を花にたとえた。皇后が主催する茶会で品位に欠ける行動をすれば、排除することも必要だと、調和を乱す者は排除も厭《いと》わないと宣言したのである。

類《たぐ》い稀《まれ》なるヴィヴィアンヌの容姿は、この世の美を集約したようだとまで言われている。常に笑みを絶やさず、平民貴族に関係なく接する姿は聖女のごとき清廉な姿だと。

しかし今、社交界や市井で噂されていた、『聖女のごときヴィヴィアンヌ』はどこにもいない。笑顔の中に隠しきれない圧を滲《にじ》ませているその顔は、言うなれば『悪女』のそれに似ていた。

「も……申し訳、ございません……っ。わたくし、ヴィヴィアンヌ様のご不興を買おうなどとけっして思っておりません」

まず謝罪を示したのは、コリンヌだ。ヴィヴィアンヌは、「あらまあ」と鈴の鳴るような声でくすくすと含み笑いを漏らした。

「いやだわ、コリンヌ様。まるでわたくしが意地悪をしたようではありませんか。ですが、心当たりがあるのなら反省するのがよろしいですわね。お気をつけあそばせ。〝鷹の目〟は、常にわたくしたちを見守ってくださいますが、行き過ぎた過ちは粛正されるでしょう」

『鷹の目』は、もちろん鷹の紋章を持つ皇家のことだ。彼の方の不興を買えば、最悪の場合、領地召し上げの憂き目に遭いかねないと示唆をしたのである。

コリンヌは見るからに青い顔になり「慈悲に感謝いたします」と小さく震えている。レイラに嫌みを言っていた勢いはすでになく、引き際だと察したのだろう。

次にレイラを緑眼に捉えると、彼女はびくりと肩を震わせた。どうやら怯《おび》えているようだ。

（……嫌だわ。これでは本当の悪女ではないの）

内心で嘆息したものの、そんなことを微塵《みじん》も感じさせない態度でレイラを睥睨《へいげい》する。

「お父上のグリエット侯爵はお元気かしら？　最近お会いしていないのだけれど」

「……ええ、おかげさまで健勝ですわ」

「それは重畳。わたくしの父も、グリエット侯爵を気にかけておりますの。ご領地は、質のいい金剛石の採掘場があるそうですわね。我が公爵家でも新たな鉱山が欲しいと話しておりましたのよ」

ヴィヴィアンヌの言葉を聞いた瞬間、レイラの顔が引き攣《つ》った。

彼女も貴族の娘として教育を受けている。公の場で含みを持たせた会話の意味を理解できないような愚鈍ではない。

先のヴィヴィアンヌとコリンヌの会話と照らし合わせれば、答えは見えてくる。レイラがこれ以上社交界で醜聞をまき散らした場合、グリエット侯爵は責任を問われることになる。娘の不始末は親の不始末となるからだ。

コリンヌもレイラも、皇后だけではなく皇子妃となるヴィヴィアンヌにも礼を失している。皇家のみならず、公爵家をも敵に回す行為だ。

「ヴィヴィアンヌ、様……お騒がせしたこと……申し訳なく思っております……」

レイラは皇家の怒りを買うことに恐れを抱いたのか、敵視していた相手に頭を垂れた。自尊心よりも家門を優先した結果だが、それでいい。貴族が何よりも尊重すべきは、主君である皇家であり、自領に住む民草なのだから。

「おふたりの謝罪は受け入れました。ですが、お忘れなきよう。わたくしも、そうそう目こぼしができるわけではありませんのよ」

ヴィヴィアンヌは、これまで公の場でしたことのないような冷然とした笑みを浮かべた。

これが最後の忠告なのだとその場にいる誰もが感じたのか、あるいは常にない姿に恐れを成したのか、しんと静まり返ってしまう。

(この光景は……ゲームの中でよくあった気がするわ……)

今はもう遠い昔となった前世の記憶。悪女ヴィヴィアンヌは、筆頭公爵家の令嬢という立場を利用し、他家の令嬢を虐げてきた。皇家に次ぐ至上の存在は、ロルモー公爵家なのだと信じて疑わず、ほかの人間を尊重することはなかった。

(けれど、わたしは〝悪女ヴィヴィアンヌ〟ではないもの。絶対に悪女にはならないわ)

期せずしてゲーム内と似たような状況になり、内心で宣言したときである。

「我が娘、ヴィヴィアンヌ。そろそろ喉が渇いたのではなくて？」

朗らかな声が、その場に響き渡った。皇后だ。事態の収束を待ち、空気を変えるために声をかけたのである。さすがというべきか、緊張感が一気に緩み、皆が安堵《あんど》していた。

「皇后陛下のご配慮に感謝申し上げます」

ヴィヴィアンヌが膝を折るのを見て、コリンヌとレイラが慌てて同じ姿勢をとる。

皇后の『我が娘』という言葉は、ヴィヴィアンヌが皇家の人間であると、その存在を認めているのだと知らしめるものにほかならない。

（皇后様からの課題は、これで合格なのかしら……？）

こうして茶会は、わずかばかりの波乱、そして悪女の記憶という苦い感情をヴィヴィアンヌに与え、幕を閉じたのだった。

その日の夜。湯浴《ゆあ》みを終えると、寝台の上でフレデリックが待っていた。

「フレデリック様、お待たせしてしまい申し訳ございません」

「いや、気にしなくていい。それよりも、今日は大活躍だったとアダムから聞いた」

彼は整った顔を笑みで染め、ヴィヴィアンヌへ向けて両手を広げた。抱きしめたいという意思表示に従い、ヴィヴィアンヌは喜んで彼の腕の中に収まる。

「活躍なんて、そんな……ただ、皇后様に出された課題に向き合っただけですわ」

「仔細《しさい》は聞いていないが、皇后も褒めていた。ずいぶんと意地の悪い課題を出したものだと、私は少々呆《あき》れたのだがな」

「まあ、皇后様ともお話になったのですか？」

フレデリックは「ああ」と答えて枕に背を凭《もた》れさせると、ヴィヴィアンヌを背中から包み込む。

「『次期皇后として資質は充分』だそうだ。当然だな。グリエット侯爵令嬢と、バロー侯爵令嬢の振る舞いは目に余るものだと、皇后の耳にも入っていたらしい。あと一度騒ぎを起こせば、侯爵家へ正式に処分が下されるところまで事態が悪化していたそうだ」

「わたくし、存じ上げませんでしたわ……」

城へ移り住んでからは、生活に慣れるまで社交は控えていた。もともとパーティや茶会に出席するよりも、街へと赴き慈善活動に力を入れていたため、親しい友人もほとんどいないのである。

「もう少し社交にも力を入れないといけませんね」

「今後は皇后のように茶会を主催することもあれば、パーティに招待されることも多くなるだろうから、そう急《せ》かなくてもいい。ああ、グリエット侯爵家とバロー侯爵家から、きみ宛てに礼状が届くはずだ。彼らから誘いを受けるかもしれないな」

「侯爵家から、なぜわたくしに礼状が？」

「ふたりの侯爵は、皇后から内密に脅され……いや、忠告されていた。おそらく、令嬢らの行状に改善が見られない場合は、相応の罰を受けていただろう。普段は穏やかだが、皇后は礼儀作法にことさら厳しい方だからな。令嬢たちは、淑女らしからぬ行動が続いていたようだし、社交界から追放されてもおかしくなかった」

社交界の頂点に君臨する皇后から睨まれれば、他の貴族からパーティへ招待もされなくなる。そうなれば、コリンヌとレイラの縁談にも影響を及ぼすことになっていたとフレデリックは語る。

「ヴィヴィアンヌは、グリエット侯爵令嬢とバロー侯爵令嬢に奉仕活動を勧めたんだろう？　実質上、それが彼女たちへの戒めとなる。これで心を入れ替えてくれればいいが」

ヴィヴィアンヌは茶会の席で、コリンヌとレイラに奉仕活動を提案した。近く、自身が教会へ赴く予定だったため、一緒にどうかと誘ったのである。

「コリンヌ様もレイラ様も、そういった活動はあまり熱心ではないようでしたので……奉仕活動を通して、おふたりの仲が改善されればよろしいのですが」

「すべてが丸く収まったのは、きみが配慮したからだ。それなのに、先ほどから浮かない様子だな。何かほかに心配ごとでもあるのか？」

「いえ、そうではないのです。ただ、レイラ様は、わたくしが『悪女となっている未来』で……虐げていた方なのです。ですから今回は、少しでも彼女たちの助けになっているのであれば嬉しいですわ」

ヴィヴィアンヌの言葉に、フレデリックは小さく笑った。

「罪滅ぼしをしたと？」

「ええ、そうです。幻滅されましたでしょう？」

「どうしてそうなるんだ。私は、きみが『まだ起こっていない未来の自分の行動』に心を痛めているのが、らしいと思ったよ。――だから、予見した未来の自分に傷つく必要はない」

フレデリックの腕に力がこもり、ヴィヴィアンヌの腹部に巻き付けられる。肩口に顔を埋めた彼は、「きみは悪女ではないし、悪女にはなれない」と、言い含めるように囁いた。

「侯爵家の令嬢たちも、そのようには感じていないだろう。今日の判断は皆にとって最良だった。きみは、もっと自信を持ったほうがいい」

「……はい。ありがとうございます」

彼の腕にそっと自分の手を添え、感謝を告げる。

ヴィヴィアンヌの恐れを否定し、大きな愛で包み込んでくれるフレデリックの存在は、心に潤いと勇気を与えてくれる。

「わたくし、自分の弱さに負けないよう頑張ります。フレデリック様の、つ……妻になるのですもの」

『皇子妃』や『妃』という公の立場を示す単語には感じないが、『妻』となるとなぜか照れくさい。きっと、より彼と近しい間柄に思えるからだろう。

「きみは……私をどうしたいんだ」

呻《うめ》くように低く告げたフレデリックは、ヴィヴィアンヌの肩口に額を押しつけた。

「きみが可愛くて可愛くて、どうにかなりそうだ。気を抜くと抱いてしまいそうになる」

初夜以降、節度を保っていたフレデリックだが、図書館で暴走したことを反省したらしい。苦々しい表情で、『今後は、二日……いや、三日に一度にするから許してくれ』と謝罪された。ヴィヴィアンヌの体調を考慮して決意したようで、侍女たちの進言も決意を後押ししたという。

とはいえ、最後まで行為をしないだけで、ヴィヴィアンヌの身体には触れている。肌に口づけ、指で内部を暴き、花芽をいじり、絶頂させるのだ。フレデリックいわく、『ヴィヴィアンヌが感じているところを見るだけでいい』とのことで、彼自身は欲望を果たすことはない。

(大切にしてくださっている。この方を裏切る真似だけは絶対にしないわ)

「……あまり、ご無理をなさらないでくださいませ。わたくしなら平気ですわ」

「っ……」

耳もとで息を呑む気配がした。だが、彼は動かずに、抱きしめる腕の力だけを強める。

「きみは今日、茶会で気疲れしただろう。今日は、抱きしめて眠るだけにする。私は、ヴィヴィアンヌの身体だけが欲しいわけではない」

「ふふっ、承知しております」

笑って答えたヴィヴィアンヌは、自身の背を彼の胸に預ける。

そこはもう、世界一安心できる場所になっていて——朝までぐっすり眠るだろう予感がした。

(ここはいったい……)

フレデリックとともに眠りについたはずのヴィヴィアンヌは、目覚めると城内の大広間にいた。パーティなどの催しが開かれる場所で、目の前では優雅な音楽にのせて招待客が踊っている。

広間の中心にはフレデリック。そして彼とともに踊るのは、灰褐色の髪色をした女性だ。ふたりは踊りの息も合っており、一対の人形のように寄り添って見つめ合っている。

ぎり、と、唇を噛《か》んだ。いや、正確にはヴィヴィアンヌが噛んだわけではない。意識はあるが、身体を動かすことはできない。いわば、ヴィヴィアンヌという『器』に入った傍観者だ。

『殿下と聖女様、とてもよくお似合いですわね』

そう言って嘲笑を浮かべるのは、コリンヌ・バロー侯爵令嬢。

『そんなことを言うものではないわ。婚約者様がお可哀相じゃないの』

コリンヌに同調するのは、レイラ・グリエット侯爵令嬢。ふたりとも、ヴィヴィアンヌとの仲は良好ではない。社交界で悪名を轟《とどろ》かせている悪女は、どこへ行っても嫌われ者だ。

だが、ロルモー公爵令嬢として、自分を軽んじる発言は看過できない。

婚約者と聖女のダンスから視線を外し、コリンヌとレイラの前に立った。

『あなたたち、今、なんて仰《おつしや》ったのかしら』

皇子の婚約者として、公爵家の令嬢として、ヴィヴィアンヌは毅然《きぜん》と格下の令嬢に対峙《たいじ》する。しかし返ってくるのは、侮蔑混じりの視線だった。

『わたくしたちは、何も。ねえ、レイラ様』

『ええ、ただ殿下と聖女様の見事なダンスに見蕩れていただけですわ』

くすくすと周囲から含み笑いが聞こえ、腹の中が煮えるほどに怒りを覚えた。

以前から、ヴィヴィアンヌはこのふたりに対して厳しく当たっていた。なぜなら、家格が違う。ロルモー公爵を父に持ち、いずれは皇子妃になる自分は、貴族の中でも尊ばれるべき存在なのだ。将来的には国母となり、皇后の座に君臨する。ブロン皇国において、皇帝の次に権力を持ち、すべての女性貴族の頂点に立つ。それが、ヴィヴィアンヌの置かれた立場だ。

――それなのに、なぜわたくしはこの者たちに侮られなければならないのかしら。

ヴィヴィアンヌは、すべての元凶がわかっていた。聖女だ。あの女が現れてから、状況が劇的に変化してしまった。あの女のせいで、自分の居場所は奪われた。

フレデリックが甘く微笑みかけるのは、婚約者の自分だけでなければいけない。

――だけど今、殿下の笑顔が向けられるのはあの女にだけ。

皇帝や皇后、他家の貴族もそうだ。皆が皆、聖女の存在を尊び、まるでヴィヴィアンヌなどいないように扱っている。

本来であれば、今、フレデリックと踊っているのは自分だった。だが、ファーストダンスは、彼の意向と両陛下のひと声により、聖女に譲らねばならなくなった。

――こんなことが、許されていいはずがない。

『ふふっ……あははは。たかが侯爵家の令嬢が誰に向かって囀っているのかしら。いいこと？　わたくしは筆頭公爵家の娘よ。格下のあなた方に侮られるいわれはないわ！』

ヴィヴィアンヌは、コリンヌとレイラに持っていた扇を振り上げると、ふたりの頬《ほお》に思いきり叩き付ける。

『きゃああっ！』

ふたりは殴られた勢いで床に倒れ込み、パーティの出席者が悲鳴を上げた。

皆の視線がヴィヴィアンヌに集まる。しかしそれは、求めていた羨望ではなく嫌悪の目だ。

『ヴィヴィアンヌ様、なんてひどいことを……！』

いつの間にダンスが終わったのか、騒ぎの中心に聖女が駆け寄ってきた。非難がましい声を浴びせられ、ますます心が荒《すさ》んでいく。

公爵家令嬢として、ヴィヴィアンヌは家格の劣る者を正しく指導しただけだ。皇子の婚約者が侮られるのは、ひいては皇家への不敬である。

むしろ、非難されるべきは聖女のほうだ。婚約者であるヴィヴィアンヌを差し置いて、ファーストダンスの相手を務めるなど常識ではありえない。

だが、彼女は称賛され、ヴィヴィアンヌは誹《そし》りを受けている。

『お黙りなさい！　わたくしを誰だと思っているの？』

ヴィヴィアンヌはコリンヌたちにしたように、扇で聖女の頬を打った。

しかし、彼女は床に倒れることはなかった。背後からフレデリックが抱き支えたからだ。

『国の宝である聖女に、なんという仕打ちを……衛兵、ヴィヴィアンヌを拘束せよ！』

『なぜなのです？　わたくしは間違ってなどおりません……！』

フレデリックのひと声で、ヴィヴィアンヌはあっという間に拘束された。その姿を確認した彼は、聖女へいたわりの声をかけている。

『殿下、お待ちください！　殿下……っ』

悲痛な声はフレデリックに届くことなく、パーティ会場から連れ出された。


「殿下……っ」

自分の叫び声で目覚め得たヴィヴィアンヌは、見慣れた皇子妃の間に自分がいたことに安堵した。

（あれは、夢……？　いいえ、ゲームの中で起きた出来事だわ……）

フレデリックとヴィヴィアンヌの仲が、決定的に壊れた事件。悪女となったきっかけは、あのパーティだった。

聖女への嫉妬とフレデリックへの執着で、周りが見えなくなるほどに悪事に手を染めた悪女ヴィヴィアンヌ。彼女は最後まで、婚約者に顧みられることなく最期を迎えている。

（今まで夢に見たことなんてなかったのに、なぜ……？）

フレデリックと聖女が惹《ひ》かれ合う未来は変わらず、ヴィヴィアンヌが悪女へと墜ちる未来は避けられないのだと、見えない力に知らしめられているようだ。

意図せず涙があふれ出す。泣きたいわけではないのに、夢の中の悪女の感情に引きずられ、自分の意思ではどうにもできなかった。

（いけない。気を強く持たなければ）

喉がカラカラに渇いている。起き上がって水差しに手を伸ばそうとしたところで、隣で寝ていたフレデリックから声をかけられた。

「……大丈夫か？」

「お……起こしてしまいましたね。申し訳ございません」

涙を見せては、心配をかけてしまう。そっと背を向けようとしたヴィヴィアンヌだが、身を起こした彼に引き寄せられた。

「むしろ、起きてよかった。……きみを、ひとりで泣かせたくないからな」

ヴィヴィアンヌの頬に流れる涙を指先で拭ったフレデリックは、優しいしぐさで背を撫《な》でてくれた。

彼のぬくもりに、知らずと強張っていた身体から力が抜けていく。

しばらくそうして涙が収まると、彼はグラスに入れた水を差し出した。

「少しは落ち着いたか？」

「……はい。ありがとう、ございます」

喉を潤すと、大きく息を吐く。心臓はいまだ絞られたような苦しみを覚えている。夢の中とはいえ、フレデリックに向けられた冷ややかな視線は思い出すだけで心が痛む。きっと悪女に墜ちる前も、ヴィヴィアンヌは幾度となく打ちのめされてきたのだろう。

「もしかして、予見が？」

「……そのようです。夢に見たのは初めてなのですが……わたくしは、フレデリック様と聖女がファーストダンスを睦《むつ》まじく踊る姿に嫉妬し、挙げ句は他家の令嬢と聖女に暴力を振るったのです。たいそうお怒りになったフレデリック様は、衛兵に命じられわたくしを拘束させました」

「……なんという男だ。婚約者を差し置いて、ほかの女性と踊るなどありえない」

彼は、ヴィヴィアンヌ以上に憤っていた。そして、ふわりと優しく抱きしめてくれる。

「そのような未来は、絶対に来ない。だから、どうか安心してくれ。きみに泣かれると、私の胸は張り裂けそうにつらい」

フレデリックはヴィヴィアンヌの頬や髪に幾度も口づけ、最後に唇を重ねた。性的なものではなく、慰めいたわるしぐさに、夢の中の皇子とは違うのだと強く感じる。

「取り乱してしまい申し訳ございません。もう平気ですわ」

彼を安心させるように微笑むと、両手で頬を包み込まれる。

「ヴィヴィアンヌ、きみにひとつ秘密を明かそう」

突然の宣言に目を瞬かせると、彼は真面目な顔でヴィヴィアンヌを見つめた。

「私は、きみを抱けないときはひとりで慰めている。きみの肌や匂い、感触を思い出して」

「は……え……？」

なんの話をされているのか理解できず、ヴィヴィアンヌは単語にならない声を上げた。言葉の意味はわかるのだが、なぜこの場面でそのような秘密を明かされるのか。それが謎だ。

しかしフレデリックは至極真面目であり、冗談を言っているような雰囲気はない。それどころか、神に祈るかのごとく真摯な姿である。

疑問が表情に出ていたのか、フレデリックは「つまり」と、やや恥ずかしそうに続ける。

「きみの身体だけが欲しいわけではないと言ったが、欲しくないわけではない。だがそれは、私の性欲が強いという意味ではない。ヴィヴィアンヌにしか欲情することがないということだ。きみだけが、私の心を揺さぶり、身体を熱くさせる。……このような秘密を持つ男は、嫌か？」

「いいえ……いいえ……」

すぐさま否定すると、ふたたび涙が頬を伝った。だがそれは、先ほど流した涙のような哀《かな》しみからではなく、フレデリックの愛が齎した喜びの涙である。

「私の愛情も欲望も、すべてきみだけに注がれている。それだけは忘れないでほしい」

「……はい、承知いたしました」

皇子として公務に立つときからは想像がつかない台詞《せりふ》だが、何よりも深い愛を感じる。ヴィヴィアンヌは、今ここにいるフレデリックを信じようと、改めて思うのだった。

後日。慈善活動の一環で、街の教会へと赴いた。

もともと決まっていた外出だったが、先の茶会の一件にて処遇を決めた侯爵令嬢、コリンヌとレイラも連れてきている。彼女たちは街の教会に来たことがないようで、その有様に言葉を失っていた。

平民のために建立されたこの教会は、貴族が訪れるような華美な建物ではなく、手入れも行き届いていない。また、近所の子どもたちの遊び場の役割も果たしているため、高位貴族の令嬢が驚くのも無理からぬ話だった。

「ヴィヴィアンヌ様、いつもお気遣いいただき感謝申し上げます。本日は、ご友人もお連れくださったとは。子どもたちも喜ぶことでしょう」

「こちらこそ、受け入れてくださって感謝いたしますわ。友人たちはこういった活動は初めてで不慣れですが、どうか良き道へお導きください」

コリンヌたちの奉仕活動はヴィヴィアンヌが提案したことで、その活動を見守る義務がある。真面目に取り組んでいると報告ができれば皇后の怒りも解けるだろうし、ふたりに対する周囲の印象も変わるに違いない。そう考え、付き添いを申し出たのである。

（あんな夢を見たあとだから、少し気まずいわ）

茶会があった日の夜に夢で見た光景を思い出し、ちくりと胸が痛む。

ゲームの中にいた自分の感情が、まだ生々しく胸に残っている。気を抜くと、悪女の気持ちに引きずられてしまいそうだ。

悪女となる未来を忘れるなと、どのような選択をしようとも破滅への道は避けられないのだと、人の手の届かぬ存在に言われている気にさせられる。

（……それでもわたしは、抗ってみせるわ）

神父へ挨拶を済ませると、いつもよりも地味な格好でその場に立っているコリンヌとレイラに向き直った。

「おふたりとも、それでは始めましょうか。まずは、草むしりから」

「草むしり……？」

当然そのような作業をしたことがないだろう令嬢は、信じられないというように眉をひそめている。

「まあ、コリンヌ様とレイラ様は息が合ってらっしゃるのね。おふたり同時に声を上げるなんて」

最初から素直に作業をしてくれるとは思っていない。彼女たちに同行したのは、受け入れてくれた教会側へ迷惑をかけないためでもある。高位貴族であるふたりを諫《いさ》められる存在は、公爵令嬢のヴィヴィアンヌだけだからだ。

「最近は陽気もいいから、雑草が伸びてしまっているようですね。早く作業を始めなければ、日が暮れてしまいますわ」

にこにこと笑いながら告げれば、ふたりの顔がさらに引き攣った。

「お、お言葉ですが、ヴィヴィアンヌ様……草むしりなど、使用人のやることですわ」

とは、レイラの発言。

「わたくしもそう思いますわ。貴族がすべきことには思えません」

レイラに同調するのは、コリンヌである。

これらの反応は予想していたことである。ヴィヴィアンヌは優雅な所作で周囲を見まわし、彼女たちに朗々と語りかけた。

「自宅の屋敷であれば、わたくしたちが手を出すべきことではありませんわ。庭を管理する使用人の仕事を奪うことになりますもの。ですが、ここは常に人手の足りない教会なのです。神を慕い、慈悲にお縋《すが》りできる尊き場所です。感謝の気持ちをこめて自分にできることをするのは、当たり前の行動でしょう。それに、自ら動くことでしか見えない景色もありますのよ」

実際、ヴィヴィアンヌは幼いころからこういった活動をしてきた。もちろん定期的に寄付もしているが、実際に訪れ、目で見なければわからないことはたくさんある。

公爵家に生まれ、人から世話をされることが当然の環境だった。前世でもそうだ。病弱で、ほぼベッドから出られず、他人の手を借りることでしか生活できなかった。

けれど、今、ヴィヴィアンヌとして第二の人生を歩んでいる。何不自由のない環境と健康な身体を持っている。

ならば、動くべきだとヴィヴィアンヌは思う。

「皇都から少し離れれば、厳しい環境に置かれている孤児院や教会が多くあります。ですが、いつか遠くない未来に、少しでも皆が幸福を感じられるよう力を尽くしていきたい。わたくしは、そのために存在していると思うのです」

ただ〝生〟を享受するだけではなく、貴族としての義務を果たし、誰かの助けになりたい。自分を生かしてくれた他者への感謝と恩返し。それが、『悪女にはならない』という想《おも》いとともに、原動力になっている。

コリンヌとレイラは、ヴィヴィアンヌの発言に驚いたようだった。

「……わたくし、ヴィヴィアンヌ様のことを勘違いしておりました。公爵家という後ろ盾があるから、殿下にも愛されているのだと……だから周囲も過剰に持ち上げているのだと、そう思っておりました。ですが、そうではなかったのですね。子どもたちが、先ほどから話しかけたそうに、ずっとこちらを見ていますわ」

レイラはそう言うと、ちらりと子どもたちへ目を向ける。男女問わず、ヴィヴィアンヌへ注がれる視線はキラキラと輝き、話したくてしかたないという素振りだ。

「そうおっしゃっていただけると光栄ですわ。ですが。最初から受け入れられていたわけではありませんのよ」

慈善活動を始めた当初は、『どうせ貴族が形ばかりの活動をしているだけだろう』と、市井の民からは思われていたし、貴族には『なぜ平民に施しをする必要がある』『所詮は世間知らずの小娘がすることだ』と噂する者もいた。そうした声に負けることなく訪れた孤児院や教会でも、子どもたちに逃げられて話すらできない日も多々あった。

それでも根気強く通い続け、信頼を築けた。今では、子どもたちからは『ヴィーさま』と愛称で呼ばれるまでに慕われている。

「わたくしは、畏れ多くも殿下との婚約をお待たせしておりました。だからこそ、これからは皇室のため、殿下がいずれ治めることになる皇国のためにこの身を捧《ささ》げますわ」

ヴィヴィアンヌの発言に思うところがあったのだろう。コリンヌが、「わたくしも、考え違いをしておりました」と、自嘲気味に俯《うつむ》いた。

「正直に申しますと、なぜ自分がこのような奉仕活動をしなければならないのかと憤っていました。ですが、そのような心根だから皇后様のお茶会で騒ぎを起こしてしまったのですね。いくら諍いがあったとはいえ、レイラ様を貶《おとし》めて自らを正当化するなんてしてはいけないことでしたわ」

コリンヌは、茶会での行動を悔いているようだった。ふたりを交互に見遣《みや》ったヴィヴィアンヌは、「おふたりの間に何があったのかは存じませんが」と断り、微笑んで見せる。

「何か行き違いがあるのなら、それはおふたりの間で正せばよいかと思いますわ。わたくしでよければ、微力ながらお手伝いいたします」

ヴィヴィアンヌの提案を受けたふたりは、茶会やパーティでは見せないような、屈託のない表情を浮かべた。

「感謝いたしますわ。ヴィヴィアンヌ様は、聖女のごとき方だと伺っておりましたが、そう称されるにふさわしいお人柄ですわね。ですから……余計にお茶会のときの凜《りん》としたお姿は意外でしたわ」

コリンヌの感想に、レイラも頷《うなず》く。

「わたくしたちをお諫めくださったあのお姿……正直に申しますと、恐ろしかったですわ。ヴィヴィアンヌ様は、常に笑顔を絶やさない淑女という印象が強かったですけれど、笑顔が恐ろしいと思ったのは初めてですもの」

どうやらこのふたりは、ヴィヴィアンヌについての見解は一致しているようである。

恐れられるのは本意ではないが、必要なことでもある。男性のように剣を振るって武勇を誇れない代わりに、女性は社交によって情報を得ることを己の武器とするのだ。侮られては、いずれ皇后となったときに、社交界の頂点に立つことはできない。

「おふたりとも、わたくしに関しては意見が一致されているようですね。その調子で、ぜひ仲良くなってくださいませ。せっかく同じ年頃なのですもの。諍《いさか》いを起こすよりも、こうしてお話されているほうが有意義ですわ」

ふたりの様子を眺めながら、彼女たちの父親、つまり、両侯爵家から受けた謝罪を思い返す。

フレデリックの予想通り、茶会の翌日には謝罪の書簡が届き、すぐに面会の申し込みがあった。

バロー侯爵とグリエット侯爵ともに皇家や公爵家に睨まれるわけにはいかず、ヴィヴィアンヌに娘の非礼を謝罪し、皇后に取りなしてくれるよう頼んだのである。

ふたりの侯爵と顔を合わせたところ、『娘を修道院へ入れる』と肩を落としていた。皇后の怒りを買ったままでは、侯爵家として申し訳が立たない、と。

それならばと、今回の奉仕活動を提案したのだ。ふたりの令嬢も、父親からそうとう言い含められたからこそ、今日この場にいるのだろう。そうでなければ、『華美な服装は控え、町娘と変わらないような質素な服を』というヴィヴィアンヌの指定を守らなかったに違いない。

(この様子なら、皇后様にもよいご報告ができそうね)

両侯爵らも、娘の発言を聞けば安堵することだろう。

「では、さっそく始めましょうか。草は根元から抜かないとすぐに生えてしまうのです。先日雨が降ったばかりなので、力を入れなくても平気ですわ」

説明しつつ手袋を嵌《は》めたヴィヴィアンヌは、見本を見せるべく雑草を引き抜いた。レイラもコリンヌも積極的とは言えないまでも、慣れない手つきで作業をしている。

(おふたりは、行き違いがあっただけで意外と仲良くなれるかもしれないわ)

「いやあっ、虫が……!」

「こ、こちらにも得体の知れない物体が……！」

「おふたりとも、落ち着いてくださいませ。害はありませんよ」

レイラとコリンヌが上げる悲鳴を時折宥《なだ》めつつ、作業を進めていく。初めての草むしりに令嬢達は最初は涙目で挑んでいたが、しばらくするとだいぶ手際がよくなっていた。

自分の手で成し遂げた小さな成功体験は、積み重なれば自信になっていく。それは、ヴィヴィアンヌも経験したことだ。

（コリンヌ様もレイラ様も、生粋の悪女というわけではないわ。本来は素直な方たちなのね）

その証拠《あかし》に、なんだかんだと文句を言いながらも作業の手は止めていない。はじめは遠巻きに見ていた子どもたちも、遠慮がちに手伝い始めている。

夢の中では嫌みを言っていたコリンヌとレイラだが、それもヴィヴィアンヌが常日頃から侯爵家のふたりを見下していたからだ。

でも、今はゲームの中ではない。

この先の行動でシナリオが変わるなら、悪女ヴィヴィアンヌのように憎まれるのではなく、いい関係を築いていきたいと願う。

子どもたちと作業をするふたりの令嬢を微笑ましく感じていると、神父がそっと歩み寄ってきた。

「ヴィヴィアンヌ様、遅ればせながらご婚約おめでとうございます。ご婚約の発表以来、街は活気づいております。これで結婚式となれば、皇都が祭りのような賑《にぎ》わいになるでしょう」

「ありがとう存じます。国民の皆様に祝っていただけて光栄なことですわ」

髪に白いものが混じる神父は、レイラとコリンヌを奉仕活動に連れてきた経緯を知っている。彼女らの前では控えていたようだが、慶事の予定を喜んでいた。

フレデリックとの婚約や結婚を祝ってもらえるのは、ヴィヴィアンヌにとって心強かった。彼を好きでいていいのだと思えるからだ。

祝ってくれる彼らの心を裏切らないように、悪女になってはならないと強く胸に刻み込む。

「神父さま、草むしり終わったよ！　遊んできていいー？」

「いいですよ。ですが、教会の敷地からは出ないように」

子どもたちは元気よく返事をし、敷地の中を走り回っている。

孤児院もそうだが、子どもたちが楽しそうにはしゃいでいる姿がヴィヴィアンヌは好きだった。彼らが笑顔でいられるようにするのも、皇子妃となる者の役目だと改めて感じる。

「あの子たちは、初めて見る顔ですね」

教会へは幾度も足を運んでいるが、そのたびに見かけたことのない子の姿がある。親が働きに出ている間は神父が面倒を見ており、空いた時間で読み書きを教えていた。ヴィヴィアンヌも時折その手伝いをしているため、子どもたちとは顔見知りだ。

「ええ。また新たな子が通ってきています。元気がよすぎて、たまに教会の備品を壊すこともありますし、遊び疲れてこの前は倉庫の中で眠っていました。目が離せませんよ」

「ああして笑顔で過ごしている姿を見ていると、この子たちを護《まも》らねばと思いますわ」

ヴィヴィアンヌの言葉に穏やかに微笑んだ神父は、「心優しき淑女のご婚約に加え、今年は善き報《しら》せが多いですね」と笑った。

「まあ、何かお祝い事があるのですか？」

「最近、辺境伯領へ商売へ行った者から聞いたのですが……なんでも、彼の地に聖女が現れたとか」

瞬間、ヴィヴィアンヌの心臓がドクリと音を立てた。

「聖、女……？」

「不思議な力で怪我《けが》を治すのだそうです。本当ならば、神の御使《みつか》いと言えましょう。とはいえ、そのような者はこれまで見たことも聞いたこともありませんが」

何気なく神父から齎された情報に、ヴィヴィアンヌは激しく動揺した。かすかに手足が震え、血の気が引いていく。

聖女が現れるのは、まだ先の話だったはずだ。なぜそれが、この時期に噂になっているのか。

（ゲームの筋が変わったということ……？　でも、聖女が辺境伯領にいるのなら、皇都にいる殿下とは会えないはずよ）

フレデリックが聖女と出会うのは、落盤事故の現場だった。多数の負傷者が出る中、聖女が奇跡の力で怪我人を治療し、彼が十年前に失った左眼もその力で復活させた。聖女の力が本物だと身をもって知ることになり、皇子は国で保護するべく動き出すのだ。

しかし現状では、彼の目は失われておらず、また、皇都は崩落《ほうらく》が起きるような地形ではない。

（どういうこと……？）

「ヴィヴィアンヌ様も民の間では聖女だと崇《あが》められておりますし、奇跡を起こす神の御使いが真実存在するのなら皇家も安泰でしょう。我々の未来は明るい希望で満ちておりますよ」

「ええ……そう願っておりますわ……」

ずきり、と、こめかみに鋭い痛みが走る。それは、ヴィヴィアンヌが前世を思い出したときに感じた痛みによく似ていた。

その後、教会を後にしたヴィヴィアンヌは城へ戻り、フレデリックのもとへ向かった。今日は執務室ではなく騎士団の訓練場にいるとのことで、訓練が終わればすぐに会えるという。

聖女がいるという噂を、彼に伝えなければならない。そして、おそらく彼女がいる場所で落盤事故が起きることも。

ただし、フレデリックがその場にいない場合、事故は起きないかもしれない。なぜならば、ふたりの出会いが演出された場面であり、彼らが会わなければ意味をなさないからだ。

聖女の名を思いがけず耳にしたことで、焦りに似た感情に支配されている。自らに落ち着けと念じて訓練場の前までくると、フレデリックと騎士らが木剣を交えていた。

(……殿下が剣を振るうお姿を久しぶりに見たわ)

正確に言えば、十年ぶり――あの事件以来である。

皇子である彼は、護られる側の人間だ。自ら強さを誇る必要はなく、たしなみ程度の腕前でも問題はない。

けれど彼は、団員に引けを取らないどころか圧倒していた。剣術が優れていることは聞き及んでいたが、目の当たりにして改めて思い知る。

(本当に、努力されてきたのだわ)

フレデリックの動きは無駄がなかった。相手の攻撃を受け止め、その反動を利用して木剣を弾《はじ》き飛《と》ばすと、喉元に切っ先を突きつける。

審判役の団員が「そこまで!」と声を上げると、木剣を下ろしたフレデリックが金の髪を掻き上げた。したたり落ちる汗を襯衣の袖で拭う姿は、芸術的な美しさだ。人格者で容姿も端麗、加えて剣術にも秀でているとは、彼はどれだけ高みを目指しているのか。

思わず見蕩れていると、気づいた彼と目が合った
(あ……っ)

よくよく考えれば、この場まで来るべきではなかったかもしれない。いくら気が急いていたとはいっても、フレデリックは訓練中だ。せめて夜まで待つべきではなかったか。

ぐるぐると考えているうちに、彼はヴィヴィアンヌのもとへ歩み寄ってきた。

「どうしたんだ? きみがこんなところに来るとは珍しいな」

「訓練中にお邪魔をして申し訳ございません。気になる話を耳にしたので、殿下にお報せしようと思ったのですが……後ほどお時間をいただければと」

「もう終わるところだったから構わない。人目が気になるのなら、移動してもいい」

「いえ、そこまでしていただかなくても……ただ……聖女の噂を聞いたので、お耳に入れておきたかっ

たのです」

「なに？」

フレデリックの視線が、後方に控えていたアダムへ向く。すると、承知したとばかりにアダムは首肯し、「今なら騎士団の控え室が空いてます」と、すぐにそちらへ歩き出す。

「話を聞こう。……顔色がよくないが、平気か」

ヴィヴィアンヌの背に手を添えた彼は、気遣わしげな視線を投げかけてくる。心配をかけたくなくて「大丈夫ですわ」と笑って見せれば、秀麗な顔を陰らせた。

「ひとつ、約束が欲しい」

「なんでしょうか」

「私の前では、無理をしないでくれ。きみが心から笑えていない姿を見るのはつらい。心配くらいはさせてくれ」

フレデリックのまなざしは真摯だった。頭痛に苛《さいな》まれていたはずが、彼とこうして話しているだけで和らいでいく。きっとそれは、今までたくさんの愛情をもらっているから。何があってもヴィヴィアンヌへの愛は揺るがないと、常に示してくれている。

（そうよ。わたしが心配すべきは、事故で被害が起きないかどうかだわ）

ヴィヴィアンヌが心を持ち直したところで、騎士団の控え室に着いた。中には誰もおらず、簡素な木製の机と数脚の椅子が置いてあるのみである。

「俺は人払いのために外に控えています」

アダムが扉を閉めると、フレデリックとふたりきりになる。その途端に、彼はヴィヴィアンヌを優しく抱きしめた。

「殿下……？」

「すまない、ヴィヴィアンヌ。私は、辺境伯領で聖女の存在が噂になっていると先に聞いていた。だが、この話を聞かせればきみが不安になると思い言えなかった」

フレデリックは、騎士団の演習で辺境伯領へ行くこと。その際に、噂の真偽を確かめようとしたことを説明した。

（そんな……やはり、殿下と聖女は出会う運命だというの？）

フレデリックが辺境伯領へ向かうとは完全に予想していなかった。そもそもゲームの落盤事故は、場所について詳細に描かれていたわけではない。あくまでも、皇子と聖女の出会いが効果的になるように、劇的な演出がなされていただけだ。

「騎士団の演習は道中にある領地の視察も兼ねているから、すでに予定が組まれている。だが、言い出す機会を逸していた」

「……わたくしが、聖女の存在を不安に思っていたから……ですね」

「違うとは言わない。だが、誓って私は聖女に心惹かれるようなことはない」

彼の言葉が胸に染み渡る。ヴィヴィアンヌは自らフレデリックの背中に腕を回し、抱擁を交わす。

襯衣が汗で湿っているが、不快にはならない。彼のぬくもりは心地よく、鼓動の音を聞いているだけで心が落ち着く。

（この方を失いたくない）

悪女ヴィヴィアンヌの気持ちが、今は少しわかる。彼女は、ただフレデリックの愛を求めていただけなのだ。もしもゲームの中の皇子が、今目の前にいる彼のように婚約者に接していたならば、悪事に墜ちることなどなかったろう。

「殿下の愛情を疑ってはおりません。わたくしの心の中には、殿下からいただいた言葉や心配りが数えきれないほど刻まれていますもの」

そう、ヴィヴィアンヌは、フレデリックの愛を疑っているわけではない。聖女が登場することで、これから起こるだろう事件や事故を恐れている。

「……お願いがございます。わたくしを、騎士団の演習に同行させていただけないでしょうか」

「演習に？」

「噂が立っているのなら、間違いなく辺境伯領には聖女がいるのでしょう。そして、殿下と聖女は必ず出会います。……とある事故がきっかけとなるのです」

「それは……予見の力か」

ヴィヴィアンヌは顎を引いて肯定し、辺境伯領で必ず落盤事故が起きるだろうことを告げた。するとフレデリックは、珍しく渋面を作る。

「あらかじめ事故が起きることがわかっていれば、防ぎようもある。きみが何も危険な場所へ行く必要はないだろう」

「そうかもしれません。ですがわたくしは、聖女とお会いしたいのです」

ゲームのヒロインだった聖女は、この世界でどのように生きているのか。そして、今のフレデリックと出会い恋に落ちるのかを確かめる必要がある。

自分が少しずつ未来を変えたせいで、聖女が不遇な生活を送っていないかが不安なのだ。

とはいえ、自ら身を引こうなどとは微塵も思っていない。フレデリックのそばで、彼を愛し愛される喜びを知った今、たとえ何があろうと彼のそばに居続けたかった。

「もしも聖女が殿下へ恋心を抱いたとしたら……わたくしは、正々堂々と戦います。殿下がいらっしゃらない生活など、もう考えられないのです」

ひょっとすると、この感情が悪女への第一歩なのかもしれない。それでもヴィヴィアンヌは、フレデリックから離れるという選択肢は考えられない。

「……ようやく、心が届いた気がするな」

彼は端整な顔を笑みで染めた。麗しい、という表現がよく似合う微笑みだ。それも、通常よりもいっそう輝きが増しており、目が眩《くら》んでしまいそうなほどである。

「不安は尽きませんが、迷いはございません。愛情深い殿下のおかげですわ」

すでにヴィヴィアンヌが取るべき行動の答えは出ている。第一に、落盤事故を未然に防ぐこと。第二に、聖女の現状と意思を確認することだ。

意思を伝えたところ、フレデリックは理解を示してくれた。

「……わかった。そのように調整しよう。危険な目に遭わせたくはないが、今回は領地への視察もあるからな。きみが同行してくれると助かるのも事実だ」

「ご配慮に感謝いたします」

(自分の運命……いいえ、未来から逃げずに立ち向かって見せるわ)

愛《いと》しい人の腕の中で、ヴィヴィアンヌは聖女とまみえる覚悟を決めるのだった。

第五章

騎士団の演習に同行が決まると、バルテルミーによって日程や道中の滞在先への調整が行われた。辺境伯領へ向かうまでに立ち寄る各領地でも、皇子とその婚約者を迎え入れるための準備が必要だからだ。

自分が同行を申し出たばかりに手間をかけるのが申し訳なく、バルテルミーにもそう伝えた。しかし、フレデリックも認める優秀な秘書官からは、『むしろヴィヴィアンヌ様にご一緒していただいたほうが、殿下の心労は軽減されます』と歓迎され、アダムもそれに同意している。

皇子妃になる者として責務を果たすと約束し、無事に辺境伯領へ向かうことができたのである。

(……絶対に事故は防いでみせるわ)

辺境伯領への道中は、予定通りに進んでいた。

皇都を出た一行は、まず途中にある領地で一日から二日滞在し、人馬の疲れを癒やしながら目的地を目指している。ヴィヴィアンヌとフレデリックは馬車で、その他の団員は騎乗での移動だ。合間で休憩を取りつつの、比較的余裕のある旅程である。

ロルモー公爵領は皇都に近く、馬車で二日ほど南へ下れば到着するが、辺境伯領は皇都から北、つまり逆方向にある。

北上するほどに景色や気候も異なるため、ヴィヴィアンヌは目に映る景色がすべて新鮮でつい見入ってしまうこともしばしばあった。

フレデリックは次期皇帝として宣言されてから初の公式訪問とあり、各所領では祝いの宴を開き、妻となるヴィヴィアンヌもたくさんの祝福を受けていた。

大きな問題が起こることもなく、一行は徐々に辺境伯領へ近づいていた。しかしヴィヴィアンヌは、だんだんと息苦しさを感じていた。身体の不調ではなく、精神的に重圧があるのだ。

(聖女は、どのような選択をするのかしら。それに、落盤事故のことも気になるわ)

道中でフレデリックとの婚約を祝われるのは嬉しかったが、まだ心の底から喜べずにいる。

聖女が登場することによって、ゲームのシナリオ通りに進むのではないかという懸念が拭えない。

たとえば、幾重にも別れた枝葉が、大きく太い幹に集約されるように。いくつもの支流が重なり、やがてひとつの川へなり流れるように。どれだけ日常を積み重ね、悪女への道を避けて通ったとしても、ゲームが始まってしまえばそれらは無意味でしかなく、自分はこの世界で『悪女』という決められた役割から逃れられないのではないか。

間隙《かんげき》を縫って心に不安が忍び込んでくるそのたびに、自分自身を叱咤《しった》する。ここ数日はこの繰り返しだった。

「ヴィヴィアンヌ……?」

フレデリックの気遣わしげな声に、ヴィヴィアンヌはハッと肩を揺らした。

今は、辺境伯領の手前にあるグリエット侯爵領に入ったところだ。皇后の茶会で騒ぎを起こし、社交界から追放されかけたレイラの父が持つ領地である。

グリエット侯爵領は皇都からは離れているが、その分緑豊かな土地だった。豚や牛の飼育のほかに羊《ひつじ》もおり、領主である侯爵自らの案内で牧場に見学に訪れたのである。

(いけない。これでは、心配をかけてしまうわ)

「少し考え事をしていただけですわ。このような近くで羊を見たのは初めてで……思ったよりもおとなしいのですね」

ヴィヴィアンヌが微笑むと、フレデリックが「そうだな」と安堵したように頷いた。

侯爵領への立ち寄りは、グリエットの強い希望により実現している。皇城で面会した際、娘のレイラの非礼を詫《わ》びた侯爵は、『皇后から直接処罰されれば、侯爵家として面子が立たなくなっていた』と、ヴィヴィアンヌに頭を垂れた。

これまで娘を甘やかして育てたのは自分の責任だと深く反省する姿を見て、なるべく穏便に事を済ませるべく皇后への口添えを約束している。皇家と侯爵家の確執が深まるのは得策ではない。内乱などということになれば、国が乱れかねないからだ。

ヴィヴィアンヌの対応に侯爵は感謝の意を示し、『今後グリエット侯爵家は皇家とヴィヴィアンヌに忠誠を誓う』とまで言っている。

「殿下とヴィヴィアンヌ様に我が領へお越しいただけたのは、領民の誉れでございます。何もないところではありますが、どうぞごゆるりとお休みください」

丸眼鏡に細身の体つきであるグリエット侯爵は、さながらバルテルミーのような文官を思わせる風貌である。

侯爵は、今回の騎士団の演習に合わせてわざわざ皇都から領地へ戻り、フレデリックたちを歓待した。自ら案内を買って出たのも、レイラの一件が影響しているのだろう。

「お心遣い痛み入ります。自然の中に囲まれた素敵なご領地ですわ」

「そうおっしゃっていただけると、私も大変光栄に存じます。……幼いころは、娘も領地で過ごしておりました。庭を駆け回るような子どもでしたが、動物が好きな優しい子だったのです」

どこか懐かしそうに語る侯爵からは、娘への愛情が伝わってくる。きっと彼女は幼いころ、領地でのびのびと育てられてきたのだ。

(でも、近年……特にここ最近のレイラ様は、その面影はなかったわ)

気性が荒いとまで噂された姿と今の話では、あまりに印象が違う。侯爵もわかっているのか、「ここ最近は変わってしまったのです」と苦笑する。

「ご存じのとおり、娘は殿下の婚約者候補として、お妃教育も受けております。ですが、候補となったころから……少しずつ変わっていきました。気に入らないことがあると使用人たちに当たり散らし、陰では『物語の中の悪女になった』ようだ、と」

〝悪女〟と聞いた瞬間、ヴィヴィアンヌの心臓が縮み上がる。まさか侯爵の口からその単語を聞くとは思いもよらなかった。

フレデリックも同じだったようで、やや声を潜めて侯爵に問う。

「『悪女』とは、聞き捨てならないな。妃教育が負担で、性格まで変わってしまったのか？」

「それは……正直に申しますと、わからないのでございます。ただ、幼いころのあの子とはまるで変わってしまった。それだけは確かです」

侯爵も、娘の変貌に困惑しているようだ。動物好きの優しい娘が、『悪女』などと噂されるようになったのだから無理もない。

パーティや茶会では、口さがない貴族から、『悪役令嬢』などと揶揄《やゆ》され、我慢できずに騒ぎを起こしたことも多々あったという。そのたびに侯爵は金銭を払って口止めをしたが——とうとう、もみ消せないほどの事件を起こした。バロー侯爵家でのパーティである。

「皇后様のお茶会で、ほかのご令嬢から聞きましたわ。なんでも、コリンヌ様にたいそう失礼な態度を取られていたとか……」

「それだけではないのです。その……他家のご令嬢に、怪我をさせてしまって」

「えっ……」

それは初耳だ。驚くフレデリックとヴィヴィアンヌに、侯爵は言いにくそうに続ける。

「なんでも、自分のドレスと色が同じだったという理由で、伯爵家の令嬢に暴力を振るったとか

「……」

「……っ！」

ヴィヴィアンヌは思わず息を詰めた。心臓がバクバクと拍動し、寒くもないのに悪寒が走る。手先が冷えていき、目の前が歪《ゆが》むような衝撃を受けた。

（待って、それは……その、話は……）

――ゲームの中で、悪女ヴィヴィアンヌがレイラにしでかした出来事だ。

「……その令嬢、怪我はしなかったのか？」

フレデリックの問いに、「はい」と侯爵が肯定する。

「扇で頬を打っただけなので、大きな怪我にはならなかったと……ですから私は伯爵家に、これまでと同じように詫びとして金銭を渡して口止めをしました。バロー侯爵令嬢とも諍いがあったそうですが、そちらは口げんかでしたので……暴力事件が公になるよりはと放置したのです」

伯爵令嬢への暴力は、人気の少ない場所だったことが幸いし、衆目を集めることはなかった。レイラのお目付役として護衛している侯爵家の騎士がその場を収め、事件をなかったことにしたからだ。その後にコリンヌと言い争いをしたことが、暴力事件の隠蔽《いんぺい》に一役買った格好である。

「さすがに話を聞き、いつか取り返しのつかない事件を起こしかねないと……ですから、皇后陛下の茶会を最後に、しばらく領地で静養させようとしていたところだったのです」

「そう……だったのですね……」

ヴィヴィアンヌはひと言を絞り出すのが精いっぱいで、考えを巡らせる。

レイラが陰で起こした事件、それは、先日に夢の中で見たゲームの一場面だ。悪女ヴィヴィアンヌは、まさしく『自分のドレスと同じ色だった』という理由で、レイラを階段から突き落とした。

侯爵から聞いたレイラの行動は、扇で相手の頬を打ったという以外ほぼ悪女と同じだ。

ゲームでは被害者だったレイラが、今は〝悪女〟と呼ばれてその行動を踏襲していた。なぜなのか現時点ではわからない。ただ、ゲームの中とは明らかに〝役割〟が違っている。それだけに恐ろしくなってくる。

（ゲームの進行上に必要だから、レイラ様は悪役になってしまったの……？）

皇子と聖女の物語には、悪女の存在は必要不可欠だ。悪役の非道な行いが、主役ふたりの絆《きずな》を深め、愛へと発展させていく。

その役割は、皇子の婚約者となったヴィヴィアンヌのはずだった。だから、よけいに混乱してくる。

しばし考え込んでいると、侯爵が晴れやかな笑顔を浮かべた。

「……ヴィヴィアンヌ様には、感謝しております。奉仕活動を提案してくださったおかげで、社交界追放の事態は免れました。それ以上に、教会から帰ってきたレイラは、とても楽しそうだったのです」

最初は、『貴族のすることではない』と難色を示していたものの、あの日屋敷に戻ったレイラは、教会での出来事を侍女達に語っていたという。晩餐《ばんさん》の折に侯爵と顔を合わせたときも、まるで子どものころに戻ったような表情だったそうだ。

「もしも皇后陛下に処罰を受けていたら、レイラはあのまま……『悪女』などという汚名を着せられたまま修道院へ行かなければならなかったでしょう」

もしもそうなれば、レイラは改心の余地もなくもっと大きな事件を犯していてもおかしくなかった。

沈痛な面持ちで心情を吐露する侯爵に、フレデリックが眉を寄せる。

「聞き及んでいるグリエット嬢の気性では、その可能性はありえるな」

「はい。現在は、不思議なほどに落ち着いておりますが……。このまま、昔の娘に戻ってくれるよう私も力を尽くすつもりです」

侯爵は、フレデリックとヴィヴィアンヌに腰を折り、恭順の意を示す。

今後もレイラには、『悪女』などと言われる真似をすることなく過ごしてほしい。おそらく本当の彼女は、動物好きの心優しき人なのだろうから。

「……わたくしも、レイラ様が落ち着かれるようできる限りご協力いたします。教会へご一緒したときにも感じましたが、素直な方なのだと思います」

侯爵に告げたヴィヴィアンヌは、何かに急《せ》き立てられるような心地で思考に沈む。

今までは、悪女になりたくなくて、周囲に累を及ぼさないように行動してきた。しかし、ヴィヴィアンヌが悪女にならずとも、ほかの誰かがその役割に当てはめられるのだとすれば看過できない。

『救国の聖女は愛を貫く』――このゲームの始まりを阻止できればいいのではないか。そうすれば、悪役を必要とせず、聖女を引き立てるためだけに起こる事件も起きず平和に過ごせる。

（でも、どうすれば阻止できるのかしら……？）

考えが纏まらず、ただ焦燥感に身を焦がしていると、侯爵はおもむろに腰を折った。

「ヴィヴィアンヌ様にも、そうとう失礼な態度を取ってしまっていたと、娘も反省しておりました。今のお言葉を聞けば、あの子も喜ぶことでしょう。……もしもレイラが『悪女』となってしまったなら、今噂の聖女様を頼ろうかと考えていたところです」

「聖女？」

いち早く反応したのはフレデリックだった。怪訝《けげん》な顔を見せる彼に、侯爵はやや気圧《けお》されつつも、

「じつは……」と話を繋《つな》げる。

「ふた月ほど前に、聖女なる者の噂が領民の間に流れたのです。いわく、『病を治す不思議な能力がある』と。そのような力があるのなら、あるいは娘も昔のように優しい子に戻るのではないかと……今考えれば、なんともお恥ずかしい話です」

「聖女について、ほかに噂はないのか？　人民を謀る詐欺の類《たぐい》の可能性もある」

フレデリックの声に硬さが混じる。

皇家の者として、『特別な力を持つ者』を見過ごせないのは確かだ。この場合、噂が真実かどうかよりも、『聖女が信仰の対象』となるのが問題なのである。悪意のある何者かが聖女を祭り上げれば、皇家の脅威になり得る。

大きすぎる力は、時にいらぬ争いを生む。だからこそ、歴代の聖女を皇国で保護しているのだ。

「聖女は、修道女の姿をしているそうです。医者にかかれない貧しい者を、その力で治しているとか。ひとつの土地に長く留《とど》まることはなく、各地を旅しているようだと」

「……そうか」

「殿下のお耳に入れるまでもない、真偽不明の噂です。私は、聖女などという不確かな存在よりも、我が娘を良き道へ導いてくださるヴィヴィアンヌ様のほうが、よほど尊き方だと思います」

「光栄に存じますわ。レイラ様にも、侯爵のお心はすぐに届くと思いますわ」

(この地にも、聖女が立ち寄ったのは間違いない。あと少しで……聖女に会うのだわ)

侯爵の心からの感謝の言葉を聞きながら、ヴィヴィアンヌは鈍く頭が痛むのを感じていた。

*

その日の夜更け。侯爵邸の寝室で、フレデリックは隣で眠るヴィヴィアンヌを眺めていた。

ここ最近、特に〝聖女〟の噂が届いてからというもの、彼女は悪夢に魘《うな》されることが多くなった。美しい相貌を苦痛に歪め、『殿下』と悲痛な声で自分を呼ぶのだ。

そういうときは、予見が夢となって現れている。それは明白だが、フレデリックは為す術《すべ》がない。

彼女を守りたい。だが、誰よりもフレデリック自身がヴィヴィアンヌに苦痛を与えている。その事実が許せない。

「で、んか……わたくしは……ただ、愛して、ほしいと願った、だけ……なのです」

今夜も、ヴィヴィアンヌは夢となって現れた予見に苛《さいな》まれている。

これほど苦しむのなら、能力など失《う》せてしまえばいいと思わずにはいられない。国として、皇子としての立場では〝聖女〟は必要な存在だが、愛する彼女が夢の中であろうと幸せでいられないのは耐えられない。

「大丈夫。私はきみだけを愛している。……ヴィヴィアンヌ」

フレデリックは少しでも彼女の眠りが安らかであるようにそっと告げ、額に口づけた。苦悶《くもん》を浮かべていた寝顔に、わずかばかり安堵が混じる。

（誰も知り得ない未来が、自分にとって最悪な状況というのは……想像するよりも、はるかにつらい想いをしているのだろう）

ヴィヴィアンヌの予見によれば、辺境伯領で落盤事故が起こるという。鉱山を有し、険しい山々に囲まれている土地であることから、事故の可能性は極めて高い。そのため、辺境伯へは『しばらく鉱山での作業を中止せよ』と書簡を送っていた。

最初は難色を示した辺境伯だが、フレデリックは鉱山での事故の可能性を説いた。そして、学者を遣わせて調査させることも約束している。

ただ、ヴィヴィアンヌは、『自分の知っている未来とは、少しずつ変わっている』と言った。『もしかすると、落盤ではない事故が起こるかもしれない』とも。

それは先刻、侯爵との晩餐が終わり、ふたりで客室へやって来たときのことだ。

『牧場で聞いたレイラ様のお話ですが、あれは本来、わたくしの役割だったのです』

そう切り出したヴィヴィアンヌは、胸が締め付けられるほどの悲壮感を漂わせていた。

『わたくしが悪女である未来では、レイラ様は被害者でした。ドレスの色が自分と同じだったという だけで……彼女を階段から突き落としたのです』

だが、実際にはレイラが事件を起こした。なぜなのかはわからないが、自分以外のほかの者が悪女の役割を担っているのではないか、と、彼女は予想していた。

『聖女が現れたことで、彼女がより輝くための存在が……悪役令嬢が必要なのです。だから、わたくしがその役目から外れてしまったら、必然的にほかの方が』

『待ってくれ。……なぜ、聖女を引き立てるための存在が必要なんだ?』

フレデリックは思わず彼女を遮り、疑問を口にする。

言葉通りに受け取ると、まるでこの世界は聖女のためだけにあるかのようだ。誰かひとりの特別な人間のための世界など、許されるはずもない。

だが、ヴィヴィアンヌは、フレデリックの言葉を否定するどころか、悲しげに顎を引いた。

『それが、この世界の理《ことわり》で――聖女という存在なのです。世界に愛され、人々に敬《うやま》われ、誰もが魅了されずにはいられません』

『それは……それでは、あまりにも……』

この世界で生きている人間が、憐《あわ》れではないか。

ヴィヴィアンヌの言葉が真実だとしても、認めるわけにはいかない。たとえどれだけ奇跡的な能力があろうとも、たったひとりの特異な存在のみが尊重される世界など歪《いびつ》でしかない。

(私は、聖女に心を奪われることはない。いつだって、この胸にはヴィヴィアンヌだけがいる)

彼女の髪に触れながら考えていると、扉の外から小さな物音がした。

すぐに気づいたフレデリックは、ヴィヴィアンヌを起こさぬよう移動する。わずかに扉を開ければ、そこには予想していた人物が立っていた。アダムだ。

フレデリックは音を立てないよう部屋を出ると、廊下に人気がないことを確認して息をつく。

「何かわかったか?」

「聖女の話は、おおむね侯爵から聞いていた話と一致する。病を治してもらったという領民からも話を聞いたが、どうも聖女に口止めされたらしいんだ」

「なぜだ?」

「『これからも困っている人を助けるためには、あまり目立ちたくない』……そう言って立ち去ったそうだ。ちなみに、治療も無償だったと」

「話だけ聞けば、たいした人格者だな」

「殿下は、聖女を嫌ってるみたいだな。どうしてだ?」

しんと静まり返る廊下で、アダムは声をさらに潜めた。

その疑問は当然だ。まだ顔すら見てもいない人物に悪感情を抱くなど、これまでのフレデリックからは考えられないことだ。

皇子として模範的な言動をとり、他者に関しても寛容に接してきた。いずれ為政者になる身で、個人の好悪は表に出さないのが当然だったからだ。

唯一の例外がヴィヴィアンヌについての事柄で、彼女に対してだけは余裕がなくなる。聖女に苦しめられているのなら、その存在ごと消し去ることも厭わない。そんな昏い感情も、フレデリックは持っている。むろん、表面に出すことはないのだが。

「〝奇跡〟を起こす存在となれば、扱いが厄介だ。この手の詐欺話は、数えるのも面倒なほどあるだろう。おまえも知っているはずだ」

『禁書』に記録されている聖女は皇家が認めた本物だ。だが、残念なことに、奇跡と呼ばれる能力が本物だった事例のほうが少ない。だからこそ、慎重に見極めなければならないのだ。

「まあ、騎士団にもその手の話は上がってくるな。やれ、『伝説の龍殺し』だとか、『古《いにしえ》の魔法使いの末裔《まつえい》』だとか言って、売り込んでくる輩《やから》がいるたびに、俺が相手する羽目になる」

言葉遣いも態度も褒められたものではないが、剣の腕だけは確かなアダムである。騎士団でも指折りの実力者ゆえに、胡散臭《うさんくさ》い入団希望者を排除する役割も担っていた。

ブロン皇国の騎士団も軍も実力主義で、真に力ある者ならば歓迎する。

だが、騎士団に入団したという事実が欲しいだけのならず者や、親の爵位を盾にする貴族の子息、果ては、先ほどのアダムの発言にあったように、己の実力以上の功績を自称する輩までいる。

「聖女がそういう輩《やから》と同類ではないかと、疑う必要があるってことですね」

「ああ」

アダムに頷いたフレデリックだが、真実は半分といったところだ。

ヴィヴィアンヌの予見の力は本物だ。それは十年前に身をもって知っている。その彼女が、聖女が現れると言っているのだから、奇跡の能力を疑うつもりはない。

ただ、対外的に疑わしさを匂わせておく必要はある。

聖女がこちらに――ヴィヴィアンヌに悪意を持つ存在でないとは限らない。そのための保険だ。もしも、彼女を苦しめる存在であると判断したならば、そのときは。

「――奇跡の能力を騙《かた》り、人心を惑わせようとする罪は重い。場合によっては極刑だ」

「さすがに極刑は……せいぜい終身刑くらいじゃないか?」

「今後、模倣犯が出ないよう見せしめの意味もある。犯罪の抑止も、皇都を守る者の務めだ」

もっともらしい口実だ。内心で苦笑していると、アダムは「たしかに」と納得している。

「聖女については、引き続き調査をしてくれ。辺境伯領で起きた事故も、迅速に把握できるよう先に団員を……」

「数名を先行させて、領内を調べるよう命じた。その辺りの報告は、待機所で聞くことになってる」

侯爵領から辺境伯領へ向かう間に、騎士団の待機所がある。主に演習や遠征の際に使用するもので、皇国の北と西、それぞれの国境付近には簡素な建物が建てられていた。南と東は海に面しており、かつ、ロルモー公爵領もあるため、そちらは軍部の管轄だ。だが必要に応じて互いに行き来している。

（待機所には温泉もある。ヴィヴィアンヌが少しでも癒やされればいいが）

「引き続き聖女を捜索しろ。見つけた場合は、第一皇子の名で連行してこい。いいな」

「了解」

未来を予見するヴィヴィアンヌが恐れる聖女。悪《あ》しき存在であれば、フレデリックは自身で排除するつもりでいる。もしも本物であるならば、保護という名目で監禁し、飼い殺しにすればいい。

（こんなこと、ヴィヴィアンヌには言えないが）

彼女は、自分のせいで誰かが傷つくことを極端に嫌っている。貴族にありがちな傲慢さはなく、ただただ皆の幸せのために身を削って努力する。そんな女性だ。

だから、守らねばならない。彼女が『幸せを願う対象』に、自分自身を入れていないからだ。

悪女になることを恐れ、頑《かたく》なにフレデリックとの婚約を拒み続けたヴィヴィアンヌ。ようやく婚約を承諾してくれたのだから、何者にも邪魔はさせない。

「殿下、悪い顔してんなぁ……」

ぽつりと呟かれたアダムの言葉は、聞こえないふりをした。

＊

グリエット侯爵領を出発し、ふたたび馬車に揺られることになった。

あと二日ほどすれば、辺境伯領へ到着するという。つまり、とうとう聖女のいる土地に足を踏み入れるわけだ。

ヴィヴィアンヌは緊張からか、それとも別の理由かは定かでないが、聖女へと近づくにつれ夢見が悪くなっていた。――いや、正確に言えば、ゲームの中の場面を頻繁に見るようになったのだ。

昨晩は、フレデリックに断罪され、公爵家の取り潰しを言い渡された。彼への恋心をこじらせ、聖女へ嫉妬し、悪事を働いた悪女ヴィヴィアンヌの最後はひどく憐れだ。

（でも、なぜかしら？　殿下の腕の中で眠ると……目覚めるときは心地いい）

ちらりと、正面に座るフレデリックに視線を投げる。

彼は移動中も書類に目を通していた。時折休憩のため馬車が止まったときなども、部下から報告を受けていて忙しそうだ。

ヴィヴィアンヌも何か手伝えることがあればいいのだが、騎士団の仕事には機密もあるため、下手に手を出しては迷惑になる。

（お疲れのはずなのに、そんなところを誰にも見せない。今日も殿下は光り輝いていらっしゃるわ）

今朝も彼は早い起床だった。といっても、身支度を整えるでもなく、寝台の中でヴィヴィアンヌを抱きしめ、寝顔を見ていただけらしい。

皇城とは違い、寝台の大きさもほどほどであることから、もしや睡眠を邪魔しているのかと思ったが、そうではないと彼は言う。

『ただ、ヴィヴィアンヌと少しでも離れていたくなかっただけだ』

まばゆい笑顔で告げられれば何も言えず、ひたすら照れるのみである。

フレデリックを見つめていると、心が温かいもので満たされる。それは、彼が惜しみなく愛情を注いでくれているからだ。

主人公をより輝かせるための存在、悪女。それがヴィヴィアンヌに与えられた役割だ。しかし、フレデリックと婚約し、その愛を一身に受けた今、自身が悪に染まるとは思えない。

(だからこそ、なのかもしれない)

悪女ヴィヴィアンヌが担っていた役割が、ほかの人間へ転嫁される可能性が出てきた。今、それが一番恐ろしい。

ヴィヴィアンヌは、悪女にならぬよう清廉に生きてきた。ゲームの役割に抗ったのだ。しかし、悪女のいない世界では、聖女の活躍の場を奪うことになる。その歪みを正すために、ほかの人間が悪女へ墜ちるようなことがあれば、悲劇が生まれてしまう。

(レイラ様のように、そうとわからないまま悪女の役割を担う人が、また現れたとしたら……対応策を講じる必要があるわ。悪女になって聖女に害をなす存在は、殿下と関わってもおかしくない貴族の令嬢よね。そうじゃなければ、国に保護をされる聖女に危害は加えられないもの)

それに、聖女に嫉妬する、ということは、フレデリックに想いを寄せる立場でなければいけない。平民であれば、まず皇子と関わりにはなれないし、聖女は妬《ねた》み嫉《そね》みの対象にならず、むしろ憧れている者が多かった。

(この前のように、わたしが関われる範囲ならよいのだけれど)

「ああ、また考え事をしているのか」

「え……」

フレデリックの声にハッとすると、彼はいつの間にか書類から目を上げていた。澄んだ空のような蒼い瞳に捉えられ、心臓が早鐘を打つ。

「自分の役割について少し……考えていたのです。この世界で、わたくしはあまりに無力です。殿下や皇国のため、家族や周囲のため、ひいては民のために何ができるのだろうと」

「役割か……」

彼は手元の書類を指先で辿《たど》りながら、ふっと微笑んだ。

「私は生まれたときから、皇子としての役割を課せられた。だがそれは、結局自分で選んだ道だ」

「ご自分で……?」

ヴィヴィアンヌの脳裏に疑問が過る。フレデリックは生まれたときから皇子で、この国で一番役割の重い立場だ。道を外れることなど許されるはずもなく、選択肢などないに等しい。

「生まれる場所は選べない。だが、自分の進む道はすべてが与えられたものではない。騎士団へ入ったのがその証だ」

十年前、フレデリックは騎士団への入団を志願した。けれど、最初は周囲から反対を受けた。『尊き御身を守るために騎士はいる。それがなぜ、自ら剣を握ろうとするのか』と。

「だが、諦めなかった。強くなりたい理由があったんだ」

「十年前の事件、ですね」

「あのとき私は無力だった。だから、自分を鍛えるためにどうしても入団したかった。きみやロルモー公爵、それに護衛たちが救ってくれた命だ。守られて当然だと私は思えない。十年前の事件は、私の意識を変えてくれた」

ふ、と、彼の瞳に陰が過る。

「私が皇子として自覚を持つようになったのは、幼いきみが私を助けようと頑張ってくれたからだ。それからは、きみに恥ずかしくない皇子で在ろうとした。もちろん、自分の意思でだ。本当に嫌なら、両陛下に相談していたよ。私でなくとも、優秀な者はほかにもいるからな」

フレデリックは、自嘲でも卑下でもなく、ただ事実を述べているような印象を受ける。

戸惑っていると、彼は「自分の心は自分で決める」と、堂々と言い放つ。

「きみは昨日、聖女について『世界に愛され、人々に敬われ、誰もが魅了されずにはいられません』と言っていたな。だが私は、たとえきみが予見した未来だとしても認めることはできない。聖女のために世界は存在するのではないし、皆、自分の〝生〟を懸命に生きているはずだ。私は、自ら選んだ道を歩んでいるのだと、胸を張って言える」

フレデリックは、〝聖女〟を盲信《もうしん》しないと、たとえ定められた役割であろうと、最終的に決断するのは自分の意思だと語っている。

「きみが誰よりも知っているはずだ。悪女となる未来を回避しようとするのも、周囲を幸せにしようとするのもきみの意思だ。違うか？」

「……ですが、失念していたのです。わたくしの役割がほかの方へ転嫁されてしまう可能性を」

「それもまた、まだ見ぬ誰某《だれそれ》かの選択だ。可能性を論じれば無限に広がってしまう。私が言えるのは、ヴィヴィアンヌは目の前に間違った道へ進もうとする人間がいれば、手を差し伸べるということだ。バロー侯爵令嬢や、グリエット侯爵令嬢にそうしたように」

確信しているようにフレデリックが言う。

彼は、ヴィヴィアンヌを信じてくれている。ただ盲信するわけではなく、これまでの行動を見ているからこそ、信頼しているのだ。

フレデリックの気持ちを決して裏切ってはならないと強く想う。

「殿下は、迷えるわたくしを強き光で照らしてくださる……太陽のようなお方ですね。悪の道へ進まずにいられるのも、平静を保てるのも、殿下がいてくださるからですわ」

ふわりと微笑むヴィヴィアンヌに、フレデリックは小さく唸《うな》った。

「……困ったな。私のヴィヴィアンヌが今日も可愛い」

「え……?」

「きみの可愛さは日々更新されている。毎日が最高だ。きみといるだけで、私の愛は溢《あふ》れんばかりで胸が苦しい。きみは私を太陽だと言ってくれたが、それならきみは私の命そのものだ」

フレデリックの指先が、ヴィヴィアンヌの毛先に触れた。指でもてあそびながら、どことなく艶っぽい瞳で見つめられる。

「覚えていてくれ。私をただの恋する男にできるのはきみだけだ」

夢の中での彼、つまり、ゲームの中のフレデリックは、ヴィヴィアンヌを最後まで顧みることはなかった。政略で結ばれ、幼いころに片眼を失って以降の彼は孤独で、誰も寄せ付けることなく過ごしていた。——聖女に出会うまでは。

だが、ヴィヴィアンヌが十年前にフレデリックを助けようと動いたときから、運命の輪が巡り始めた。そう、すべては、勇気を出して踏み出したあの瞬間から始まったのだ。

「……わたくしも困りますわ、殿下。毎日が幸せで、とても贅沢《ぜいたく》になっているのです。今いただいたお言葉も、嬉しくて……胸がいっぱいで、どうしていいかわかりません」

「そういうときは、私に抱きついてくれればいい」

フレデリックはそう言うと、ヴィヴィアンヌの後頭部を引き寄せた。

「ああ、抱きつくだけではなくて口づけも歓迎する。喜びも悲しみも、きみが抱く感情のすべてを私も共有したい」

熱のこもった声にあてられて、頬が火照る。

（いつもわたしばかり、喜んでいる気がするわ）

ヴィヴィアンヌは、髪に触れていた彼の手を両手で包み込んだ。甲へ唇を寄せると、軽く唇を押し当てる。

「……伝わりましたか？」

自分が感じた喜びと感謝を、行動で表したい。そう思って勇気を出したのだが、フレデリックは予想よりも遥《はる》かに嬉しそうに、端整な顔を笑みで染めて頷いた。

あまりにも美しさに、ヴィヴィアンヌは目が眩みそうだった。記憶に焼き付けておきたい。いや、絵師を呼んでこの瞬間を描くべきではないか。

人は激しく感情が揺り動かされると、混乱をきたすものらしい。

妃教育を受けてきたヴィヴィアンヌは、めったなことでは動揺しない。それなのにフレデリックを前にすると、幸福で、嬉しくて、泣きたくなるような心地でぐっと胸が詰まるのだ。

この気持ちが、紛れもなく愛なのだともう知っている。教えてくれたのは、これまで関わってきたすべての人々と、フレデリックだ。

「辺境伯領の手前に、騎士団の待機所がある。温泉もあるから、旅の疲れが癒やせるだろう」

「まあ……楽しみですわ」

「私もだ。何度か利用しているが、夜空を眺めながら入る湯は風情がある。いつかヴィヴィアンヌにも、体験してほしいと思っていた」

待機所を訪れた際も、自分を思ってくれていた。おそらく、様々な場面でも彼は、ヴィヴィアンヌの姿を思い描いてくれているのだろう。

愛を知った自分は、何があっても乗り越えていけると感じたヴィヴィアンヌだった。


騎士団の一行は快調に行程を進み、夕暮れには待機所へ到着した。

馬車に乗り続けているだけだが、皇都と違い悪路もあるため身体には堪える。敷地内で温泉が湧き出ていると話を聞き、ゆっくりと温かな湯に浸かれる機会はありがたいと思っていたのだが。

(まさか、殿下とご一緒するだなんて……)

星々と月明かりだけが照らす中、ヴィヴィアンヌはフレデリックとともに待機所の近くに湧いている温泉に浸かっていた。

もちろん彼から誘われてのことだ。最初は恥ずかしさから丁重に断ったものの、『ひとりで入っているときに何かあってはいけない』『ただ一緒に入るだけだから問題はないだろう』などと説得され、最終的には押し切られてしまった。

湯が湧き出ている場所には円形に岩石が配され、簡易的な湯殿になっていた。

前方には木製の小さな待機所があり、後方には深い森が広がっている。温泉は待機所の裏手に位置するため、人目に触れることはまずない。まして、フレデリックとヴィヴィアンヌが使用しているのだからなおさらだろう。

（……殿下のお顔を見られないわ）

彼と一緒に湯につかるのが嫌なわけではない。ただ、ひたすら恥ずかしい。

「ほかの団員の方も利用するでしょうし、早めに上がったほうがよろしいですね」

身体に麻布を巻き付けて入浴していたヴィヴィアンヌは、そうそうに湯から上がろうとする。しかし引き留めるように手首をつかまれ、彼の腕の中に閉じ込められた。

「もう少しだけ、このままでいてくれ」

腰に腕を巻き付けたフレデリックは、ヴィヴィアンヌの身体を正面から包み込んだ。

湯で火照っているからか、彼の頬は上気している。濡れた銀髪が月明かりを吸い込んでいるかのように光り輝き、幻想的な雰囲気を醸し出していた。

「きみとこうしていると、心が休まる」

「……わたくしもですわ。殿下がいらっしゃるから、強く在ろうと思えるのです」

すでに辺境伯領は目と鼻の先で、聖女との邂逅が近づいている。ゲームの中では心優しく、誰に対しても惜しみない慈悲を与える女性だったが、この世界ではどういう人物なのか予想が難しい。

自分が悪女への道を回避したことで、聖女にもなんらかの影響が出ているかもしれないからだ。

しかし、そちらにばかり気を取られているわけにもいかない。その前に、落盤事故を防がねばならず、時が経つにつれ緊張感が増していた。

（でも、わたしはひとりじゃない。殿下やミュッセ卿、騎士団の方々が力を貸してくださるのだもの）

湯に浸かったことで、心が軽くなっている。最近は、夢の中でつらい状況に立たされていたこともあり、疲労が蓄積していたのだろう。

「殿下は、緊張を解《ほぐ》そうと温泉へ誘ってくださったのですね……ありがとうございます」

「たしかに、肩の力を抜いてもらいたかった。だがそれよりも、私がきみとふたりきりになりたかっただけだ。馬車の中で手の甲に口づけられたときから、ずっとこうしたかった」

指先で背中をなぞられて顔を上げると、フレデリックと視線が絡む。ふたりを隔てるものは何もなく、互いに吸い寄せられるように唇を重ねた。

彼と触れ合っていると、どうしようもなく身体が疼き、より深くで繋がりたいと欲が出てくる。はしたないとは思うものの、心地よさが羞恥を凌駕《りょうが》していた。

おずおずと舌を差し出すと、待ち構えていたように搦め捕られる。口の中で淫らに擦り合わせているうちに唾液が溜まり、くちゅくちゅと卑猥な音が耳に届く。

互いに口内を愛撫していくうちに胎内が火照り出し、頭に靄がかかったようにぼうっとする。

「私のヴィヴィアンヌ……」

譫言のように呟いたフレデリックは、ヴィヴィアンヌの身体をわずかに持ち上げた。自身の太ももの上に乗せると、切なげな目で見上げてくる。

「すべての苦しみから、きみを守りたい。この腕の中に閉じ込めておければどれだけよかったか。何度そう思ったか知れない」

彼はヴィヴィアンヌが身体に巻き付けていた布を取り去った。ひどく心許ない格好に乳房を隠そうとするも、その前にフレデリックの舌が這わされた。

「あ……」

円を描くように舌を動かし、乳首をころころと転がされると、ぞくり、と肌が粟立つ。これまで彼に散々施された愛撫を身体は記憶している。触れられると、とたんに性感が刺激され、最奥が訴えるように甘く蕩け出す。

「ここで抱くほど分別がないわけではない。ただ、きみに触れていたい」

「っ、ん……」

乳首を吸引され、思わず漏れそうになる声をなんとか堪える。周囲に人がいないとはいえ、あまり大きな物音や声を上げるわけにはいかない。誰がかけつけてくるとも限らない。

「フレデリック様……ここで、は……っ、あんっ」

残された理性で抵抗するも、フレデリックは止めてくれなかった。

凝った胸の尖りを吸い上げ、もう一方は指の腹で擦られる。湯気の熱気と内側から湧き上がる欲求で、ヴィヴィアンヌの白い肌が薄紅色に染まった。

(本当は、お止めしなければいけないの、に……)

辺境伯領まであと少し。この待機所には休息に寄っただけで、気を抜いているわけにいかない。それなのに強く制止できないのは、これから未来に起こる出来事への不安からかもしれない。

彼の首に腕を回し、快感に浮かされた思考の片隅に不安が過ったときである。

「覚えていてくれ、ヴィヴィアンヌ、きみの隣には常に私がいる」

胸から唇を離したフレデリックに、見透かしたように告げられた。

「きみが私を救ってくれたように、未来は変えることができる。それでも不安が拭えないのなら、私のことだけを考えていればいい」

「んんっ、あ……っ」

湯の中でフレデリックの昂ぶりが硬度を増し、ヴィヴィアンヌの割れ目に押しつけられた。彼もまた下肢に麻布を巻いてはいたが、意味をなさないほど恥部にその存在を伝えてくる。

フレデリックの膨張した肉塊が花芽に擦れ、意図せず腰が揺れる。背中に爪を立ててしまうほど強く抱きつけば、耳朶に熱い呼気が吹きかけられてぞくぞくした。

互いの性器を擦りつけるなんて初めての行為だ。早く止めなければと思うのに、快楽に思考が溶けていき、愛しい人の姿しか見えなくなる。

「は……ぁっ……フレ……ッ……さ、まぁ……っ」

自覚するほど甘ったるい声が出たのが恥ずかしい。呂律《ろれつ》も回っておらず、意識がもうろうとしてくる。フレデリックに与えられる愉悦に溺れ、彼だけしか見えなくなっていた。

「……このままではのぼせてしまいそうだな。そろそろ上がるか」

「もう、少しだけ……このままでいては、いけませんか……？」

ぼんやりと彼を見つめると、フレデリックが息を詰める。

「きみに誘われたら、私は絶対に断れない。いや……断りたくない、というのが本音だな」

薄く唇を開いた彼が、顔を近づけてくる。それが口づけの前兆だと、もうわかっていた。目を伏せて同じようにわずかに口を開ければ、待ち構えたように唇を重ねられた。

「ん……ふ、ぅっ……」

彼の揺るぎない姿に安堵を覚えつつ、しばしぬくもりに酔いしれる。

フレデリックは、常に安心感を与えてくれる。生まれながらの皇族で、臣民の上に立つことを宿命づけられた尊き身でありながらも、ヴィヴィアンヌを尊重し、ともに歩もうとする強い意志がある。だから、望まずにはいられない。彼とともに未来へ向かって歩みたい、と。

どれくらいそうしていたのか、唇を離すころには互いに息を乱していた。銀糸がふたりの間をつなぎ、フレデリックがそれを舐め取る。その姿はとても淫靡で、つい目を逸らそうとすると、今度は昂ぶった陽根で割れ目を刺激された。

「あん……っ」

彼の欲望は収まるどころか、ますます硬度が増している。割れ目の奥でずくずくと熱を持つ花芽に擦れるたびに腰が揺れ動く。乳房が押し潰れるほどに思いきり彼を掻き抱《いだ》けば、フレデリックが切な

げな吐息を漏らす。

「は……このまま、身体を繋げてしまいたい」

漏れ出た彼の本心に息を呑む。

正式に婚約し、結婚を控えているふたりなのだから、本来なら憚《はばか》ることはない。ただ、語らずともわかっているのだ。落盤事故と聖女の件を解決しないうちは、互いに没頭できないことを。

フレデリックはそれ以上の行為はせずに、自身を落ち着かせるように目を閉じた。切実さを感じさせる険しい表情で、ヴィヴィアンヌの肩に額を押しつける。

「……今、必死で理性をかき集めている。もう少しだけ時間をくれないか」

「わ……わたくしは、先に戻っていたほうがよろしいのでしょうか。何かお役に立てることがありましたら、なんでもおっしゃってくださいませ」

「駄目だ。湯上がりのきみは誰の目にも触れさせたくないし、ひとりで戻したくない。……格好がつかなくてすまない」

「いいえ……いいえ。フレデリック様は、いつもわたくしを優しく包み込んでくださいます」

彼に求められる喜びは何にも代えがたく、ヴィヴィアンヌの気持ちを前向きにさせてくれる。

「たとえ何が起ころうとも、この身も心もフレデリック様のものです」

「私の愛はきみにすべて捧げている。この想いは、何者であろうとも侵すことはできない」

断言したフレデリックは顔を上げると、誓いを立てるようにヴィヴィアンヌの額に口づける。

互いの気持ちを改めて確認したこの夜を、一生忘れることはないと思った。

翌日。定刻通り待機所を後にすると、ふたたび騎士団一行は馬車や馬を用いて街道を走った。天候もよく、道程は順調である。ただ、あと少しで辺境伯領へ入るところまで来ると、いやがうえにも緊張感が増していた。

騎士らには、あらかじめフレデリックが落盤事故の可能性を示唆している。ヴィヴィアンヌの予見の話はせず、『学者からの提言』という態だ。

事故が起きれば甚大な被害が出るため、たとえ可能性であっても捨て置けない。加えて、国境の守護者たる辺境伯領で事故があれば、他国にもすぐ報《しら》せは届く。

現在隣国との関係は良好だったが、大きな事故を契機に攻め込まれないとも限らない。今回の騎士団の遠征は、実際に人的被害があった場合の備えという意味合いも兼ねている。事故の場所によっては他領との行き来も難しくなるため、復旧に必要な人員でもあった。

「不安か？」

正面に座っていたフレデリックが、青瞳を心配そうに細めている。ヴィヴィアンヌは首肯すると、それでも微笑んで見せた。

「殿下や騎士団の皆様を信頼しております。でも、やはり誰かが傷つくかもしれないのは怖いのです。

……こういうとき、自分の無力さが嫌になります」

聖女のように特別な能力があったなら、もっと皆の役に立てるだろう。そう思わずにいられない。

(でも、自分がすべきことは見えている)

「落盤の可能性があるのは、三カ所でしたね」

「ああ。今回の演習より先んじて調査させた結果を踏まえ、付近の住人や作業員は避難させている。聖女の行方についても、団員に情報を追わせているから心配するな。きみが予見したことで、怪我人を防ぐことができる。たとえ何も起きなかったとしても、危険地域の啓発にも繋がるだろう」

どこまでも前向きで、肯定的な発言だ。ともすれば、ゲームの展開を知っているがゆえの負い目に苛まれ、重圧に押しつぶされそうなヴィヴィアンヌの心を掬い上げてくれる。

「まずは、辺境伯の屋敷へ向かう。それから騎士団と辺境伯領の騎士とで手分けをし、落盤が予想される場所へ対策を講じる。きみの予見がなければ、ここまで迅速に行動できなかった。普段皇都にいると、事故や事件が起こってからしか報せが入らないからな」

「……事件を未然に防ぐのは難しいでしょうが、災害が起こりやすい地域などを調べて対策を練ることはできますね」

「私が皇帝に即位する前に、その辺りの法整備をしておきたいところだ。バルテルミーがまた、仕事が増えると嫌な顔をしそうだが」

冗談っぽいフレデリックの言葉に、笑みが零れたときである。

突如馬車が止まったかと思うと、アダムが焦った様子で馬車に近づいてくる。その様子を見たフレデリックは、すぐさま馬車の扉を開けた。

「どうした。何かあったか？」

「聖女……聖女の目撃情報を入手しましたっ！　ここから南東へ進んだ集落で、老人や子どもの病を治していると……！」

報告を聞いたフレデリックが、すぐさま地図を広げた。思わず身を乗り出したところ、彼はヴィヴィアンヌにもわかるように、現在地を指で指し示す。

「今がちょうどこの辺りだ。南東の集落ということは……」

フレデリックの指が地図上を辿るが、詳細なものではないため把握しづらい。大まかに地形や都市の確認をする簡易的なものだから、小さな村などは地図上に載っていないのだ。

「おおよその見当だが、この森の中が有力だが……」

「では、そちらへ向けて数名の騎士を先行させましょう。辺境伯邸にも、殿下の到着が遅れる旨、報せを送ります」

アダムにも聖女の情報を共有しているからか、彼らの決断は迅速だった。

騎士団は二手に分かれ、一方は辺境伯邸へ、フレデリックやヴィヴィアンヌは件の集落へと急ぎ向かう。

（とうとう、聖女とまみえるのだわ）

緊張感で背中に汗が滲み、無意識に手のひらを握りしめる。

十年前、前世を思い出したときから、常に頭の片隅でその存在を意識してきた。悪女になるまいと足掻き、定められた未来に抗った。人生の大半をかけて歩んできた道が、今日を境に大きく変化することになる。

恐れがないわけではない。しかし今はそれよりも優先すべきことがある。

「聖女がいる場所へ殿下が向かうと……そこで事故が起きるかもしれません」

ふたたび走り出した馬車の中で、ヴィヴィアンヌは懸念を口にする。

落盤事故は、第一皇子と聖女が出会う重要なイベントだ。つまり、ゲームの始まりを意味している。この場面なくしては、主役ふたりが恋に落ちることはないのだ。

「この辺りは、採掘もしていないし坑道もないはずだが……落盤事故にだけ気を取られていると、ほかの可能性に気づくのも遅くなるということだな」

ヴィヴィアンヌは顎を引き、改めてフレデリックに感謝する。

彼は、一を言えば十を理解してくれる。蓋然性《がいぜんせい》の高低よりも、ヴィヴィアンヌを信じて行動に移してくれるのだ。これほど頼もしい存在は、彼をおいて他にいない。

（考えないと。この地で起こり得るあらゆる事故の可能性を）

レイラの件で確信した。やはりこの世界は、聖女のためにある。彼女が輝くための舞台装置として悪役となる高位貴族の令嬢が配置され、役割を終えれば退場させられる。

フレデリックとヴィヴィアンヌが婚約したことにより開始したシナリオは、これまで重ねてきた努力をすべて無にしてしまうかもしれない。

それでも抗う意思がヴィヴィアンヌにはある。すべては、愛するフレデリックとまだ見ぬ未来を切り拓き、自分で選んだ道を進むための決意だ。

馬車から見る景色が、通常にはない速さで背後へと消えていく。その分揺れも大きいが、気にする余裕はない。それよりも、徐々に頭が痛み出し、そちらに意識がいってしまう。

（この痛みは……）

未来に関わる何かが起こるとき、なぜかいつも激しい頭痛に見舞われている。今までの経験から今回もそうだと感じたヴィヴィアンヌは、目を凝らして外の様子を窺った。

どんな些細な兆候も見逃さないように、今は遠い昔となった前世の記憶と現在目に見える光景を照らし合わせる。

第一皇子と聖女が出会ったときに、周囲には何があったか。シナリオは多少変わっていても、大筋に変化はないことは、レイラの件で証明されている。ならば、一番重要なこの場面で大きな変化があるとは思えない。

（でも、ゲームでは背景はそれほど映っていなかったし、詳細な場所は……）

必死に記憶を呼び起こしていたそのときである。

「あっ……！」

ぎくり、と身体が強張った。前方に、特徴的な三つの尖塔が見えたからだ。

(あれは……背景で見たことのある塔だわ……!)

皇子と聖女の邂逅場面は、事故現場ではなかった。負傷者を集めて治療を施していた場所だ。落盤で負傷者が多数出て混乱を極める中、騎士団の演習でこの地を訪れていた皇子は復旧作業を指揮することになり、部下を引き連れて事故現場へ向かった。そのとき、奇跡を見たのだ。聖女がその能力により、怪我人を癒やしている姿を。

(それが、あの尖塔の近くなのだわ……!)

「殿下……! 皆をこの場に留めてくださいませ……!」

ここは、皇子と聖女が出会った場所か、もしくはその近くのはずだ。

脳裏にかつて見た光景が思い浮かびとっさに叫ぶと、フレデリックは馬車と併走していた馬上のアダムへ指示を飛ばす。

「アダム、皆を止めろ! その場から動くなと命じるんだ……!」

フレデリックの号令でアダムが動き、騎士団の動きが止まった。すぐに景色を確認すべくヴィヴィアンヌが降りようとすると、「出るなら私とともに」と制される。

「ここに何かあるのか?」

「あの尖塔に覚えがあるのです。塔の近くで、殿下と聖女は初めてお会いに……」

ヴィヴィアンヌが説明しようとした、次の瞬間。前方に建っていた石造りの尖塔が、大きな音を立てて崩落した。

「な……っ」

地響きと砂煙が舞い、周囲の視界が黄土色に煙る。轟音に驚いた馬がいなく中、騎士らもさすがに動揺していた。馬を宥める者、砂煙に咳き込む者、目の前で起きた光景を呆然と眺めている者などで場が騒然となっている。

(落盤ではなく崩落事故に変わった……?)

ぞくりと背筋が凍るような心地になったとき、冷静な声が耳に届く。

「……きみが止めてくれなければ、私たちは崩落に巻き込まれていた」

「殿下……」

「騎士団の団員含め、怪我人の有無をすぐに確認する必要がある。ヴィヴィアンヌ、きみは安全が確認できるまで馬車の中にいてくれ」

ハッとしたヴィヴィアンヌがフレデリックを見ると、彼は素早く扉を開けて外へ出た。すかさず駆け寄ってきたアダムと他数名の騎士の無事を確認し、「被害状況を調べるぞ!」と騎士を引き連れ、崩落現場へ徒歩で向かう。

まだ馬のいななきが辺りに響き、この場に留まった騎士が必死に宥めている。しかしそんな混乱の最中でもさすがは皇室騎士団というべきか、ヴィヴィアンヌの乗る馬車の周りはしっかりと守られていた。

「皆様、お怪我はありませんか？」

馬車の近くにいた騎士に問うと、「ひとまず皆は無事のようです」と答えが返ってきた。だが、その顔は強張っている。

あとわずか足を止めるのが遅ければ、崩落に巻き込まれていた。石の塊が頭上から落ちてくれば、人馬ともひとたまりもない。何が起きたか理解できぬまま、命を落としていたかもしれないのだ。

（でも、まだ安心はできないわ）

団員が無事であることに心の底から安堵するも、ここで気を抜くわけにはいかない。ほかに巻き込まれた人々がいるかもしれないからだ。

「おい、馬車があるぞ！」

崩落現場の方向から、騎士の叫び声が聞こえた。そちらへ目を向ければ、崩落の難を逃れたはいいが、車輪が壊れて身動きが取れない馬車が見えた。紋章が掲げられていないため、貴族ではない。どうやら、乗り合い馬車のようである
「大丈夫ですか？」

騎士が声をかけると、馬車の中から修道服に身を包んだ数名が出てくる。教会の人間だ。修道女を数名乗せていたらしく、中から出てきた彼女たちは騎士に状況の説明を始めた。

「どうやら、尖塔が崩落した際に石礫《いしつぶて》が飛び散り、その影響で馬車が壊れたようです。手足に軽い負傷を負った者もいるらしく、かなり動揺しています」

ヴィヴィアンヌを護衛する騎士のひとりが、今ある情報を伝えてくる。周囲には修道女以外の人はおらず、馬車の修復は難しいことが窺える。

「このままでは、彼女たちも移動ができないでしょう。まずは、辺境伯様へ尖塔崩落の報告と増援の要請を。怪我人は手当てし、辺境伯邸から人員が到着するまでの間はこの場に留まるよう説明していただけますか」

「かしこまりました」

ヴィヴィアンヌの指示に腰を折り、騎士がほかの団員に指示を伝える。

フレデリックやアダムの指導が行き届いているのか、騎士団の連携は見事だった。前方の道は塞がれているが、辺境伯領の騎士らと協力すれば、すぐに復旧作業に取りかかれるだろう。

「わたくしも、あの方たちと少しお話していいかしら。気になることがあるの」

修道女へ視線を投げると、彼女たちは一様に崩落した尖塔を指さしていた。崩落に巻き込まれた人を知っているのかもしれず、救助が必要ならばフレデリックに伝えなければいけない。

護衛騎士にそう告げたところ、「お供致します」と申し出てくれたためそちらへ足を運ぶ。すると、気づいた修道女らが膝を折った。

「このたびは、助けてくださり感謝いたします」

「大変な思いをされましたね。お怪我がなくて何よりですわ。わたくしは、ヴィヴィアンヌ・ロルモー。あなた方を救助したのは、皇室に仕える騎士団の方々です。どうか安心してくださいませ」

声をかけると、修道女のひとりが「恐縮に存じます」と応じる。

「私どもは、皇都の教会に所属している修道女でございます。このたびは、神の教えを説くために各地を巡っておりましたところ、このような状況になり……」

修道女たちは教会の命により、年に一度各地にある教会を巡る旅が課せられているという。教皇の目となり足となって、視察を行っているというわけだ。

倒壊した尖塔は教会の所有する建物で、備蓄や宿泊所を兼ねているらしい。辺境伯領へ滞在するにあたり、利用しようとしたそうだ。

「そういったご事情でしたら、この先の旅もつつがなく終えられるよう辺境伯様が便宜を図ってくださるでしょう。あの尖塔の中には、どなたがいらっしゃったかご存じではありませんか？　もしいた場合はただちに救出せねばなりません」

「尖塔の管理者と、数名の修道女がおりましたが……あの様子では……」

ヴィヴィアンヌの問いかけに、痛ましげに眉を寄せていた修道女たちは、ふと何か似気づいたようにハッとした。

「あの中には、不思議な力を持つ修道女がいたのです。私たちよりも先にこの地に到着し、周囲の村で治療を行っていたとか……」

（聖女のことだわ……！）

「わかりました。確認してまいります。あなた方はこちらでお待ちくださいませ」

やはり、この場に聖女はいたのだ。そして、彼《か》の人がいるのなら、周囲の人間に死は訪れない。

ゲームの中で凄惨な死を迎えるのは常に悪役のみであり、無辜の民が理不尽な死を迎えることはない。そういう世界だ。

ヴィヴィアンヌは騎士に視線を送り、フレデリックの元へ向かうべく倒壊現場へ向かった。幸いなことに旅装をしているため、足場が悪くても不自由はない。

(きっと聖女は助かっているはず。まずは早く見つけて、怪我人を手当てしてもらわなければ)

騎士ら事態把握のために行き交う中を進んでいくと、フレデリックの姿はすぐに見つかった。彼はまず道を塞ぐ瓦礫の撤去を決めたようで、アダムや騎士らと作業にあたっている。

「殿下……！」

ヴィヴィアンヌが歩み寄ると、彼は驚いたように振り返った。

「何かあったのか？」

「わたくしたちの馬車の近くに、教会から遣わされた修道女がいたのです。彼女たちから、尖塔の様子を聞いてまいりました」

つい先ほど修道女から齎された話を説明すると、フレデリックは「そうか」と呟いた。

「尖塔にいた者は、皆無事のようだ。なんでも中にいた者たちは、〝偶然〟外へ出ていたから無事だそうだ。今は負傷した者の手当てと、巻き込まれた者がいなかったか周辺で捜索をしている」

「塔の中にいた方たちが無事で何よりです。……それと、もうひとつご報告が……」

言いかけたヴィヴィアンヌは、フレデリックの視線がある一点に注がれていることに気がついた。そちらを見ると、少し離れた場所に跪く修道女の姿が目に留まる。

(あの方は……！)

灰褐色《はいかっしょく》の修道女服と同じ髪色をしたその女性は、負傷して横たわっている者に手を翳《かざ》していた。吸い寄せられるように凝視していると、わずかな光が修道女の手に集まるのを確認する。

フレデリックが放つ光と、彼女が集める光はとてもよく似ていた。

(ああ、やはり……)

十年前の事件で前世を思い出したときから、ヴィヴィアンヌの目にはフレデリックが光り輝いて見えた。理由が定かでなかったが、今初めて理解する。

(……あの光は、この世界の主人公の証なのだわ)

皇子と聖女の物語だからこそ、彼らは同じ光を有しているのだ。

ふたりの持つ特別な絆を目の当たりにして声を失っていると、聖女が治療していた負傷者が起き上がった。それまでぴくりとも動かなかった怪我人が何事もなかったように自身の手足を動かし始めたその光景は、まさしく奇跡と呼ぶにふさわしい。

「ありがとうございます、聖女様……！」

衣服から察するに、先ほどの怪我人は尖塔の管理人のようである。修道女に頭を垂れる姿は、遠い昔に見た場面と一致する。

「治療できる傷で何よりでした」

感謝を捧げられた修道女は、自身を誇るでもなく静かに告げた。

自身の服が汚れるのも厭わずに治療を施す姿は、まぎれもなくヴィヴィアンヌの記憶の中にいた『聖女』であった。

（とうとう、このときが来た、のね……）

この世界の中心人物であり、奇跡の能力を有する者。誰からも愛されることを約束され、人々の崇拝と皇子の寵愛を一身に受けるべく誕生した。慈悲深く、可憐で、他者に尽くす。清廉な心根を持っている。悪女が妬み、憎しみ、羨んだその人の名は。

「――聖女」

ぽつりと呟いたヴィヴィアンヌは、何かに導かれるように聖女へ向かって歩を進めた。

前世を思い出してからというもの、片時も忘れたことのなかった存在が目の前にいる。この邂逅が自身に齎す影響は未知数で恐ろしくはあるが、不思議と心は凪いでいた。

これまで積み重ねてきた時間が、もう悪女になることはないと自信を持たせてくれたからだ。

（それに……殿下が、わたしを信じてくださっているもの）

近づいていくと、気づいた聖女がゆるりと顔を上げた。

遠目からではわからなかったが、自分と同じか少し若い年齢の女性である。髪色と同じ瞳の色をした目は大きく、どこか愛嬌のある顔立ちだ。どこか懐かしさを覚えるのは、かつてその姿をゲームの画面で見ていたからかもしれない。

「……わたくしは、ヴィヴィアンヌ・ロルモー。公爵家の娘です。不躾で失礼かと存じますが、あなたが聖女と呼ばれる方……でしょうか」

声は震えていたが、努めて冷静に問いかける。すると、ひどく驚いた顔をした聖女は、愛嬌のある顔を喜びで染めた。

「わたしは……」

「殿下、辺境伯邸から増援が来ました！」

聖女の言葉を遮るように、アダムから報告が届く。フレデリックは頷くと、聖女へ向けて告げた。

「ここではゆっくり話もできない。ひとまず教会の方々は避難したほうがいいだろう。まず我々と辺境伯邸へ行き、伯へ状況の説明をしてもらう」

「……わかりました」

「アダム、彼女を案内しろ」

彼は表情を変えずにアダムへ指示を出し、聖女をほかの修道女のもとへ連れて行かせる。

ヴィヴィアンヌは聖女を気にしながらも、彼に状況を尋ねた。

「怪我人はほかにいないのですか？」

「ああ、塔の中にいたのは、先ほど治していた者で最後だ。聖女がいなくても問題はない」

聖女を前にしても、フレデリックの表情はまったくと言っていいほど変わらなかった。ゲームでは、奇跡の能力を目の前にして見入っていたはずだが、今の彼は特に興味を惹かれている様子もない。淡々と目の前の事故を処理している。

（彼女のことは、どう思われたのかしら……）

能力を目の当たりにしたのだから、驚かないはずはない。すでにゲームのシナリオとは違う展開だとはいえ、世界の中心人物の登場である。なんらかの影響を受けないとは言い切れない。

「この場は騎士たちに任せ、私たちも辺境伯邸に向かおう。……聖女の件もあるしな」

「そう……ですね」

聖女と出会い、何か変化はあったのかを聞きたかったが、この場で話す内容ではない。

彼に伴われ馬車へ戻る間も、ヴィヴィアンヌはどこか落ち着かない気持ちでいた。

辺境伯邸で領主と挨拶を交わし、事故について話し終えるころには、窓の外は暗闇に包まれていた。

歴戦の猛者である伯は、ヴィヴィアンヌの父であるロルモーとも知己らしく、想像よりもずっと親しみを持って接してくれた。

（こんな状況でなければ、もっとお話したかったのだけれど）

今は、崩落事故の処理でそれどころではなかった。『第一皇子がせっかく来てくださったのに、ろくなもてなしもできない』と本当に残念そうに語る伯は、その人柄が窺えた。

皇室騎士団一行としても、崩落現場の復旧に協力することになっている。目的地に到着してすぐの事故となり、団員も慌ただしく動いていたが、誰ひとりとして不平を唱える者はいなかった。

『一歩間違えれば、自分たちは崩落に巻き込まれ、命を落としていたかもしれない。生きながらえた我々が、人々のために動くのは当然です』

そう語ったのはアダムだ。団員の皆が同じ気持ちだという。

ヴィヴィアンヌのひと声で足を止めた騎士たちからは、『ヴィヴィアンヌ様は命の恩人です』と揃って礼を告げられて、恐縮してしまうほどに感謝をされた。

皆が無事でいたことを確認してようやく安堵できた。だが、もうひとつ解決しなければならない最大の難関が待ち受けている。

「ヴィヴィアンヌ、聖女の支度が調ったそうだ」

「わかりました」

フレデリックに促され、聖女が待つ部屋へ向かう。彼女と話し合いの場を持つためだ。

彼と聖女の出会いは、驚くほど淡泊なものだった。お互いにまったく感心を見せず、ヴィヴィアンヌが狼狽するほどである。

とはいえ、端から見ているだけではわからないことはある。同じ光の輝きを有する者同士、この世界の主人公が出会ったのだから、何か感じるところはあるのではないか。

「フレデリック様、ひとつお伺いしてよろしいでしょうか」

「ああ、なんだ？」

「崩落現場で聖女を見たとき、光り輝いて見えませんでしたか……？」

十年前、ヴィヴィアンヌが彼と初めて会ったときに、光の輝きを見たように。彼もまた、聖女に同じ光を見たとしてもおかしくはない。

しかしフレデリックは、ヴィヴィアンヌの推測に首を振る。

「いや、そのような光は見えなかった。ほかの者からも話は聞いていないな」

「そうなのですね……」

光が見えるのは、どうやらヴィヴィアンヌだけらしい。てっきり、主人公のひとりであるフレデリックも同じ光景を目撃したとばかり思っていたため意外だった。

（もしかしたら、聖女には見えるのかもしれない）

グルグルと考えているうちに、聖女が待つ部屋の前に到着した。彼が手配したのか、とびらの左右には皇室騎士が立っている。

彼らはフレデリックとヴィヴィアンヌに一礼すると、部屋の中に声をかけて扉を開けた。

「殿下とヴィヴィアンヌ様がおいでです」

騎士の声がけに、中から「どうぞ」と弱々しい声が聞こえてくる。

不思議に思いつつも中へはいると、聖女は顔色も悪く寝台に横たわっていた。

「本当なら、こちらから伺わなければいけないのに……すみません」

明らかに体調が悪そうな聖女を見たヴィヴィアンヌは、無意識に寝台へ歩み寄る。

「こちらこそ、具合が悪いのに気づけなくて申し訳ないことをしましたわ。今日は大変でしたでしょうし、ゆっくりお休みくださいませ」

聞きたいことは山ほどあるが、聖女の体調が優先である。フレデリックと顔を見合わせ頷き合うと、聖女は「お待ちください」と、寝台から身を起こした。

「ヴィーさま……ですよね……?」

「え……」

なぜ聖女が、孤児院の子どもと同じようにヴィヴィアンヌを愛称で呼ぶのか。困惑していると、聖女が微苦笑を浮かべた。

「少し、お話させてください。体調が悪いわけではないので平気です。治療をしすぎると、疲れて寝込んでしまうんです」

「話ができるのであれば、わたくしたちは願ったり叶ったりですわ。でも、どうしてわたくしの愛称をご存じなのでしょう?」

ヴィヴィアンヌの疑問を聞いた聖女は、どこか懐かしそうに目を輝かせる。

「わたし、皇都の孤児院でお世話になってたアンです。お久しぶりです、ヴィーさま」

聖女――アンは、感激したように瞳を潤ませる。

記憶を辿っていたヴィヴィアンヌの脳裏に、まだあどけない姿のアンが思い浮かぶ。

「あなた……本当にアンなの？」

彼女は頷くと、フレデリックが近づいてきてもそちらを気にも留めず、「懐かしいです」と頬に伝う涙を拭っている。

アンは、ヴィヴィアンヌが慈善活動で訪れている孤児院出身の子だ。数年前、まだ活動が認知されていなかったころ。子どもたちに話しかけても、逃げられることが多かった。

自分は嫌われているのかと落ち込んでいたとき、歩み寄ってくれたのがアンだった。

「皆に絵本を読み聞かせているとき、あなたはいつも一番前に座ってくれていたわね」

「覚えていてくれたんですね……嬉しいです」

「当たり前よ。孤児院で最初にわたくしを受け入れてくれた恩人だもの」

親愛の情をこめて告げると、アンが嬉しそうにはにかんだ。

「わたし、ずっとヴィーさまにお会いしたかったんです。でも、なかなか機会に恵まれなくて」

彼女は孤児院を卒園してから教会に所属を移し、教皇の命で各地を回っているという。

聖女の能力に気づいたのは、わずか二カ月ほど前。グリエット侯爵領に滞在していたときらしい。たまたま立ち寄った村で出会った村民が病で倒れた。看病していたところ、自分が手を翳したとたんに病が治ったそうだ。

「ですが、力を使いすぎると今度はわたしが倒れちゃうんです。それからは、命に関わりそうな人だけを治すようにしています」

（……まさか、アンが聖女だったなんて）

十年間、聖女の登場を恐れていた。だが、いざ出会ってみれば自分の恩人だったとは、なんとも皮肉な話である。

（驚いてばかりもいられない。アンの意志を確かめなければ）

覚悟を決めたヴィヴィアンヌは、一度フレデリックへ視線を送った。本来ならばここで彼に話を引き渡すのが筋かもしれないが、「きみに任せる」と言ってくれた。

「よろしいのですか？」

「きみのほうが、彼女と縁が深いようだ。この機会に、話したいことは話したほうがいい」

皇子として聖女へ聞きたいことはあるだろうに、フレデリックは静観する構えだ。彼の気遣いに感謝すると、アンに向き合った。

「アン……あなたは聖女と呼ばれる存在よ。その力が、何よりも物語っているわ。そのうえで聞くけれど、この先どうしたいと思っているか聞かせてもらえるかしら？」

「わたしは聖女なんてガラじゃないんです。でも、自分が誰かの役に立つのは嬉しいです。『人には役割がある』——そう教えてくれたのはヴィーさまだから」

孤児院で交流する中で、アンから聞かれたことがある。『どうして孤児院の子どものために頑張ってくれるのか』と。そのときヴィヴィアンヌは、『わたくしの役割だからよ』と答えている。幼いアンに貴族の心得を説いたのだ。

「わたしの役割は、この力を人のために使うことです」

はっきりと宣言するアンは、やはり聖女というべき輝きを放っている。

彼女から強い意志を感じたヴィヴィアンヌが、フレデリックへ視線を投げた。彼はひとつ頷き、冷静に言い放つ。

「私は、この国の第一皇子、フレデリック・セリュリエだ。緊急事態ゆえ、王族への礼法などは気にせず話してくれ。私からの話は一点だ。聖女アン、きみが望むのであればその身は国に保護されることになる。また、働きに応じて報奨金も支払われ、名誉も得られるだろう。きみはどうしたい」

「わたしは、べつに名誉もお金も要りません。だって、ずっと国のために働かないといけないんでしょう？　わたしがやりたいのは、自分と同じように市井の人々と関わって手助けしていくことです」

やはり、彼女の意志は固いようだ。本人が固辞するのなら、この話はここで終わらせればいい。ただし、すべてを伝えなければアンに対して申し訳が立たない。

「……アン。いいの？　それで。あなたの力は希有なものだわ。それなのに……望めば、なんでも手に入れられるのよ？　たとえば、皇族との婚姻だってできるわ」

「皇族って……第一皇子殿下ですか？」

ヴィヴィアンヌは頷いたが、「だけど」と言葉を繋げる。

「殿下は、わたくしと婚約してくださったわ。もしも、あなたが殿下との結婚を望んでも……わたくしは諦められない。だから、話し合い、ということになるけれど……」

先ほどフレデリックが説明したように、聖女は何もかもを手に入れられる。けれど、皇子妃だけは譲れない。

そう伝えると、アンはおかしそうに微笑んだ。

「ふふふっ、わたしは殿下と結婚するつもりなんて、これっぽっちもありませんよ。だって、いつもヴィーさまは言ってたじゃないですか。『高位貴族には責任が伴う。だから、皆が幸せになれるように務めないといけないんだ』って。でも、わたしには無理です。せいぜい、自分の手の届く範囲でしか人を助けられません」

アンはまったくフレデリックに興味を示さず、ヴィヴィアンヌのみを見つめて続けた。

「安心してください。ヴィーさまの恋敵になるようなことにはなりません。それにわたし、皇子殿下よりもヴィーさまのほうが好きですから」

彼女は嘘も偽りもなく、ヴィヴィアンヌを慕ってくれている。

恋敵となるどころか、フレデリックとの恋愛を否定する彼女の言葉は痛快で、ヴィヴィアンヌは思わず彼と顔を見合わせる。

こうして皇子と聖女の物語は、開始前に終わりを告げることになったのだった。

第六章

辺境伯領での崩落事故から、ひと月が経った。

ヴィヴィアンヌは、図書館から借りてきた本を手に中庭に出ると、四阿にある木製の椅子に腰を下ろした。

季節の花々を楽しめるこの場は、最近のお気に入りだ。こうしていると、崩落事故の現場に居合わせたのが遠い昔のことのようだ。

（今ごろアンは、どうしているかしら）

辺境伯邸での会話を思い返し、笑みを零す。

アンは、フレデリックが妬《や》くほどヴィヴィアンヌに懐いてくれていた。辺境伯と事後処理に追われていた彼が、『婚約者を独占されるのはゆゆしき事態だ』と零すほどだ。

皇子と聖女の物語、つまり、ゲームの開始は阻止された。フレデリックとアンは恋仲になるどころか、ヴィヴィアンヌを巡って恋敵の様相を呈していたのはおかしな話だが、そのやり取りは仲睦まじい兄妹のようでもあり、微笑ましい光景だった。

皇族に対しても物怖じせず話せるのは、さすが聖女といったところだ。どこかアダムを思わせるようでもあり、会話を聞いているだけで楽しかった。そうして別れのときまで、賑やかに過ごすことができたのである。

「ヴィヴィアンヌ様、お茶をご用意いたしましょうか?」

「ううん、大丈夫よ。少し気分転換をしたらすぐに戻るわ」

パメラに答えると、風に吹かれながら花々を見つめる。

(こんなに穏やかな気持ちで過ごせるなんて……嘘みたいだわ)

聖女の登場で自分が悪女になるのではないかと怯えていた。彼女の存在を輝かせるために起きるだろう事件や事故が心配だった。

だが今は、なんの憂いもない。ゲームが始まることはもうないと、フレデリックとアンの様子で確信できたからだ。

あとはもう、結婚式へ向けて準備を進めていくだけなのだが、気がかりがないわけではない。フレデリックのことである。

初夜のあとに寝込んだこともあり、彼はかなり気遣ってくれている。しかしヴィヴィアンヌからすれば、フレデリックと触れ合えるのは嬉しいし我慢などしてほしくない。ただ、彼の体力は無尽蔵で、一度で済まないことが多々ある。それが問題なのだ。

(本当は、殿下の求めにちゃんと応じられるようになりたいのだけれど……)

皇子妃には、社交や公務のほかにも、世継ぎを産むという大事な役目がある。皇帝の退位にも関わるため、ヴィヴィアンヌ懐妊の報は国民の関心事でもあった。

「……ねえ、パメラ。体力をつけるには、どうすればいいかしら」

フレデリックとの夜のためとは言えず曖昧に尋ねると、パメラは珍しく悩んでいた。

「そうですね……やはり適度に身体を動かすのがよろしいかと思います。ですが、ヴィヴィアンヌ様は、ほかのご令嬢方よりも体力があるのではないでしょうか」

「そうかしら……？」

「孤児院では子どもたち相手に遊んでおいでですし。それに昔から、お部屋にこもっているよりも、お庭で遊ぶことが多くていらっしゃいましたよ」

懐かしそうに微笑まれ、気恥ずかしい思いに駆られた。

たしかに、貴族の令嬢としては活発な子だった。年頃になってからは、淑女として体裁を整えているが、こうして陽の光の下にいると気分が弾むのだ。

「ふふっ、わたくしも、騎士団の方たちのように走り込みでもできればいいのだけれど」

「まあ！　最近はただでさえお忙しい身ですのに、これ以上ご無理はなさらないでくださいませ。殿下も心配されますわ」

「そうね。今でも、とても過保護でいらっしゃるもの」

苦笑したヴィヴィアンヌは、脳内で現状を整理する。

表立っての問題は今のところはない。ただ、ヴィヴィアンヌはそれでもある可能性を考えて行動している。

（ゲームの中には、人の手によって起きたわけではない出来事もあったわ）

聖女が解決に導いていた事故や事件には、火事や病原菌の流行などがある。

ただし、それらは詳細に描かれているわけではない。ヒーローとヒロインの恋物語が主軸のため、『こんな出来事もあった』と、軽く触れられた程度だ。

（でも、実際に事故や災害に遭ったならつらいはずよ）

主役以外の名もなき民草は、ゲーム内ではぞんざいに扱われる。けれど、今ヴィヴィアンヌがいるこの世界は、大勢の人々が生きているれっきとした現実だ。もしも災害や病で命を落とさない方法があるのなら模索するべきで、それこそが皇子妃の役割のひとつだろう。

（孤児院の子どもたちの中には、災害で親を亡くした子もいるもの）

ヴィヴィアンヌは、城での生活が始まって間もなくから活動を初めている。ゲームの展開を知っている自分が回避できる災害もあるはずだと、災害や疫病について書かれた文献を読み、学者の講義を受けている。

たとえこれらが役に立たずとも構わない。有事への備えは必要だ。無知であるがゆえに、事件や事故が起きたとき何もできないことこそ一番避けるべき事態なのだから。

図書館から借りてきた本も、自然災害や病原菌についてのものが多い。知識を積み上げること、それは剣を握れないヴィヴィアンヌの武器にもなる。

「ヴィヴィアンヌ様、そろそろお出かけの準備をしなければ、学者様とお約束の時間に遅れてしまいますわ。今日は城下街へ足をお運びなのですよね」

「ええ、お待たせしたら申し訳ないし行きましょうか」

いつもは城まで出向いてもらい講義を受けるのだが、今日は視察も兼ねて皇国の運営する学院で講義を受けることになっている。

今は学院に通える者は貴族が多く、平民の識字率は低いものの、いずれは貴族や平民に関係なく学問に触れる機会を得られるよう尽力していきたい。それがヴィヴィアンヌのひそかな願いだ。

孤児院の子らと接していくうちに、その想いを強くした。彼らの中には優秀な者も多くおり、これまでロルモー公爵家の支援で職に就いた子どもたちもいる。皇子妃としての公務はもちろん、そういった支援活動をしていくことについて、フレデリックも応援してくれている。

(わたしの願いを聞いてくださる殿下のためにも、もっとお役に立てるように努力しないと)

やることは山積している。だが、幸せな忙しさだ。

ヴィヴィアンヌは心に刻み、私室へ戻って外出の準備を始めた。


「――本日は、城下街へお供すればよろしいのですね?」

「ええ、よろしくお願いします」

馬車の前で待機していたアダムに、微笑んで答えた。

城に移り住んでからも、ヴィヴィアンヌが外出の際はアダムが護衛についている。フレデリックの幼なじみでもある彼は、時折幼少時の彼の失敗などを面白おかしく聞かせてくれた。常に明るく場を盛り上げてくれるありがたい存在である。

「ヴィヴィアンヌ様がお出かけなので、バルテルミーがぼやいていましたよ。『ヴィヴィアンヌ様とのお茶の約束がなければ、フレデリック様は休憩せずに延々仕事を続ける』と」

「殿下には、お休みしていただけるようにお伝えしておりますのに」

最近は、バルテルミーに請われてフレデリックの執務室へ赴いている。彼の休憩時間を確保するために呼ばれているのだ。ヴィヴィアンヌが来れば休憩せざるを得ないとは彼の秘書官の言だが、彼らとお茶を飲みながらの雑談は、気分転換にもなっていた。

「帰るときは、明日の茶菓子になるような甘味を購入いたしましょう。ミュッセ卿も、ぜひご一緒してくださいませ」

「それはもう、喜んで」

馬車に乗り込むと、今日の講義を予習するべく教材を手に取る。すると、同乗しているパメラが妙に楽しそうにしていることに気がついた。久しぶりに城外へ出るとあり､喜んでいるのかもしれない。

「パメラが感情を表に出すのは珍しいわね」

冗談っぽく告げると、侍女は少し恥ずかしそうに目を伏せる。

「申し訳ございません。久々の外出で浮かれておりました」

「いいのよ。お城の中は快適だけれど、緊張してしまうものね。パメラがいなければ、わたくしもずいぶんと苦労したと思うわ。いつも感謝しているのよ」

ちなみに今日の外出着は、パメラが選んでくれたものだ。講義を受けるための外出であることから、アクセサリーの類はしていない。公爵家の令嬢で皇子の婚約者としては質素な装いだが、ヴィヴィアンヌに仕えて長い侍女は、主の意思を正しく汲んでいる。

「殿下だけではなく、あなたにも休息は必要だわ。わたくしのことは気にせず、何かあれば遠慮せず言ってちょうだいね」

「もったいないお言葉でございます。ですが、わたしは旦那様や奥様からくれぐれもよろしく頼むとヴィヴィアンヌ様をお任せしていただいたのです。無事に結婚式を迎えるまで、休むなど考えられません。お気持ちだけありがたく頂戴いたしますわ」

毅然と語るパメラは、使命感に燃えている。

（やはり、わたしは幸せだわ。殿下と想いを交わし、周囲にも恵まれているもの）

堅牢な城門を抜けて街へと向かう道中は穏やかだった。パメラと他愛のない話をしながら、講義で使う教材に目を落としたときである。

順調に進んでいた馬車が、突如止まった。

「何かあったのでしょうか」

パメラが怪訝な顔をしたとき、馬に乗っていたアダムが焦った様子で扉を叩く。

「どうされました？　ミュッセ卿」

窓を開けて問いかけると、アダムは「火事です！」と切迫した声で説明を始めた。

「商業地区で火災が発生し、現在警吏《けいり》が消火活動中ですが、火の勢いが止まらないと報告がありました。街中は非難してきた者で溢れておりますので、ヴィヴィアンヌ様には引き返していただきたく」

「商業地区といえば、木造家屋が多いのではありませんか？」

「はい、たしかそのように記憶しております」

商業地区と貴族のタウンハウスなどがある地区とは、南北を縦断する運河で隔てられており、富裕層の多くはレンガや石造りの建物に居住している。だが、商業地区付近は木造家屋に住まう平民も多く、延焼すれば多くの民が住居を失ってしまうことになる。

ヴィヴィアンヌの背中に嫌な汗が流れ落ちる。

――街の火災は駄目だ。ここで彼は生死を彷徨《さまよ》う傷を負ってしまう。

ガンガンと脳内を棍棒で叩かれているような痛みに襲われる。

（この痛みは……）

未来について思い出すときに感じる頭痛だ。

聖女アンと出会ってからは、悪女ヴィヴィアンヌの夢を見ることも、この痛みに襲われることもなかった。だから、油断していたのだ。

（皇子と聖女が恋をしなくても、ゲーム内の事件が起こるなんて……！）

「ミュッセ卿……卿は、急ぎ城へ戻り騎士団に応援を求めてください」

「いや、私は……！」

「ここからでしたら、城へ戻るよりも公爵邸のほうが近いでしょう。今からわたくしはそちらへ向かい、消火活動に人員を割いてくださるよう父に要請しますわ。公爵家の騎士ならすぐにでも来てくれるはずです。人出は多いに越したことはございませんわ」

ヴィヴィアンヌは嫌な予感に突き動かされるように、アダムへ指示を出す。今までこのような命を下したことはない。あくまで彼は皇家へ忠誠を誓う騎士であり、ヴィヴィアンヌの護衛はフレデリックの指示によるものだからだ。

だが今は一刻を争う。フレデリックに報告する人間として側近のアダムは最適だ。彼ならば面倒な手続きを踏むことなく、皇子の執務室へ直行できる。

「……承知しました。ですが、くれぐれも御身を危険に晒す真似はされないでください」

「わたくしのことは心配しないで。卿も充分気をつけてください。あなたに何かあれば殿下が悲しみますわ。それと……教会には絶対に近づいてはいけないわ」

アダムは不思議そうにしながらも、自身の胸をドンと拳で叩く。それを合図に会話を終え、互いの進路を逆方向にとった。

ヴィヴィアンヌを乗せた馬車は、数名の護衛を連れて公爵邸へ、アダムは単騎で城へ向かった。

（お願い、何事も起きないで……！）

祈るように胸の前で指を組み、神へと縋る。

この火事は覚えがある。ゲームで聖女が活躍した事件のひとつだ。

だが、現在、聖女アンは皇都にいない。すなわち、怪我人が出ればすぐに死に直結してもおかしくはないのだ。

皇子と聖女の恋物語は、定められた未来だった。ところが、彼らは別の道を歩むに至っている。

ゲームを根底から覆《くつがえ》したことにより、他の人々の運命も捻《ねじ》れてしまったのだとすれば、誰かが命を落とす可能性は否定できない。そして、この火災で生死の境を彷徨う重傷を負うのは、フレデリックの側近である彼――アダムだ。

ゲーム中では、名前どころか立ち絵すらない端役だったから気づくのが遅れてしまった。だが、この予想は間違っていないはずだ。

（事件の内容は知っていたはずなのに……もっと対策に力を入れるべきだった）

しかし、自分を責めたところで状況は好転しない。反省をするのはこの火災が無事に消火されてからでいい。

馬車が公爵邸の門を通り抜け玄関前に到着すると、すぐに家令が屋敷から出てきた。挨拶もそこそこに父へ取り次ぐように告げ、彼の後に続いて父の書斎へ向かう。

半月ぶりの公爵邸だが、感慨に浸る余裕もない。それほどに、事態は逼迫《ひっぱく》している。

すでに報せを受けていたのか、家令が扉をノックするとすぐに入室するよう返事が聞こえた。

「お父様、急な来訪恐れ入ります。火急の用件につきご容赦くださいませ」

「挨拶はいい。どうしたのだ？　ヴィヴィ」

久方ぶりの再会だが、娘の様子にただ事ではない雰囲気を悟ったのか、父が怪訝そうに眉を寄せる。

まだ火災の報は受けていないようだ。ヴィヴィアンヌは要点を纏めて簡潔に説明した。

「商業地区で火災が発生したそうです。今、ミュッセ卿が城へ戻って騎士団の出動と殿下への報告をしておりますが、一刻も早い消火のためにも人員が必要なのです。どうか、軍部と公爵家の騎士を派遣していただけないでしょうか」

ゲームの中で起きる事件のひとつ『皇都で起きる大火災』は、ゲームの記述としてそう多くない。せいぜい、『大きな火事が起こる人々が逃げ惑う中、現れた聖女が奇跡の力を与えた』という程度だ。

だが、人々が傷つく姿を見るのはつらい。家が焼け落ちた民が普通の生活に戻るまで、どれだけ時間を要するのか。被害の大きさによっては、街の復興にも時間がかかる。

事件が起きた今、未来を知る者としてできるのは、被害を最小限に食い止めること。それだけだ。

「……十年前の事件のときと同じ目をしているな」

前世を思い出すきっかけとなった事件で、父は幼いヴィヴィアンヌの言葉を信じてくれた。フレデリックを助けることができたのも、父の存在があったからこそである。

だが、あのときは皇子の一大事であり、父が個人的に動くだけだった。しかし今は、軍を動かしてくれと頼んでいる。それも、まだ皇帝からの要請もない段階で。

ヴィヴィアンヌの立場では越権《えっけん》になりかねない。けれど、道理を曲げてでも譲れない想いがある。

「被害が拡大してからでは遅いのです。お願いいたします……！」

父に対し、最上位の敬意を払って礼をする。聖女のような特別な力がないヴィヴィアンヌにできるのは、知識を蓄《たくわ》えること、そして、皆の力を借りることだけだ。

無力な己を歯がゆく思っていると、父は一度息を吐いた。

「軍部にすぐ使いを出そう」

「お父様……！　ありがとうございます……！」

父は即座に家令に指示を出し、ヴィヴィアンヌを見据えた。

「ヴィヴィアンヌ、我が娘よ。おまえには今、何が見えている？」

父の問いかけは、言葉通りでないことはすぐに理解した。

十年前の狩猟大会で、ヴィヴィアンヌの〝力〟を目の当たりにしたのは父だったが、現在までの間に両親から言及されたことはない。

不思議な力が娘にあると知られれば、皇室はヴィヴィアンヌを欲するに違いなく、皇子との婚約を避けていた娘の意に沿わない。それだけに留まらず、力を利用しようとする輩に狙われることも考えられる。

両親は、娘を危険な目に遭わせる可能性を排除していたのだ。そして、ヴィヴィアンヌが思うままに生きられるよう常に見守り、愛情をもって接してくれている。

「殿下の右腕でいらっしゃる方の危機が見えております」

端的に告げると、瞠目した父は「わかった」と短く答えた。

「おまえはここに残れと言っても聞かないだろうから、私も共に行こう。公爵家の護衛も駆り出せば、火事場でも役立つだろう」

父の決断は早かった。「行くぞ」とヴィヴィアンヌを伴い書斎を出ると、使用人に、護衛と馬車、そしているだけの馬を集めるよう命じる。

「どの程度の火災かわからんが、おそらく今は警吏が手分けをして井戸から水を運んでいるはずだ。人力では限界がある。馬である程度大量の水を運河から運んだほうがいい」

木造家屋の多くには玄関先に大きな水瓶が置いてあり、小火《ぼや》程度ならこれで対応できる。しかし火の手が大きくなるほどに、消火活動は難航する。それだけではなく、避難する民の誘導や救助も適切に行わなければ、煙に巻かれて命を落としかねない。

その昔、軍人として戦場へ赴いたことのある父は、陣頭指揮に慣れている。それに、民の混乱を収めることもできるだろう。

「お父様がいらっしゃると心強いです。わたくしひとりでは、誰も救うことが叶いません」

「ヴィヴィ、おまえには人を想い動かす力がある。それを忘れるな」

玄関を出ると、命令からそう時も経っていないというのに護衛が勢ぞろいしている。父は、「商業地区の火災現場で消火活動を行う」と、張りのある声で言い放つ。

「皇室騎士団、および、ブロン皇国軍も現場へ向かっている。我々は速やかに住人を避難誘導、水源運搬の補助を行う。騎士団と軍に伝令を！」

「かしこまりました！」

命じられた瞬間、護衛のひとりが馬を駆ける。ヴィヴィアンヌと父は馬車へと乗り込み、運河へ向けて馬車を走らせた。

＊

商業地区火災の一報を受けたフレデリックは、バルテルミーに命じて騎士団長へ伝達を送った。ロルモー公爵も軍を動かすだろうことや、現場での指揮権は公爵に委ねるよう言い含めておく。有事の手際は、経験が物を言う。戦場経験者の公爵は適任だ。それに、指揮系統を決めておかなければ、現場はなおさら混乱する。

「アダム、おまえは私と一緒に来い」

「承知！」

フレデリックの行動は迅速だった。アダムを連れてすぐに騎士団の馬房へ向かうと、途中で騎士団長と合流した。団長の報告によれば、つい先ほど休暇中だった部下より急報が入り、情報を収集しているという。

「風に煽られて火の回りが早いようです。警吏と連携して消火に当たっていると」

「住人の避難は？」

「軍部から人員が割《さ》かれているらしいです。それも、公爵閣下直々のご命令だとか」

ヴィヴィアンヌが父親を説得して動かしたのだ。皇国軍、騎士団は当然皇家の命令で動くが、これらの機関は似て非なるものだ。

軍は国家に、騎士団は皇家に忠誠を誓っている。行動規範の相違ゆえに一枚岩ではなく、軍人と師団員の仲は良好と言いがたい。平時に連携を取っているわけではないため、こういった災害時に派遣されても現場の指揮権で揉めることがある。

しかし今回、公爵は娘の要請に応じて軍を動かした。おそらく自らも現場へ向かい、事態の収束へ動いていることだろう。

公爵ならば、軍人と師団員との軋轢《あつれき》などどうとでもする。この国に住まう者ならば、彼の人に敬意を払わぬ人間はいない。

「まずは正確な情報を集めろ。私はロルモー公爵のもとへ行き、現場の状況を把握する。団長は団員の指揮を。現場では軍部と連携し住民の安全を最優先に行動するように」

「かしこまりました」

フレデリックは自身の馬に跨がると、アダムを伴って市街地へと駆けた。

大河を隔てた向こう岸が、商業地区と平民の居住区になる。城や貴族らの住まいがある地域とは地区ごとに橋が架けられており、南北は主にこの橋か、渡し船での行き来となるのだが、今はどの橋の上にも人が溢れ、混乱が予想できる。

「殿下！　たぶん橋も渡し船も今からだと使えない。騎士団用の橋のほうへ向かおう！」

「いや、軍用のほうが近い！」

一般通行できる橋のほかに、軍用と騎士団用の橋もそれぞれ確保されているが、現在地からは軍用の橋が近い。それに、こちらを使用すればロルモー公爵の動きも把握できる。

城門を潜って街道の裏道を通る。城壁沿いの道だが整備されておらず、乗馬に不慣れであればすぐに手綱を操れなくなる。しかし、騎士団の馬は訓練されているため、悪路をものともせずに最速で馬上の主を目的地へと運んだ。

軍と騎士団専用の橋梁には検問所が設けられている。軍人は近づいてくる騎兵に一瞬身構えたが、フレデリックだと気づくと胸に手をあてて踵を揃えた。

「火災の状況はどうなっている？」

「はっ！　公爵閣下のご指示のもと、住人を中央広場へ集めております！　避難は概《おおむ》ね終わっておりますが、逃げ遅れた者の救助活動は難航、軍部は警吏とともに水の運搬を行っている最中とのこと！」

「騎士団も消火と住民の救助にあたる。公爵は今どこにいる？」

「広場にて指揮を執《と》られております！」

「わかった。通るぞ」

短く告げたフレデリックは、アダムとともに橋の上を馬で駆けた。すれ違う軍人に呼び止められることはなかった。今はそれぞれが己が役目を果たすべく、無駄な動きをせず働いている。

中央広場はその名の通り、南北を渡る橋の真ん中にある。市民の憩いの場だ。

石畳で作られた空間には、現皇帝の石像や休憩するための長椅子が配置され、彩り豊かな花々が植えられている。通常時は屋台も出て賑わっているが、今は火事で負傷した者や逃げてきた民、子どもの泣き声で騒然としていた。

その中で、ひときわ存在感を放つ軍服に身を包んだ者がいる。ロルモーだ。

「公爵！」

馬を降りたフレデリックが駆け寄ると、公爵が頭を垂れる。

「殿下御自らいらっしゃるとは……」

「それはあなたも同じだろう。火の勢いが強いと聞いた。状況は？」

「火元となった定食屋を中心に消火をしております。何分通路が狭く店舗が密集していたのと、倉庫に貯蔵されていた油に引火したため、延焼がひどく……やむなく、火元から離れた民家を防火帯として取り壊しました」

消火には人が一列に並び、水桶を手渡しで運び行っているという。現在地は風上だからさほどでもないが、それでも木材の焼け焦げた臭いが鼻につき、空に立ち上る黒煙がよけいに不安を煽る。

けが人の呻き声や赤子の泣き声、軍人や警吏らの怒声が響く中、フレデリックはハッとして公爵に問いかけた。

「ヴィヴィアンヌはどうした？」

「あちらにおります」

公爵の視線を追うと、金糸の髪をひとつに結び、簡素な服装で怪我人の傍らに跪くヴィヴィアンヌがいた。彼女はその場にいる医師や軍人、公爵家の騎士たちと連携し、治療を手伝っている。

「ヴィヴィアンヌは、こちらに運ばれてきた重傷患者と軽傷患者を選別しております。重傷者は医師へ任せ、自分は軽傷者の手当てを行うと。侍女とともに動き回っておりますよ」

戦地で負傷することもあることから、ブロン皇国軍の軍人は負傷者に治療を施せるよう訓練を受けている。彼らの指示を仰ぎながら懸命に怪我人の手当てをするヴィヴィアンヌは、神々しい輝きを放って見えた。

（彼女が〝悪女〟となることを恐れていたなどと誰が信じるだろう）

誇らしい気持ちでヴィヴィアンヌを見つめていたフレデリックは、控えていたアダムに目を向ける。

「アダム、おまえは騎士団に合流し、逃げ遅れた人々の捜索にあたれ」

「ならば、これを見たほうがいいでしょう」

公爵が、持っていた皇国の地図を差し出す。それは軍人を配置した場所や、消火した地域に印がつけられたものだった。

「騎士団は、まだ手の回っていない地域に向かえば無駄がない。それと、表通りは人が溢れている。川沿いの軍用道を使って行くといい。水の運搬をしているから、普段より時間はかかるだろうが表通りより少しはましだろう」

「ありがたい！　団長と団員に伝えます！」

アダムは深々と頭を下げ、地図に記された情報を頭に叩き込みその場に離れた。その姿を見送ったフレデリックは、公爵に向き直る。

「尽力に感謝する。あなたのおかげで、無駄なく救助活動が行える」

「私は自分の役目を果たしたまでです。それに、ここへ来たのはヴィヴィアンヌから頼まれたからです。十年前のあのときと同じ目をして、必死になっていました。あのときは殿下を、今は民を助けようと自分にできることをしている。私の誇りです」

「ああ……そうだな」

フレデリックが深く頷いたとき、次の負傷者のもとへ向かおうとしていたヴィヴィアンヌが突然その場に蹲《うずくま》る。

「っ、ヴィヴィアンヌ！」

思わず駆け寄ると、顔を上げた彼女は安堵の表情を浮かべた。

「殿下がいらしてくださったということは、ミュッセ卿から報告が上がったのですね。よかった……」

「ああ。軍や騎士団に動員をかけて、鎮火と負傷者の救助にあたっている。だから、きみはもうここから離れて休んだほうがいい。顔色が悪い」

「いえ……わたくしは平気ですわ」

ヴィヴィアンヌは青い顔をしながら、自身のこめかみをつらそうに押さえた。

「殿下、ミュッセ卿はどちらに……？　あの方は……絶対に教会へ近づけてはいけないのです」

「なに？　ヴィヴィアンヌ、それは……」

フレデリックの彫刻のような相貌に汗が伝い落ちる。彼女が断定的な物言いをするのは、必ず未来に起こるだろう事件を予見したときだ。

「公爵、地図を見せてくれ……！」

声を張り上げると、ただならぬ様子を感じ取った公爵が走ってくる。

「どうされたのです？」

「お父様……ミュッセ卿が、危険なのです……」

娘の言葉に目を見開いた公爵が、急いで地図を広げた。

「先ほど、彼は団長に伝えに行くと言っていた。おそらく、師団専用の橋へ向かったのだろう。ここからだと、この道が最短となる」

公爵が現在地を指さし、少しずつ移動させていった。騎士団が使用している橋までは、馬を駆ればそう時間はかからず到着する。しかし今は、通常時より軍人の行き来が多く、消火活動のために荷車

などがある。馬は全速で駆けることはできないだろう。

(だが、問題はそんなことではない)

軍道が終わった少し先に騎士団用の橋がある。道中に教会はなく、アダムが立ち寄るとは考えにくい。だが、ヴィヴィアンヌは蒼白な顔でフレデリックを見つめた。

「ミュッセ卿は、おそらく師団員と合流したのちに救助活動へ向かうはずです。あの方は……このままでは、焼け落ちた家屋の下敷きに……！」

ヴィヴィアンヌは美しい顔を苦悶に歪めながらも、自らの足で立ち上がる。

「未来がわかっていながら助けられないのなら、わたくしは自分を許せません。殿下、お父様……どうか、どうか……あの方をお救いください……！」

悲痛な叫びだった。未来を予見できるのは、けっして幸せなことばかりではない。彼女のように責任感の強い人間は、救えなかった者に対して罪悪感を抱いてしまう。たとえそれが、自分の責でないとしても、予見した以上は放置できないのだ。

「公爵、あなたはこの場で引き続き指揮を頼む。私はこれから、ヴィヴィアンヌの予見を確かめに教会へ向かう。もし何事もなければ、騎士団と合流し住民の救助に出る」

「殿下の御身に何かあっては一大事です。ここは私の部下に代わりに行かせましょう」

フレデリックの提案に公爵は難色を示すが、決意は変わらなかった。

「この場にいる者たちは、怪我人の治療や消火活動の大切な人員だ。余計な人数を割く必要はない。

ひとりで行動するほうが身軽に動ける。むろん、危険な行動は避ける」

「わたくしもお連れください」

ヴィヴィアンヌから縋るように告げられるも、フレデリックは首を振る。

「きみはここにいろ。私は急ぎ教会へ向かう。アダムを連れてすぐに戻るから心配はいらない」

安心させるように笑顔で告げるも、彼女はフレデリックの袖を掴んで首を振る。

「嫌な予感がするのです……お願いします、殿下。どうか、わたくしも……」

ここまで食い下がるヴィヴィアンヌを見るのは初めてだった。常に自身の立場を弁え、他者のために心を砕いてきた姿を見ている。彼女が我を通そうとするのは、いつも自分のためではないことを知っているだけに、フレデリックに迷いが生じる。

(……いや、迷っている暇はない)

「公爵、ヴィヴィアンヌを連れていくがいいか？　……彼女は私の名にかけて必ず守ると誓う」

未来を予見できるヴィヴィアンヌだからこそ、予感であっても無視はできない。本来はこの場へ留め置くに越したことはないが、それでもフレデリックは決断した。

人を救いたいと懸命な姿に胸を打たれたのはもちろんだが、彼女であれば被害を食い止められるのではないかと期待したのである。

「承知しました。ヴィヴィアンヌには不思議な力がある。十年前に殿下をお救いしたときのように、今もまた人を救おうとしているのです。あのとき娘の危険を顧みず森の中へ共に入った私が、この有事に直面して止められるはずもない」

公爵は頼もしく頷いて見せると、軍人を二名呼んだ。

「殿下の後に続き、ご指示に従うのだ！」

「かしこまりました」

「感謝する、ロルモー公爵」

フレデリックは公爵の決断に謝意を示し、ヴィヴィアンヌを抱き上げた。

「行くぞ、ヴィヴィアンヌ。きみの力が必要だ」

「……はい」

火災に巻き込まれたすべての人を救うのは難しい。だが、今わかっている危機を回避できるために最善を尽くすと、フレデリックは心に決めた。

＊

フレデリックと共に馬に乗せられたヴィヴィアンヌは、ひどい頭痛に顔を歪めながらも気力だけで馬上にいた。

背後では彼が手綱を操ってくれている。背中に感じるフレデリックのぬくもりだけが、唯一心を落ち着かせてくれるものだった。

軍道は荷馬車や軍人たちの往来があり、馬は全速では走れない。それでも、父の命により先導してくれる軍人が「道を開け！」と鬼気迫る声で告げれば、行く手を阻まずそれに従っている。

（どうか、無事でいて……！）

ヴィヴィアンヌが知っているのは、『フレデリックの側近が教会で重傷を負う』ということ。今の状況ではアダムしか考えられない。怪我人の治療の役目を担うはずの聖女がいない以上、なんとしてでも彼を救わなければならない。

（助けられなければ、ミュッセ卿は命を落としてしまうかもしれない）

広場にいたときは風上だったが、移動すると火事場独特の臭気が辺りに漂ってくる。行き交う軍人たちの切迫感を肌で感じ、なおさら焦燥感が増していった。

先ほど広場で火傷を負った者を手当てしていたときも今も、ここが現実でゲームの世界ではないのだと強くヴィヴィアンヌに訴えかけてくる。

命を失えばやり直しはできない。それで終わりだ。痛みも苦しみも悲しみも、感じるのは生きているから。けっして虚構の世界ではないこの国で、ヴィヴィアンヌは生きている。

「殿下、軍道を抜けます！　ここからは徒歩でなければ移動できません！」

「では、馬を置いて行くぞ！」

先導している軍人の声が聞こえたと同時に、フレデリックは手綱を引いて馬を止めた。馬上から素早く降りると、ヴィヴィアンヌに手を貸してくれる。

「ここで待っていろと言っても聞かないだろう。私から離れるな」

「……殿下の仰せの通りに」

ほかの人間に馬を預けると、フレデリックがヴィヴィアンヌの手を握りしめる。軍人に前後を挟まれる形で教会までの道を進んだ。

教会は川沿いの道から外れ、細く曲がりくねった坂道の行き止まりにある。周囲を木々に囲まれ、緑豊かな区画に建っているが、火元となった場所からは風下となり、風で流れてきた煙が目に染みる。

「……ヴィヴィアンヌ、教えてくれ。アダムはどういう状況で怪我を負うんだ？」

「それが……はっきりとしたことはわからないのです」

ゲームの描写は簡素だ。恋物語が主軸で、事件や事故は恋愛を盛り上げるための措置だからだ。恋愛ゲームである以上、凄惨な事件よりも主人公たちの描写に力を入れるのは当然である。

「火事のときに、教会で命に関わる怪我を負うことだけは確実です。たしか、背中に大きな傷を負って動けなくなって……」

騎士が怪我をしたと聞きつけた聖女が、うつ伏せになっている負傷者に〝奇跡〟で治療を施していた場面を思い出していると、先行していた軍人が声を上げた。

「教会が見えました！」

この辺りはまだ火勢に呑まれていないが、いつ火の手が迫ってくるかわからず油断できない。アダムの無事を祈りながら歩いていくと、前方に小さな教会が現れた。

「誰かいるのか？　無事なら返事をしろ……！」

フレデリックが叫ぶも返事はない。ふたりの軍人は「ここでお待ちください」と、教会へ入っていったが、程なくして戻ると首を左右に振る。

「誰もいませんでした」

（そんな……それでは、未来は変わったということ？）

アダムが教会におらず、怪我をしていないのならそれでいい。一刻も早くこの場を離れるべきだ。しかしそう思う一方で、ヴィヴィアンヌの足は地面に縫い止められたように動かない。

もしも何か見落としているとしたら、取り返しのつかないことになる。教会に近づくにつれ、頭を鈍器で殴打されているような痛みがあり、何らかの警告をされているような気がしている。

（なんでもいい。何か手がかりを探すのよ。そのために連れてきてもらったのだから）

感覚を研ぎ澄ませるように目を閉じたヴィヴィアンヌは、必死でゲームの内容を思い出そうとする。けれど頭痛が激しくなっていき、集中力が続かない。

こんなことでは、アンにも顔向けできない。必ずアダムを救うのだと、自分に言い聞かせていたときである。

（声……？）

ごくわずかではあったが、小さな子どもの泣き声が耳に届いた。

「……声が、聞こえます」

「声？　……私には、何も……」

フレデリックが怪訝な顔を見せる間にも、ヴィヴィアンヌは声のする方角を探ろうと集中する。すると今度はより鮮明に、子どもの泣き声が聞こえてきた。

（そういえば、神父様がおっしゃっていたわ……！）

「殿下、こちらへ……！」

ヴィヴィアンヌは教会の裏手へと急ぎ向かった。以前、教会を訪れたときに聞いたことを思い出したのだ。『裏の倉庫が子どもたちの遊び場になっている』と。

ヴィヴィアンヌの声で軍人が先に裏へと向かう。近づくにつれ、フレデリックらにも子どもの声が聞こえたようだった。

「殿下！　騎士がパイプオルガンの下敷きに……！」

「なに⁉」

倉庫の扉を開け放つと、中にいたのは泣きじゃくる子ども。そしてその横には、倒れたパイプオルガンの下で身動きが取れないアダムがいた。

フレデリックと軍人は、協力してパイプオルガンを移動させようと力を振り絞る。ヴィヴィアンヌは泣いている子どもを扉の外まで連れてくると、視線を合わせた。

「何があったか教えてくれる？」

「わっ、わたし……ここでかくれてたら、だれもこなくて……っ、そしたら火事だって、騎士のおじちゃんが……っ」

しゃくりあげながらも、子どもは経緯を話してくれた。どうやら子どもたちでかくれんぼをしていたところ、火事の報により皆が避難した。隠れていたこの女の子は、忘れられてしまったようだ。ひとりでしばらくジッとしていても、誰も探しにこなかった。不安になって泣いていたときに、アダムが探し当ててくれたということらしい。

「でも……っ、おじちゃんが……わたしをかばって……」

「……大丈夫よ。おじちゃんはきっと無事だから。皇子殿下と軍人さんがいるのだもの」

ヴィヴィアンヌが女の子に微笑みかけたとき、倉庫の中で何かが倒れる大きな音がした。びくりと身を震わせる子を抱きしめると、軍人に両脇を支えられたアダムが出てくる。

「ミュッセ卿……！」

アダムは額から血を流してはいたが、意識はあるようだ。軍人に何か告げるとひとりの力で立ち、フレデリックの前に膝をつく。

「殿下をお守りする立場でありながら……お手を煩わせてしまい……申し訳、ありません」

「そう思うのなら、今後の働きで返せ。おまえを見つけたのは彼女だからな」

アダムを見つけたのはヴィヴィアンヌだと告げたフレデリックは、ふ、と笑って見せた。

「おまえがあの子どもを助けたように、私がおまえを助けるのは当然だ。皇家に忠誠を誓い、私を護ると宣言した騎士なのだからな」

騎士が皇家の守護者であるなら、騎士を守るのは皇家の務めだとフレデリックは言っている。

「さあ、長居は無用だ。ひとまずこの場を離れ、アダムは治療を受けるんだ」

（未来が変わった……ミュッセ卿は、これでもう大丈夫だわ……）

それまで意識を失いそうなほどひどかった頭痛が、すうっと失せていく。

ヴィヴィアンヌは、未来の変化とアダムの無事を確信し、そこで意識を手放した。


「街では今、ヴィヴィアンヌ様の話題で持ちきりだそうですよ」

先の火災から七日後。皇城の私室で休んでいると、パメラが笑顔を浮かべた。

軍と騎士団、警吏の働きもあり、被害は最小限に食い止められた。だが、家を失った者や負傷した者もおり、平時の皇都の景色に戻るには今しばらくかかりそうである。

だが、住民に悲壮感はない。なぜなら、彼らの中で噂になっていたのだ。高位貴族でありながら、平民の傷の手当てをして回っていた令嬢のことが。

衣服や手が汚れることも厭わずに、その令嬢は民を手当てし勇気づけてくれた。美しく慈愛に満ちたその姿に、いつしか民の間でこう囁かれることになった。

「『ブロン皇国の聖女』……ヴィヴィアンヌ様は、今、民の間でそう呼ばれています」

「聖女だなんて……わたくしは、そのような立派な存在ではないわ」

興奮しているパメラに苦笑を返す。

あのときは、ただ何も考えず目の前の人々を助けようと必死だっただけだ。火災で苦しむ人々の姿を見たくなかったし、未来を知りながら火災自体を防ぐことができなかったのだから、聖女などと言われても困ってしまう。

「何を仰いますか！　ヴィヴィアンヌ様はご立派です」

「ありがとう。でもあのときは、パメラも一緒に頑張ってくれたでしょう？　それに、お父様のおかげで軍の方にも助けていただいたわ。わたくしだけが頑張ったわけではないのよ」

自分への称賛はありがたいと思うが、正直慣れることはない。実際、ひとりの力では民やアダムを救うことはできなかったからだ。

アダムはと言えば、背中に大きな傷を負ったものの、命に別状はなかった。順調に回復し、半月もすれば動けるようになると聞いて胸を撫で下ろしたところである。

「ヴィヴィアンヌ様は、もっとご自身を誇ってもよろしいと思います」

パメラがそう言ったとき、部屋の扉がノックされた。彼女はすぐには扉を開けると、訪問者を恭しく中へ通す。主の返事を聞かずに部屋へ入れるのは、相手がフレデリックだからにほかならない。

「ヴィヴィアンヌ、体調はどうだ？」

「もうすっかり問題ありませんわ。ご心配をおかけして申し訳ございません」

「それなら、少しいいか？　陛下と皇后がきみと話したいと言っている。内々の席だから、そのまま来てくれればいい」

（両陛下がお呼びだなんて……先日の火災の件かしら？　皇子妃らしからぬ行動だったとお叱りを受けるかもしれない）

火災現場での一連の行動に後悔はない。だが、適切でなかったことは自覚している。

ヴィヴィアンヌは神妙に頷き、簡素な格好で部屋を出た。彼に誘われ、これまで通ったことのない通路を使用して上階へ向かう。

「こちらは……」

「以前話した城の隠し通路だ。きみにも今度、ゆっくり教える」

（そういえば以前、そんな話をお聞きしていたわ）

あのときはまだ、皇子と聖女が出会い惹かれるのだと思っていた。彼らの邪魔をせず、身を引くことこそ唯一自分にできることだと信じて疑わなかった。

そんなヴィヴィアンヌに、フレデリックはたくさんの愛情を注いでくれた。悪女にならぬように、常に安心させてくれたから、今こうして皇子妃の座にいられるのだ。

（殿下のいらっしゃらない人生など、もう考えられないわ）

ヴィヴィアンヌを愛し、尊重し、守り抜いてくれる。彼なくしてはもう生きていけないと思うほどに、その存在が心の深くまで入り込んでいる。

フレデリックとともに廊下を進むと、彼は行き止まりにある扉を指さした。

「あれが皇帝と皇后の部屋だ。先ほどから無口だが、そう緊張しなくてもいい。ここでは私も皇子ではなく彼らの息子として過ごしている」

彼は笑みを湛えると、ノックしてすぐに扉を開いた。誘われて中に入れば、ゆったりとソファで寛ぐ両陛下がこちらを見ている。

「お寛ぎ中のところ失礼いたします、陛下」

ヴィヴィアンヌがドレスの裾を摘まんで挨拶しようとすると、「ここでは畏《かしこ》まる必要はない」と皇帝が笑った。

「まあ、座りなさい。今日は息子と義理の娘の顔を見ようと思っただけだ」

「そうよ。家族の内緒話をしたかったの」

先の火災現場での振る舞いから、皇帝と皇后の不興を買ったのかと思っていたヴィヴィアンヌは、意外にもその様子がなかったことに驚いた。フレデリックを見れば、「だから言っただろう」と困ったように苦笑し、ヴィヴィアンヌをソファへ促す。

「今日は、きみに相談したいことがあったんだよ」

「相談……？　なんでしょうか。わたくしでお役に立てるのであれば、なんでも仰ってください」

フレデリックは両陛下と視線を交わし、ひとつ頷いた。

「まず、これを見てほしい。代々皇家に伝わる禁書だ」

「えっ……拝見してよろしいのですか？」

「ああ。きみに関係していることだ。それにもうヴィヴィアンヌは、皇族の一員だろう」

フレデリックの言葉に、皇帝と皇后も了承を示す。自分に関係しているとはどういうことなのか不思議だったが、導かれるように書物を手に取った。

彼が、「この頁だ」と開いてくれた部分には、聖女についての記載があった。驚きつつも食い入るようにして読み進めていくと、そこにはヴィヴィアンヌが知らなかった事実が記されていた。

「これは……」

「ヴィヴィアンヌ、この歴史書によれば、きみが聖女と呼ばれる存在だ。未来を予見し、私の姿に光を見ている」

たしかに彼の言うように、ヴィヴィアンヌは未来を知っている。しかしそれは、前世の記憶が蘇ったからであり、聖女の力によるものではない。

だが、数百年に一度現れる、という話はゲームのものではなかったはずだ。

（本物の聖女が、皇子妃にならなかったから……新たな聖女として、わたしが……？）

一瞬そう考えたものの、明確な答えは出せない。なぜならすでに、ゲームの展開とは違っている。

聖女と結ばれるはずだった皇子は、悪女となるはずだったヴィヴィアンヌを愛した。事件や事故についても、ヴィヴィアンヌの予見により最悪の事態を回避している。

「我が娘よ。そなたがよければ、聖女の降臨を国内外に発表しようと思うのだが」

皇帝の発言に、ヴィヴィアンヌは目を瞬かせる。

「……陛下、大変ありがたいお話なのですが、お断り申し上げます」

「考える余地もないか？」

「はい。わたくしは、そのような立派な存在ではございません。ただ、殿下のおそばでお支えしていければと……それだけが願いなのです。必要以上の注目を集めることは控えたく存じます」

言葉を選びながら、ヴィヴィアンヌは頭を垂れた。

もしも、『万物の病を治す力を持ち、皇国を末永く繁栄させる存在』である〝聖女〟だったならば、フレデリックの力になれるだろう。しかし、そのような力がないのはヴィヴィアンヌ自身がよくわかっている。自ら聖女だと認めるような厚顔さはない。

（本物の聖女が、国民への周知を望まなかったのだもの。それに……）

「もしもわたくしが聖女で、国を繁栄させる力があるのなら、それがわかるのは後世になってからでしょう。畏れながら、歴代の聖女たちは民に認められたからこそ、聖女たり得たのではないかと愚考いたします」

「……なるほど、一理ある」

皇帝が唸るように笑えば、皇后も朗らかに同意した。

「あなたは、我が息子を支え、この国の民を愛している。すでに聖女の資格は充分にあると思うけれど、その名が重いのであれば秘匿するのもよいでしょう」

「そうだな。フレデリックが唯一望んだ女性が妻になったのだ。これ以上、いらぬ波風を立てることもあるまい。民の間では、すでにヴィヴィアンヌは聖女として扱われておる」

皇帝と皇后は、ヴィヴィアンヌが聖女として世間で噂されている今、皇室が認めずともよいと考えていた。真に聖女の力を有しているか否かは問題ではなく、広く民に周知され、崇められる存在であるのが肝要だと考えている。

「ヴィヴィアンヌが、聖女の肩書きを要らないというのなら私はそれで構わない。重要なのは、きみが私とともに生涯を歩んでくれることだからな」

フレデリックは、ヴィヴィアンヌが自分の妻であれば、皇室で保護を宣言せずとも同じ待遇だと語った。肝心なのは、夫婦でいることで聖女の力ではないと、そう言っている。

「ありがとうございます。わたくしの我儘ですのに……」

ヴィヴィアンヌは、フレデリックの広い愛に感動し、目頭が熱くなる。そっと肩を引き寄せられて身体を預けると、皇帝が咳払いをした。

「話はそれだけだ。もう下がってよいぞ」

「フレデリックは、早くヴィヴィアンヌ嬢とふたりきりになりたがっているようですからね」

皇帝と皇后に微笑ましそうに眺められ、ここに来るまでの間に感じていた緊張が一気に解れていき、顔を赤くしたヴィヴィアンヌだった。

その後、ふたりで皇子妃の間へ戻ると、フレデリックが侍女を下がらせた。

皇后に指摘された通り、ふたりきりになりたかったようだ。わかりやすい彼の行動に笑みを零したとき、不意に抱き寄せられた。

「これでもう、私たちを阻むものはないな。たとえ国民に周知せずとも、紛れもなくきみは聖女だ」

「……両陛下は、アンのことをご存じなのでしょうか？」

ヴィヴィアンヌの問いに対し、彼は「報告している」と教えてくれた。

「両陛下も、聖女の意思を尊重すると仰った。他国に渡るようなことがなければ、聖女の自由に行動してほしいそうだ」

聖女は国を繁栄に導き、他国への牽制ともなる存在だ。にもかかわらず、無理やり国の管轄下に置こうとはしない皇帝と皇后は、非常に豪気な人物である。

「おふたりには感謝しなければいけませんね。アンもわたくしも、これでより自由に動けますわ」

笑顔で告げたそのとき、おもむろに寝台に押し倒された。

「あっ……」

「私は、きみ以外を愛することはない。これからもずっとだ」

自分を見下ろす彼の瞳に欲望の炎を垣間見て、鼓動がありえないくらいに拍動した。それと同時に、襟元を緩めた彼が覆いかぶさってくる。

餓えた獣のように瞳をぎらつかせ、顔を近づけてくる。色気を湛えた彼の表情から目を離せずにいると、唇を重ねられた。

「んん……っ」

口内に侵入した彼の舌に自分のそれを舐られると、肌がぞくりと粟立った。

口づけをされただけで身体が疼き出す。巧みに性感を煽られ、なされるがまま受け入れるしかできず、ヴィヴィアンヌの身体から力が抜け落ちる。

「ンッ……ぅっ、んぅっ……」

舌が絡まり合い、口腔で唾液がかき混ぜられる。耳の奥に響く卑猥な音で、さらに欲情してしまう。

「フレデリック、様……まだ、このように明るいうちから……」

彼を押し留めようとしたものの、フレデリックは薄く笑っただけだった。

「私は朝も晩も、常にヴィヴィアンヌが欲しい。きみは違うのか？」

直截な台詞を告げられて頬が火照る。あえて聞かずとも、同じ気持ちでいることはわかっているだろう。にもかかわらず、彼はこうして羞恥を煽るのだ。

講義をこめてじっと見つめていると、フレデリックが誘惑するように微笑んだ。

「言ってくれ、ヴィヴィアンヌ。私が欲しいと」

艶やかな声音で囁かれれば、羞恥を上回る愛しさで胸が疼く。

「……フレデリック様が、欲しい、です」

偽りのない本音を述べると、彼は嬉しそうに「ありがとう」と礼を言う。

「きみの口から聞きたかった。……ヴィヴィアンヌ」

襟ぐりを引き下げられ、たわわな乳房が弾み出る。フレデリックは、ふるりと揺れた双丘の頂きに舌を這わせた。胸の先端を吸引し、もう片方はもみくちゃに揉みしだかれる。乳頭は淫らに凝り始め、ヴィヴィアンヌは身体をくねらせた。

「あんっ、ああ……っ」

「きみの憂いはすべて私が取り去ろう。絶対に離さないから覚悟してくれ」

欲望と愛情の入り交じる視線を注がれ、体内がいやらしい熱を持つ。足の間はしっとりと濡れそぼち、期待が高まっていた。

フレデリックは肌に口づけながら、ヴィヴィアンヌの衣服を脱がせていった。床に服や下着が積まれた分だけ胎内が熟れていき、どくどくと鼓動が高鳴っている。

「ヴィヴィアンヌ、私が愛するのは生涯きみひとりだけだ」

告白を聞いたヴィヴィアンヌの目に涙が浮かぶ。フレデリックの美しい青瞳が、表情が、全身で愛を告げていた。

「わたくし、も……愛しています」

彼に愛されている自信が、ヴィヴィアンヌを強くし、未来へと歩む力となっている。

彼はふたたび乳房に顔を埋めた。勃起した乳首に舌を巻き付け、口内で転がされると恥部が切なく疼く。すると、見計らったかのように太ももに手を這わせてきた。

濡れそぼつ花弁を散らすようにかき混ぜられて腰が跳ねる。蜜を纏った指が動くたびに淫音が大きくなっていき、ヴィヴィアンヌの欲情が音となって部屋に響き渡っている。

「は、ぁっ……ンッ、は……」

どこに触れられても心地よく、彼の愛撫に溺れていく。

じわじわと胸から快感がせり上がってくる。激しさはないが、ゆるやかに高められていることで、長く快感を得られていた。

徐々に呼気が上がってくる。心地よさに身を委ねていると、今度は淫口に指が挿入された。

「あぁっ……！」

愛撫で蕩けていた胎内は、あっさりと彼の指を受け入れた。ぐるりと回転した指先で媚壁を押し擦られて、ぴくぴくと腰が跳ねてしまう。

(身体が溶けてしまいそうだわ……)

彼はしゃぶっているだけだった乳首に軽く歯を立てた。そうすると蜜口を犯していた指を締め付けることとなり。いっそう感じ入ってしまう。

どこを責めればヴィヴィアンヌが感じるのかを、フレデリックは理解しているようだった。指を抜き差ししながら時折親指で花芽を押されると、めまいにも似た悦に襲われる。蜜襞は呼吸するかのように微動し、強い刺激を求めていた。

「あ……ッ、あんっ」

鋭敏になった肉蕾は小刻みに震え、余すところなく快楽を拾っている。全身が総毛立ち、愉悦を求めた最奥が切なく疼いた。

「きみは感じている姿も美しい」

「フレデリックさ、まぁっ……」

ねだるように名を呼べば、小さく息を呑んだフレデリックが指を引き抜いた。

「ああ、もう堪えられそうにない。早くきみの中に入りたくてしかたない」

身体を起こしたフレデリックは下衣をくつろげた。取り出した陽根は、隆々と反り返り先端から滲んだ淫液がてらてらと棹に絡みついている。

彼は自身の先端をヴィヴィアンヌにあてがった。ものすごい圧迫感に知らずと内股に力を入れると、膝頭を押さえたフレデリックに足を開かせられた。

次の瞬間、硬く猛った肉棒が蜜孔に突き入れられた。

「あ、ぁああ……っ」

ヴィヴィアンヌの視界に愉悦の火花が散った。軽く達したのだ。その間も欲塊は最奥目がけて突き進み、胎内が喜び勇んで受け入れている。

ぐっと体重をかけたフレデリックは、色気のある吐息をついた。

「は……ずっとこのままでも達してしまいそうだ」

フレデリックは熱に浮かされたように告げると、ヴィヴィアンヌの双丘を鷲づかみにした。手のひらと擦れた乳頭がじんと甘く疼いた刹那、中を激しく穿ち始める。

「や……ぁあっ」

膨張しきった雄棒が蜜孔を圧迫する。何度抱かれても慣れることのない感触だ。自分の身体がふたつに分かれてしまいそうなほどの、力強く激しい律動にただ身を任せる。

腰を叩きつけてきた彼は、淫らに勃起した乳首を軽く抓った。その合間にも愛を囁き、腰をぐいぐいと押しつけてくる。

ヴィヴィアンヌは言葉にならない喘ぎを漏らし、頤《おとがい》を反らせて快感に耐えた。呼吸が浅くなっていく中、幸福感が胸を満たしていく。

（わたしは、フレデリック様のものなのだわ……――）

そう思うと泣きたくなるほど幸せで、呼応した胎内がきゅうきゅうと雄棒を締め付ける。

フレデリックは自身を限界まで引き抜き、それを一気に最奥まで沈めてを繰り返した。深く重い突き上げに、媚肉が戦慄く。限界が近づく中、彼が余裕のない声で名を呼んだ。

「っ、は……ヴィヴィアンヌ……っ」

彼もまた、自分と同じくらいに夢中で求めてくれている。端整な顔に汗を滴らせ余裕のない様子からは、いつもの優雅さはまるでない。けれど、それが嬉しい。

互いが唯一の存在なのだと刻むかのような抽挿で、身も心も彼一色に染まっていく。

「フレデリック……さまぁっ……んっ……もう、離さない、で……」

譫言のように告げた瞬間、彼はヴィヴィアンヌの膝裏に足をくぐらせた。体勢の変化に戦くも、すぐさま肉傘を奥深くまで挿入された。おびただしい喜悦の波に襲われて、無意識に首を振る。

「あぅっ、ん！　も……駄目……ぇっ」

粘膜の摩擦がひどく心地いい。揺さぶられるごとに乳房が上下に揺れ動き、その振動すら快感の糧になっていた。

熟れきった柔肉を余さず掘削されると、蜜窟が肉棒を深く食む。快楽を極めるべく胎の内側が引き締まり、喉を振り絞ったヴィヴィアンヌは愉悦の波に呑まれていく。

「あ、あっ、ぁあああ……っ――――！」

「く、っ……！」

低く呻いたフレデリックは、最奥に厚い飛沫を注ぎ込む。

「きみを一生離さない」

宣言する彼の壮絶な色気に身震いする。彼の言葉に微笑んだのを最後に、ヴィヴィアンヌの意識は快感のるつぼへと墜ちていくのだった。

エピローグ

その日、ブロン皇国は国中が歓喜と祝福に包まれていた。かねてより予定されていた、第一皇子フレデリックと皇子妃ヴィヴィアンヌの結婚式が盛大に執り行われたのである。

ふたりの結婚式は、当初よりも半年ほど送らせた。先の火災によって家屋を失った者も多く、復興に時を要したためである。

待ちに待った慶事とあり、国民は皆、喜びに沸いていた。皇子妃ヴィヴィアンヌは、慈善活動を通じ、その慈悲深い振る舞いから聖女と呼ばれている。皇子フレデリックもまた、街の復興に尽力する様子や妻を溺愛する姿が多く言の葉にのり、次期皇帝の治政は安泰であると慕われていた。

「ようやくきみを、皆にお披露目することができた」

街をゆるりと走る儀装馬車の中で、フレデリックが満足そうに微笑んだ。

白を基調にした儀礼服に身を包んだ彼は、一段と輝きを増している。ヴィヴィアンヌもまた、今日のために誂《あつら》えたドレスは豪奢だ。幾重にも折り重なったレースと精緻な刺繍が施された純白のドレスが、青空の下によく映えている。

街道沿いは、皇子夫妻をひと目見ようという民衆で溢れかえっていた。彼らに手を振りながら、ヴィヴィアンヌは静かに微笑む。

「わたくし……幸せですわ」

「私も、今日が人生で最良の日だ」

フレデリックがヴィヴィアンヌの肩をそっと抱くと、沿道の人々の歓声が大きくなった。

「ふふっ、これからまた、最良の日は更新されると思います」

ヴィヴィアンヌは彼に身を寄せ、今朝わかったばかりの事実を口にする。聞いた瞬間のフレデリックの顔が、みるみるうちに歓喜の色へと変化した。

ヴィヴィアンヌの腹の中には、新たな命が宿っている。待望の世継ぎだ。男児か女児かはわからないが、子どもは幸せになれると確信している。父となったフレデリックが、どこまでも深く愛し、護ってくれるだろうから。

「……ありがとう、ヴィヴィアンヌ。私の幸せはきみとともにある」

感極まったようにフレデリックに告げられ、ヴィヴィアンヌは頷いた。

かつて悪女になることを恐れていた者はもういない。ここにいるのは、夫に深く愛される世界で一番幸せな花嫁だった。

あとがき

ご無沙汰いたしております。御厨翠です。ガブリエラブックスでは二冊目の刊行となりました。

普段はシリアスで不穏な作品を好んで書いておりますが、本作は『真の悪人がいない世界』をコンセプトに、糖分増量、塩分控えめを念頭に置いて執筆しました。

ヒーローは、書いているうちに勝手に動き出しました。ヒロインが好きすぎて、初夜を過ごしたあとに暴走したり、幼なじみふたりとワチャワチャしていたり。かなりストレートに愛情表現をしている、自作ではあまり見ないタイプのヒーローは書いていて楽しかったです。

ヒロインの努力が報われ、定められた未来を回避し、ヒーローに一途に愛される……物語の中でくらいは、とびきり幸せで夢のある世界を描きたい。そんな想いで書いた作品です。楽しんでいただければ幸いです。

イラストをご担当くださったＣｉｅｌ先生、本当にありがとうございました。ヒーローもヒロインも繊細で美しく、カバーラフの段階で感動しました。照れて困ったヒロインの表情がとても愛らしく、これじゃあヒーローも我慢できないよね、と、ニヤニヤしっぱなしです。先生のイラストが本当に大好きなので、ご縁をいただけて感謝しております。

ここからは謝辞を。

毎回ご迷惑をおかけしております担当様、版元様、大変申し訳ございませんでした……。

この本を読んでくださった皆様、既刊にご感想を送って下さった皆様に心からお礼申し上げます。

いずれまたどこかでお会いできますように。それでは。


追伸。ガブリエラ文庫プラスより発売中の拙著、『偽装恋人 超ハイスペックSPは狙った獲物を逃がさない』コミカライズ版が絶賛配信中です。ムツキラン先生が素敵な作品に仕上げてくださっているので、ぜひともご覧いただければ幸いです。

令和五年　四月刊　御厨 翠

ガブリエラブックスをお買い上げいただきありがとうございます。
御厨 翠先生・Ciel先生へのファンレターはこちらへお送りください。

〒110-0016 東京都台東区台東4-27-5 (株)メディアソフト
ガブリエラブックス編集部気付 御厨 翠先生／Ciel先生 宛

gabriella books

MGB-087

転生悪役令嬢につき、殿下の溺愛はご遠慮したいのですがっ!?
婚約回避したいのに皇子が外堀を埋めてきます

2023年5月15日 第1刷発行

著 者　御厨《みくりや》 翠《すい》

装 画　Ciel《シエル》

発行人　日向晶

発 行　株式会社メディアソフト
〒110-0016
東京都台東区台東4-27-5
TEL：03-5688-7559 FAX：03-5688-3512
http://www.media-soft.biz/

発 売　株式会社三交社
〒110-0015
東京都台東区東上野1-7-15
ヒューリック東上野一丁目ビル3階
TEL：03-5826-4424 FAX：03-5826-4425
http://www.sanko-sha.com/

印 刷　中央精版印刷株式会社

フォーマットデザイン　小石川ふに(deconeco)

装 丁　齊藤陽子(CoCo. Design)

ISBN 978-4-8155-4313-6